Kerstin Cantz
Nachtschattenmädchen

D1934318

Für Jakob und Carlotta

Kerstin Cantz

Nachtschattenmädchen

Arena

FSC
www.fsc.org
MIX
Papier aus verantwortungsvollen Quellen
FSC® C110508

2. Auflage 2015
© 2015 Arena Verlag GmbH, Würzburg
Alle Rechte vorbehalten
Covergestaltung: Frauke Schneider unter
Verwendung eines Fotos von © Shutterstock
Gesamtherstellung: Westermann Druck Zwickau GmbH
ISBN 978-3-401-06879-4

www.arena-verlag.de
Mitreden unter *forum.arena-verlag.de*

Ich will nicht, dass du fortgehst,
und nicht, dass du bleibst,
nicht, dass du mich allein lässt
oder mich mitnimmst.
Ich möchte nichts als ...
Aber ich möchte gar nichts.
Alles möchte ich.

Von deiner Liebe mich lösen –
ich kann's nicht, kann es so wenig
wie in fließendem Wasser schreiben
und Steine zum Bluten bringen.

Flamenco-Texte, Verfasser unbekannt

Orden, Kloster und Krankenhaus, die im Roman eine Rolle spielen, sind an reale Vorbilder in Granada angelehnt, jedoch so, wie sie hier erzählt werden, fiktiv.

1

Ich wachte auf, weil ein Hund bellte. Bald würde ich wissen, dass er das jede Nacht tat, bis es hell wurde. Ich lauschte eine Weile dem Bellen des wahrscheinlich jungen Hundes. Es war dieses spitze, hohe Welpen-Kläffen. Er klang aufgebracht und heiser. Niemand beruhigte ihn. Der Hund schien allein zu sein. Es ging ihm wie mir. *Bloß nicht heulen jetzt.* Ich stand auf und ging zum Fenster. Die Alhambra! Direkt gegenüber, angeleuchtet oben auf dem Hügel über der Stadt. Wirklich. Immer noch. Endlich. Ich war hier, weil ich hier sein wollte. *Aber doch nicht allein,* wimmerte die Memme in mir, *nichts wird so werden, wie du es dir vorgestellt hast.*

Ich öffnete das Fenster. Die Luft war so mild. Ich könnte nach draußen gehen. Die Vorstellung machte mir Gänsehaut. So ein Schwachsinn. *Ich habe Schiss im Dunkeln. Ich habe Schiss allein.*

Leise zog ich die Tür ins Schloss. Nichts regte sich, im Haus blieb es dunkel. Ich hielt den Atem an, bis ich meinen Herzschlag hören konnte. In meiner schweißnassen Hand spürte ich den Hausschlüssel, den Rosa extra für mich hatte machen lassen. Ich könnte einfach gehen. Jetzt. Allein. Ich könnte die Gasse hinunterlaufen, bis sich die Häuserreihen öffnen und die Alhambra wieder zu sehen wäre. Ich könnte mich auf die hüfthohe Mauer setzen und hinüberschauen zu dem Palast, der über der Stadt thronte, als wäre er aus Gold. Wäre Lotte dabei, würden wir dann eine Zigarette rauchen, aber Lotte war nicht dabei. Ich stieß den Atem aus. Los jetzt. *Vamos.*

Niemand würde mir unterwegs begegnen, nicht mal die Katzen, von denen es hier so viele gab. Ich würde mich in der Nähe der Mauern halten, wenn ich die abschüssige Gasse hinunterlief. Langsam.

Ich ging nicht. Ich hatte es gerade mal bis vor die Tür geschafft. Um ehrlich zu sein, bekam ich es nicht mal fertig, sie hinter mir zuzumachen. Ich starrte die Gasse hinab. Es war einfach nur dunkel.

»Ich hoffe, du hast gut geschlafen, *cariña.*«

Rosa goss heiße Milch in meine Kaffeetasse und ging zurück zum Herd, auf dem irgendetwas schmurgelte.

»Ja danke.«

Aus einem fettbespritzten Transistorradio drängte eine erregte Stimme samt Händeklatschen in die Küche, sehr andalusisch, sehr anstrengend. Flamenco direkt nach dem Aufstehen ist wie ein sehr lauter Streit fremder Leute.

Natürlich wollte Rosa, dass es mir gut ging. Rosa war eine Seele von einer Gastmutter, das hatte ich sofort gemerkt, als sie mich am Tag zuvor von der Busstation abgeholt und sich tausendmal entschuldigt hatte, weil sie nicht nach Malaga zum Flughafen hatte kommen können. Sie küsste mich zur Begrüßung auf beide Wangen, so machte man das in Spanien, ja, so machte man das auch in Deutschland, nur kam es mir hier weniger affig vor. Rosa öffnete mit einem Ruck die Beifahrertür, die klemmte.

»Dein Gesicht kommt mir bekannt vor«, sagte sie. »Aber wahrscheinlich täusche ich mich.«

Sie packte mich und meinen Koffer in ihren Kombi, zwischen Zwiebel- und Kartoffelsäcke und Styroporkisten, in denen Tintenfisch auf Eis lag, und Zitronen, die zwischen allem herumrollten. Ihre eigene Fülle quetschte sie erbarmungslos hinter das Steuer, auf den so weit wie möglich nach vorn gezogenen Fahrersitz, brachte ein gehäkeltes Kissen hinter ihrem Rücken in Position und trat aufs Gas. Bis ins Albaicín, wo Rosa wohnte und eine Tapas-Bar hatte, die Las Golondrinas hieß, brauchten wir keine Viertelstunde. Als der Wagen in einer engen Gasse nahe der Hauswand zum Stehen kam, war mir schlecht. Rosa war um die sechzig und fuhr, als wäre der Teufel hinter ihr her.

»Deine Schule beginnt erst morgen, ja?«, fragte Rosa mich jetzt.

»Ja.« Ich lächelte sie an zur Entschuldigung für meine einsilbige Antwort. Ich hätte ihr mehr erzählen können, aber ich hatte plötzlich Hemmungen, Spanisch zu sprechen, trotz meiner konstanten Eins seit der achten Klasse. Ich trank den Kaffee, den sie mir, ohne zu fragen, vorgesetzt hatte. Zu Hause trank ich nie welchen, aber Rosas *café con leche* schmeckte mir.

»Schade, dass deine Freundin nicht mitgekommen ist. Warum eigentlich? Ist sie krank geworden? Hoffentlich wird dir nicht langweilig ohne sie.«

Stimmt. Lotte war krank. Liebeskrank. Mir war schlecht vor Wut, wenn ich daran dachte, und das tat ich oft. Dabei war ich überhaupt nicht neidisch oder so was. Von mir aus sollte sie doch einen Freund haben, ich hatte auch schon Jan und Paul und ... nein, Lukas zählte nicht, egal ... ich hatte jedenfalls nie so einen Aufstand gemacht deswegen.

Rosa hackte Kräuter, Oregano glaube ich, es roch jedenfalls gut. Mein Handy schnatterte wie eine Gans.

»Hallo Doris.« Sie konnte es nicht leiden, wenn ich sie so nannte.

»Karla, Süße, ich wollte nur schnell mal hören, wie es dir geht. Ich habe nämlich gleich eine Sitzung, die wahrscheinlich Stunden dauert, und dann kann ich nicht ans Telefon gehen. Nicht dass du denkst, kaum bist du weg, schon will deine Mutter nichts mehr von dir wissen.«

»Schön wär's.«

»Haha. Erzähl doch mal, wie findest du Granada bis jetzt?«

»Ich bin gestern erst angekommen, Mama.«

Sie bemühte sich, munter zu klingen.

»Aber du wirst doch einen ersten Eindruck haben, lass dir doch nicht alles aus der Nase ziehen. Kannst du von deinem Zimmer aus wirklich die Alhambra sehen?«

»Ja.«

»Und diese Rosa, ist sie nett?«

Diese Rosa. Wie sie das schon wieder sagte.

»Ja, sehr«, sagte ich, »bis jetzt jedenfalls.«

»Was meinst du damit?«

Schon war Unruhe in ihrer Stimme. Die Gefühle meiner Mutter funktionierten auf Knopfdruck. Ich hätte ihr erzählen können, dass Rosa älter war als sie, kleiner und dicker, dass sie offenbar gern geblümte Kleider trug und ausgelatschte Ballerinas. Dass sie durch und durch freundlich war wie Mutter Erde. Ich sagte nichts davon.

»Na ja, es ist nicht gerade höflich, so lange zu telefonieren, und dann auch noch auf Deutsch. Rosa macht mir gerade Frühstück.«

»Oh natürlich, warum sagst du das denn nicht?«

»Hab ich ja jetzt. Also Tschüss, Mama, ich muss jetzt Schluss machen.«

»Ja, Tschüss, mein Schatz. Liebe Grüße an Rosa. *Adio*s ... äh ... oder wie sagt man auf Spanisch?«

»Tschüss.«

Ich verkniff es mir, die Augen zu verdrehen. Rosa stellte mir *tortilla* mit *Manchego*-Käse auf den Tisch und lächelte mich an.

Mittags saß ich auf der Plaza Larga in der Sonne, im Zentrum des Albaicín, dem ältesten Stadtteil Granadas. So wie ich es mir ausgemalt hatte, seit klar gewesen war, dass ich den Sprachkurs weder in Sevilla, Barcelona noch Valencia machen würde, sondern hier. Papa hatte Granada auch perfekt gefunden und mir einen Vortrag über die Mauren gehalten, den ich mir gefallen lassen musste, weil er mir den Sprachkurs geschenkt und alles für mich gebucht hatte, ohne es mit Doris abzusprechen. Ich hatte mal wieder ein paar Tage bei ihm gewohnt, weil ich mit Doris Krach hatte, was oft vorkam. Pubertät trifft auf Wechseljahre, da kann es nur Tote geben. Mein

Vater sagte das gern und schadenfroh. Mir hing sowohl das eine als auch das andere Thema zum Hals raus. Jedenfalls war Papa der Meinung, dass jetzt mal Schluss sein musste mit der Käfighaltung und dass es Zeit wurde für mich, die Flügel auszubreiten. Und dass mich sowieso bald keiner mehr davon abhalten könnte.

Das Beste an der ursprünglichen Planung war natürlich, dass Lotte unbedingt mitwollte. Damals noch. Und Doris hatte ich bis einen Tag vor dem Abflug nichts gesagt.

Neben mir spannte ein Kellner den Sonnenschirm auf.

»Noch eine Cola?«

»Nein danke. Ich zahle.«

Ich überlegte, ein paar Fotos mit dem Handy zu machen, von dem Haus mit den verwitterten hölzernen Fensterläden, an dem lilafarbene Blüten hochkrochen, oder dem kleinen Markt, wo die Händler ihr Obst und Gemüse zusammenräumten. Oder von dem Tabaco, in dem Lotte schon längst spanische Zigaretten und ein Feuerzeug mit möglichst kitschiger Granada-Aufschrift gekauft hätte.

Ich machte keine Fotos, sonst wäre ich noch auf die Idee gekommen, sie an Lotte zu schicken, und das ging gar nicht, gleich am ersten Tag einzuknicken.

Die Kirchenglocken läuteten, als wollten sie meine miesen Gedanken vertreiben. Ich lief durch die Gassen, wo sich die Mittagshitze staute und die kleinen Läden zur Siesta schlossen. Irgendwo in einem Innenhof spielte jemand Gitarre, die spanische Sprache flog mir von allen Seiten entgegen und ich hatte ein kleines, scheues Glücksgefühl. Nicht mal die Touristen konnten dran etwas ändern. Eine Frau mit Rucksack und Stadtplan kam mir entgegen, sie war ungefähr so alt wie Doris und fragte mich auf Englisch nach dem Aussichtspunkt San Nicolás. Ich antwortete auf Spanisch, dass ich sie leider nicht verstand. Meine Stimmung stieg.

Ich fand meine Mauer, schaute zur Alhambra hinüber und ließ die Beine baumeln. Es war ein Foto wert, wie meine grünen Chucks über den Terrakotta-Schindeln eines Häuserdachs unter mir schwangen. Meine Haare im Nacken stellten sich auf, als würde jemand dorthin atmen. Ich drehte mich um, aber natürlich war da niemand, das kannte ich schon. Ich musste mich beruhigen. Selbst wenn mich jemand von hinten stoßen würde, würde ich nicht tief fallen. Ich schwang erst einen Fuß zurück über die Mauer und dann den anderen. Ich hatte es mir verdorben, wieder einmal.

In der Küche von Rosas Bar zeigte Isabel mir, wie man *dátiles con bacón* macht. Ich hatte schon einige davon gegessen und ein Gast hatte jetzt welche bestellt. Ich musste nicht mithelfen, aber ich durfte, was mir gefiel. Es machte mir Spaß, ich staunte selber. Ein Schnitt in die klebrige Dattel, Kern raus, Mandel rein und das Ganze in eine dünne Scheibe Speck rollen. Die Datteln lagen in der Auflaufform wie abgeschnittene Daumen, was zugegebenermaßen kein schöner Vergleich ist, wenn ich bedenke, wie gut sie schmeckten, wenn sie aus dem Ofen kamen. Isabel, die in der Tapas-Bar für Rosa kochte, nahm mir die Form ab und knallte den Herd zu. Sie machte alles sehr laut und mit düsterer Miene, die aber eigentlich nur so wirkte, weil ihre Augenbrauen in der Mitte fast zusammenwuchsen. Offenbar hatte sie keine Lust, sie zu zupfen, was ich verstehen konnte. Ich gehörte auch nicht zu der Sorte Mensch, die scharf darauf waren, sich selbst Schmerzen zuzufügen. Niemand mochte das wirklich, hätte Lotte mich belehrt, Leute machten das, um sich selbst zu spüren.

»Ritzt Lotte sich etwa?«, hatte mich Doris einmal nervös gefragt, als sie ein solches Gespräch zwischen uns mitbekommen hatte. Nein, Lotte ritzte sich nicht, sie hatte vor, Psychologie studieren.

Ich wollte nicht an Lotte denken.

Rosa stand im Gastraum hinter der Theke. Draußen wurde es langsam dunkel und die Spanier gingen zum Essen, es war gegen zehn. Ich blieb in der Küche mit Isabel, die ungefähr so alt war wie Rosa und mich jetzt Kartoffeln schälen ließ.

Wir schwitzten beide, es war heiß durch den Herd und den Ofen, aber es gefiel mir und vor allem wurde ich in der Küche auch nicht pausenlos jemandem vorgestellt.

»Karla, *cariña,* wo bleiben die Datteln!«, rief Rosa.

Isabel riss die Ofentür auf, dass es krachte, und warf mir ein Küchentuch zu.

An der Theke war inzwischen kein Platz mehr frei, alle aßen und redeten. Manche der Gäste starrten wie hypnotisiert zum Fernseher hinauf, als wollten sie Lippen lesen, denn der Ton war ausgeschaltet. Rosa erklärte, sie würde ihn nur laut stellen, wenn Fußball lief oder eine Telenovela und sie mit Isabel allein war in der Bar, aber das kam nur manchmal im Winter vor. Rosa winkte mich gut gelaunt zu einem dicken Anzugtypen am Ende des Tresens, der sich mit einer Papierserviette den Schweiß aus dem Nacken wischte, sie zerknüllte und auf den Boden warf, wie es in Tapas-Bars üblich war.

Ich stellte dem Dicken die Datteln hin, lächelte und sagte *»Hola«*.

»Woher aus Deutschland kommst du, Karla?«, fragte er, ohne zu lächeln, und spießte mit einem Zahnstocher die erste Dattel auf. Es war immer das Gleiche.

»Aus der Nähe von Münster«, sage ich. *»Buen provecho, Señor.«*

»Ach, woher genau?«

»Ein kleiner Ort, den werden Sie nicht kennen.« Ich hatte Kaff sagen wollen, aber ich kannte kein spanisches Wort dafür. Wo war Rosa eigentlich? Ich wollte zurück in die Küche.

»Lassen wir es doch drauf ankommen.« Jetzt lächelte er und ich wusste nicht, ob ich das besser fand. Er hatte eine unangenehme Art, indirekt Fragen zu stellen. Ich glaube, er merkte, dass ich nicht antworten wollte, und es schien, als sei er daran gewöhnt. Rosa schlurfte mit einer Karaffe Rotwein heran, die Ballerinas fielen ihr fast von den Füßen. »Havixbeck«, sagte ich.

Der Anzugtyp aß eine dritte Dattel.

»Annette von Droste-Hülshoff«, sagte er kauend.

»Was immer das ist«, sagte Rosa.

»Eine deutsche Dichterin.« Ich hatte das Gefühl, ich müsste mich entschuldigen. »Muss man nicht kennen.«

»Besserwisser.« Rosa stellte dem Dicken den Rotwein

hin. »Du gehst allen damit auf die Nerven, Hector, merkst du das nicht?«

»Keine Ahnung, wovon du sprichst«, sagte er und Rosa lachte, als hätte er einen guten Witz gemacht.

Es war nach zwölf. Rosa hatte schon mehrmals versucht, mich nach Hause zu schicken. Die Bar war leer. Draußen an den zwei Weinfasstischen standen nicht mal mehr Raucher. Eine Laterne an der Hauswand gegenüber warf zu grelles Licht auf die Gasse, es herrschte südländische Stille. Zikaden zirpten tatsächlich, Hunde kläfften, kurzes Gekreische irgendwo von Leuten in meinem Alter vermutlich. Isabel und Rosa tranken zusammen einen *carajillo,* einen Espresso mit Brandy, und ich fegte, weil ich Lust dazu hatte, vor dem Tresen auf, was die Gäste den Abend über dorthin geschmissen hatten.

Als das Telefon klingelte, erschraken wir alle drei.

»Vale ... Si, si ... un momento.« Rosa winkte mich heran und übergab mir den Hörer, als hätte ich im Lotto gewonnen.

»Entschuldigen Sie, *Señora* Alvarez ... aber ich erreiche meine Tochter nicht ...« Doris hatte eine miese Aussprache.

»Seit wann kannst du Spanisch?«

»Karla?«

»Ja, was ist? Alles okay bei dir?«

»Alles okay ... bei mir?«, wiederholte sie. Es drohte eine Ansage grundsätzlicher Art, das merkte ich an ihrer gepressten Stimme.

»Ich habe dir nicht diese Euroflatrate gebucht, damit du

dein Handy ausschaltest. Seit Stunden versuche ich, dich zu erreichen. Ich finde das nicht witzig, verstehst du?«

Ich stieß den Atem aus, sodass sie es hören musste.

»Diese Rosa wird mich jetzt für total hysterisch halten, dass ich in ihrem Restaurant anrufe ...«

»Sorry, aber du *bist* total hysterisch, Mama.«

Sie holte Luft. Am Flughafen Münster-Osnabrück hatte sie geheult beim Abschied. Ich war auf alles Mögliche vorbereitet gewesen, beleidigte Ermahnungen, gekränkte Vorwürfe, aber darauf nicht. Natürlich hatte ich sie schon weinen sehen, nach der Trennung von meinem Vater sogar ziemlich oft, aber das war drei Jahre her. Wir heulten auch zusammen bei *Brokeback Mountain* oder *E. T.*, wenn wir nicht gerade Streit hatten. Wenn wir nicht gerade Streit hatten, backten wir auch gemeinsam komplizierte Kuchen. Wir backen beide gern. Manchmal verstanden wir uns ganz gut.

»Ich meine das nicht böse, Mama.«

»Du bist noch in dem Restaurant um diese Zeit?«, fragte sie matt.

Rosa zog besorgt die Augenbrauen hoch, als hätte sie den Vorwurf gehört. Isabel hatte sich inzwischen verabschiedet.

»Ich helfe Rosa ein bisschen, aber jetzt gehen wir nach Hause. Morgen fängt der Sprachkurs an, ich erzähl dir dann, wie es war, ja? Gute Nacht.«

»Sie lässt dich arbeiten?« Gleich war wieder Alarm in ihrer Stimme.

»Nein, Mama. Ich hatte nur keine Lust, den ganzen Abend alleine in der Wohnung zu sitzen.«

»Wusste dein Vater bei der Anmeldung eigentlich, dass deine Gastmutter ein Restaurant führt?«

Wir machten einen Deal. Jeden Abend zwischen sechs und acht musste ich erreichbar sein und morgens vor dem Sprachunterricht eine SMS schicken. Das würde ich hinkriegen, dachte ich.

Später, in Rosas Häuschen am Hang, schaltete ich das Handy an, sobald ich im Bett lag. Lotte hatte mir geschrieben. *Ich denke an dich. Sei …* Ich klickte ihre Nachricht nicht an. In der Wohnung war es jetzt dunkel. Das Herz schlug mir bis zum Hals.

2

Die Sprachschule konnte ich zu Fuß erreichen, wenn ich bereit war, eine halbe Stunde zu laufen, und das war ich absolut. Der Weg hinunter zur Calderia Nueva führte auf schönste Weise durch die abschüssigen, buckligen Gassen des Albaicín, wobei ich zu Beginn kaum je die gleiche Route ging. Man kann sich dort sehr leicht verlaufen. Mich störte das an diesem zweiten Tag in Granada überhaupt nicht. Ich war berauscht davon, in Spanien zu sein. Blühende Pflanzen wuchsen aus alten Mauern, Katzen sonnten sich auf Treppenstufen, alte Frauen in schwarzen Kleidern fegten vor ihren Haustüren, alles war, wie es sein sollte. Ich hatte Rosas *café con leche* und einen zuckerbestäubten *churro* im Bauch, hatte Doris eine SMS geschickt und die von Lotte ungelesen gelöscht. Würde Lotte wissen, dass ich ihre Nachricht nicht gelesen hatte? Konnte sie sehen, dass ich sie gelöscht hatte? *Empfänger hat Ihre Nachricht ungelesen gelöscht.* Ich wünschte, es gäbe diese Mitteilung. Ich dachte definitiv zu lange nach über diesen Scheiß.

Ich studierte den kleinen Faltplan, auf dem Rosa mir eingezeichnet hatte, wo ich hinmusste. Ich hatte ihr ausreden müssen, mich zur Schule zu begleiten. Aber um ehrlich zu sein, war das nicht mal besonders mühsam gewesen. Was mich erstaunte. Ich kannte das anders.

Rosa war nicht beleidigt, sondern lachte einfach. Mir gefiel dieses Lachen. Leider habe ich das erst so richtig gemerkt, als ich es nicht mehr zu sehen bekam.

»Jede ist anders, das sollte ich doch langsam wissen«, hatte Rosa gesagt, als sie mir den Faltplan über den Küchentisch geschoben hatte. »Weißt du, Karla, ich hatte schon Mädchen hier, die keinen Schritt allein gemacht haben. Aber eigentlich hat es dann doch jede irgendwann hingekriegt. Dafür kommt ihr ja schließlich auch her, oder?«

Die Schule befand sich in einem alten Haus zwischen einem marokkanischen Laden, der bestickte Tuniken, bunte Tücher und Silberschmuck an Touristen verkaufte, und einer der vielen arabischen Teestuben, in denen man Wasserpfeife rauchen kann.

Vor mir gingen zwei Japanerinnen die engen Treppen hoch in den zweiten Stock. Ich würde Leute aus aller Welt kennenlernen. *Du kannst mich mal, Lotte.*

Im Unterrichtsraum standen die Fenster offen und alle saßen jeweils zu zweit an den u-förmig angeordneten Tischen. Es waren nur Mädchen. War das etwa Absicht? Hatte mein Vater mich im einzigen nach Geschlechtern getrennten Sprachkurs Granadas angemeldet? Spaniens? Der Welt? Ich setzte mich neben die Japanerinnen.

Warum ich Rosa nicht erzählt habe, dass der Sprachkurs ein kompletter Reinfall war, weiß ich heute gar nicht mehr so genau. Vermutlich glaubte ich, es könnte sie kränken, einfach weil sie Spanierin war.

Doris wollte ich diese Sprachreise, die ich hinter ihrem Rücken mit ihrem Exmann geplant und eiskalt gegen ihren Willen durchgesetzt hatte, auf jeden Fall als grandiosen Erfolg verkaufen. Ich wollte über Friesland, Schweden und Dänemark, das Wattenmeer, Fjorde und Schären triumphieren, über den ganzen bekackten Norden, den ich mit ihr und früher auch mit Papa bereisen musste, seit ich denken kann.

Ich hatte das Gefühl, ihr über den Sprachkurs unmöglich die Wahrheit sagen zu können. Also begann ich an jenem Abend, als ich auf der Plaza Larga mit Doris telefonierte, zu lügen. Ich erfand guten Unterricht und lustige Lehrer, anstatt ihr zu erzählen, wie enttäuscht ich von der Schule war. Ich erfreute sie mit dem Tatsachenbericht von der reinen Mädchenklasse und verschwieg, wie behämmert ich sie alle fand. Auch damit Doris mir nicht sagen konnte, ich würde die anderen Mädchen vielleicht alle nur behämmert finden, weil sie kein Ersatz für Lotte waren.

»Und sonst?«

»Alles super. Mir geht's gut, Mama, wirklich.«

»Schön.«

»Ich fühle mich überhaupt nicht fremd hier.«

Ich hörte sie ausatmen.

»Das musst du jetzt ja sagen.«

»Okay, wenn du nicht wissen willst, wie es mir geht, dann brauchen wir auch nicht telefonieren. *Adios.*«

»Aber das stimmt doch nicht, Karla ...«

Ich schaltete das Handy ab. Manchmal hasste ich sie aus den banalsten Gründen.

Als ich das Las Golondrinas betrat, sah ich Rosa im Gespräch mit jemandem, der vermutlich ihr Sohn war. Er saß vor dem Tresen auf einem Hocker, pulte Pistazien und warf sie sich in den Mund, während sie ihm etwas erzählte und beide darüber lachten. Rosa strahlte ihn an, knuffte ihn, tätschelte seine Hand, fuhr ihm durch die dunklen Locken. Bis zu diesem Moment hatte ich überhaupt noch nicht darüber nachgedacht, ob Rosa Kinder hatte.

»Ah, da ist sie ja!«, rief Rosa ein bisschen zu laut für meinen Geschmack. *»Venga*, Karla! Ich will dir meinen Lieblingsneffen vorstellen!«

Der Lieblingsneffe drehte sich schwungvoll auf dem Hocker herum und sprang auf, als müsste er Haltung annehmen. (Es sah nicht so albern aus, wie es jetzt vielleicht klingt.)

»Hola. Ich bin Naldo.«

»Hola.«

»Und du bist Karla.«

»Äh. Ja.«

Er war älter als ich, wahrscheinlich schon über zwanzig. In dem Alter macht das einen Riesenunterschied, hätte Doris gesagt. Und Lotte hätte erwidert: »Wenn man den Entwicklungsvorsprung bedenkt, den Mädchen vor Jungen in diesem Alter haben, auch wieder nicht.«

Rosa füllte grüne Oliven in Terrakotta-Schälchen.

»Du willst doch die Alhambra sehen, *cariña*. Dann kannst du mit Naldo gehen.«

»Oh toll.«

»Als sie mich heute deswegen angerufen hat, habe ich

Rosa gesagt, dass es vielleicht besser wäre, dich vorher zu fragen, ob du überhaupt Lust hast.« Naldo warf eine Pistazienschale nach ihr. »Nicht jeder mag Überraschungen.« Er warf noch eine.

»Ich finde Überraschungen super«, sagte ich. Für den Moment stimmte das absolut.

»Naldo ist der jüngste Fremdenführer in der Alhambra. Er macht das seit zwei Monaten«, erklärte Rosa stolz. »Deshalb musst du auch für das Ticket nicht den vollen Preis bezahlen.«

»Weil er der jüngste ist?«

»Vielleicht hat sie heute Abend ja auch schon was vor«, sagte der Lieblingsneffe zu seiner Tante. Und zu mir: »Falls du mit Freundinnen verabredet bist oder so, ich habe nämlich nur ein Ticket. Die Nachtführungen sind besonders beliebt.«

»Ich bin nicht verabredet.«

»Na, dann ist doch alles bestens.«

Rosa verschwand in der Küche.

Nachtführung. Mein Mund war trocken und ich hätte mir gern was zu trinken geholt. Aber dann dachte der Lieblingsneffe womöglich noch, ich fühlte mich hier schon wie zu Hause.

Naldo schaute mich kurz an und wieder weg.

»Oliven?«

»Nein danke.«

Mir gefiel der Gedanke nicht, vor seinen Augen abgekaute Olivenkerne in meine Hände spucken zu müssen.

Naldo hängte sich über den Tresen und langte nach einem der zuvor von Rosa gefüllten Schälchen. Ich konnte den Rand seiner Boxershorts über der Jeans sehen.

»Du musst übrigens nicht mitgehen, wenn du keine Lust hast. Die Karte werde ich leicht los.«

»Klar will ich die Alhambra sehen.«

Nur nicht nachts.

Naldo warf sich eine Olive in den Mund.

»Ich meine, nicht jeder ist unbedingt scharf darauf. Was völlig okay ist.«

»So eine Nachtführung. Wie habe ich mir das vorzustellen? Ertasten Sie die Nasridenpaläste?«

Naldo spuckte den Olivenkern aus und legte ihn auf eine Papierserviette.

»Stell es dir einfach gar nicht vor.«

Guter Witz.

Rosa kam mit *patatas alioli* aus der Küche zurück und stellte sie vor uns hin.

»Esst etwas«, sagte sie. »Und wenn ihr zurückkommt, esst ihr noch mal etwas. Soll ich dir Datteln machen, *cariña?«*

»Mir sollst du Datteln machen«, sagte Naldo, bevor ich antworten konnte.

»Versprich mir, Karla nicht aus den Augen zu lassen.«

»Ich finde, Karla sollte versprechen, mich nicht aus den Augen zu lassen.«

Woher soll ich denn wissen, ob ich mich auf dich verlassen kann, jüngster Führer durch die Alhambra?

»Ich habe schließlich einen Job zu machen«, sagte Naldo und zog ein Kartoffelstück durch die Knoblauchmayonnaise.

Ich achtete darauf, mich ziemlich mitten in der kleinen Besucherherde zu halten, die Naldo durch die Gemächer des Alkazars führte. Ungefähr zwanzig Leute. Ich hatte Deutsche, Franzosen und Holländer heraushören können und die beiden Japanerinnen aus dem Sprachkurs gesehen. Aber anscheinend erkannten sie mich nicht.

Besuchergruppen. Auch so etwas, das ich zu vermeiden gelernt hatte. Eigentlich. Mein Vater war Bauforscher und hatte einen Doktor in Kunstgeschichte. Die Burg der Droste zeigte er mir, sobald ich an seiner Hand laufen konnte, und später dehnte sich die Besichtigung von Burgen und Schlössern ins ganze Münsterland aus. Noch später sogar bis nach Berlin, als er dort öfter zu tun hatte. Mir gefiel meistens, was ich zu sehen bekam, und noch mehr gefiel mir unsere gemeinsame Flucht vor den anderen Besuchern. »Herden-Alarm!«, flüsterte mein Vater dann und wir rannten. Mit den Jahren kriegten wir das ohne Alarm, in stummer Übereinkunft hin. Mein Vater hat lange behauptet, ich hätte sein kunsthistorisches Gen.

Jetzt trug mich Naldos Stimme durch die Paläste, in denen sparsame Illumination für märchenhafte Stimmung sorgte. Im Halbdunkel schimmerte Gold von Gewölbedecken, meine Finger ertasteten die Stuck-Ornamente an den Wänden von Haremsgemächern und Naldo sprach ein wunderschön spanisches Englisch. Ich hörte ihm gern zu. Alle in der Gruppe hörten ihm gern zu. Die Japanerinnen flüsterten manchmal. In den Höfen wisperten Brunnen und Wasserläufe.

Ich begann, mich versuchsweise ein paar Schritte hinter den anderen zu halten. *Ich will mir vorstellen, allein hier zu sein.* Ich wollte es wenigstens versuchen. Doris machte mir wie immer einen Strich durch die Rechnung.

»Warum hast du das gemacht?«, hörte ich meine Mutter in meinem Kopf fragen. Ihre Stimme tropfte von den orientalischen Stuckdecken wie Kondenswasser. »Wie konntest du mich dermaßen hintergehen?«

Am Abend vor meiner Abreise, den ich wohlweislich bei meinem Vater verbracht hatte, war ich quasi gezwungen gewesen, die beiden zu belauschen. Sie telefonierten. Mein Vater sortierte in seinem Arbeitszimmer Ausstellungskataloge. Er hatte das Telefon auf laut gestellt. Ich hörte die anklagende Stimme meiner Mutter und konnte einfach nicht anders. Ich musste zuhören.

»Warum hast du das gemacht, Wolfgang? Wie konntest du Karla dazu bringen, mich dermaßen zu hintergehen?«

»Weil man mit dir nicht reden kann.«

Doris lachte ihr bitteres Lachen. Ich hoffte, niemals so zu lachen und dabei auszusehen wie sie in solchen Momenten. »Natürlich«, hatte ich Doris sagen hören. »Ich bin natürlich selbst schuld daran, dass man mich belügt. Genauso wie ich schuld daran bin, dass man mich wegen einer jüngeren Frau verlassen hat.«

»Hör auf, dir was vorzumachen«, sagte mein Vater.

»Wie komme ich auch dazu, fünfzig zu werden! Für dieses Delikt gehen bekanntlich nur Männer straffrei aus.«

Meine Mutter ist Juristin. Mein Vater war über diese

Bemerkung einfach hinweggegangen. In dieser Hinsicht gab es schon lange nichts mehr zu besprechen.

»Ich habe Karla weiß Gott zu nichts bringen müssen«, sagte er. Das immerhin hatte er sich nicht verkneifen können. »Ich werde mich nur nicht weiter deiner Paranoia unterordnen. Und weißt du, Doris, wenn du so weitermachst, dann wirst du Karla erst recht verlieren.«

Es klickte in der Leitung. Doris hatte aufgelegt.

Es war still.

Ich befand mich im Säulengang des Palacio del Partal. Auf der einen Seite funkelten die Lichter des Albaicín durch die Bogenfenster wie entfernte Sterne und auf der anderen glänzte tiefes Schwarz wie ein nächtliches Meer. Wie ein Abgrund. Außer mir war niemand mehr da. Augen zu. Atmen. Ein, aus, ein, aus, ganz langsam. Ich hörte Wasser, so als würde Wind es bewegen, und als ich die Augen aufmachte, hörte ich eine Stimme. Es war eine junge weibliche Stimme, in der eine gewisse Härte mitschwang. Vielleicht folgte ich ihr, weil sie mir bekannt vorkam. Wohl nur deshalb traute ich mich trotz der Dunkelheit hinaus in die Gärten, bis zum Rand des Wasserbeckens. Der Mond spiegelte sich in den schmalen Kanälen. Ich konnte sogar Seerosen erkennen. Sie hatten sich zu kleinen Inseln zusammengedrängt, als hätten sie Schiss, so wie ich. Die Stimme kam von oberhalb, irgendwo aus dem Dunkel von Bäumen, die einen höher gelegenen Weg säumten.

Es war unmissverständlich, dass sie etwas Böses sagte, so wie sie die Worte ausspuckte. Ich bewegte mich darauf zu, als würde ich von ihr angezogen, langsam und leise am Rand des Wassers entlang. Sie sprach ein schnelles, raues Spanisch. Hinter mir plätscherte eine Fontäne. Ich verstand nichts. Zwischendurch sackte die Stimme in einen heiseren Laut ab, als versuchte sie, ein Schluchzen zu unterdrücken. Und dann war eine ältere Frauenstimme zu hören, streng und laut, die sagte: »*Calmate.* Beruhige dich, Mädchen, beruhige dich.« Doch es schien sie nur noch böser zu machen. Ihre Wut drängte durch die Hecken wie ein Rudel fetter Ratten und die Angst sprang mich so plötzlich an, wie sie es immer tut. (Und noch immer kann sie mich damit so verdammt *überraschen.)*

Ich stolperte. Das Geräusch meines Körpers, der wie ein Sack in das Wasserbecken Jusufs III. fiel, brachte die Stimmen abrupt zum Schweigen.

»Karla?!«

Der Lichtkegel einer Taschenlampe blendete mich. Über mir, zwischen den Zweigen der Hecken, sah ich die Bewegung eines fliehenden Schattens, als würde ein großer Vogel sich mit heftigen Flügelschlägen entfernen.

Ich schrie, als Naldos verärgertes Gesicht über mir auftauchte.

»Verdammt noch mal, was soll das?«

Obwohl von mir keine Antwort kam, streckte er mir die Hand hin. Als ich sie ergriff, war es, als würde mich etwas Giftiges stechen. Ich biss die Zähne zusammen, während Naldo mich aus dem kniehohen Wasser zog. Er leuchtete mir ins Gesicht.

»Hast du dir wehgetan?«

»Weiß nicht.«

Ich hielt meine rechte Handfläche ins Licht.

»Ein kleiner Schnitt«, sagte er. »Nicht schlimm, aber wir sollten das später desinfizieren.«

Naldo ließ meine Hand los und ich schielte auf die dünne rote Linie, die ich eigentlich gar nicht so genau anschauen wollte, weil ich kein Blut sehen kann. Das Taschenlampenlicht schwenkte ab. Naldo setzte sich in Bewegung.

»Komm jetzt.«

Meine Chucks quietschten, als ich hinter ihm herplatschte. Meine nassen Jeans hinterließen eine flüchtige Tropfspur auf den Steinen.

»Da musst du jetzt durch«, sagte Naldo mitleidlos. Er beschleunigte seine Schritte. »Gib Gas, die anderen warten.«

Er stellte keine weiteren Fragen.

Mit gerade eben so viel Abstand, wie meine Eitelkeit es mir abverlangte, folgte ich Naldo und der Gruppe durch eine Zypressenallee Richtung Ausgang. Mein feiges und mein anderes Ich lieferten sich eine Schlammschlacht. Das Über-Ich ist wie eine Polizei im Kopf, sagt Lotte. Sie hat Freuds Einführung in die Psychoanalyse gelesen, als ich noch mit Harry Potter beschäftigt war.

Du hast dich mal wieder zur Idiotin gemacht, du Memme.

Das Scheinwerferlicht an den Mauern der Alhambra ließ das dunkle Grün der hochgewachsenen Bäume aufleuchten wie Smaragde. Am Ausgang standen einige Besuchergruppen beisammen. Die unsere scharte sich um Naldo. Ich drückte mich an ihnen vorbei und steuerte auf den verbeulten Roller zu, auf dem Naldo mich trotz Rosas Protest mitgenommen hatte.

»Wenn Karla was passiert, bin ich dafür verantwortlich.«

»Karla passiert nichts.«

Nein, Karla hört nur Stimmen und fällt ins Wasser.

Bei den Zypressen besprachen die beiden Japanerinnen über den erleuchteten Displays ihrer Smartphones vermutlich gerade ihre weiteren Pläne. Sicher würden sie noch ausgehen, so wie Freundinnen es eben tun, wenn sie in einer grandiosen Stadt zu Besuch sind und die Sprachschule maximal eine Nebenwirkung ist und ein Alibi ihren Eltern gegenüber.

Beruhige dich, Mädchen, beruhige dich doch.

Ich versuchte, meine Hosenbeine wenigstens an den Knöcheln auszuwringen. Vom Parkplatz fuhr ein Kleinbus voller Nonnen ab. Naldo kam auf mich zu. Die Japanerinnen hatten mich nun doch erkannt. Sie winkten scheu und traten ihren Fußweg Richtung Plaza Nueva an, während der Nonnenbus sie überholte.

»Du siehst aus, als wolltest du Datteln, obwohl du keine verdient hast.«

Er strapazierte die Sache mit den Datteln vielleicht ein bisschen zu sehr. Ich lächelte trotzdem. Schließlich versuchte Naldo, nett zu sein, und außerdem fand ich es schön, wie er mir den hässlichen Helm – ich meine diese Dinger, die aussehen wie alte Kochtöpfe, er trug auch so einen – in die Hand drückte, als wären wir alte Freunde.

Es beruhigte meine Nerven.

Trotzdem fröstelte ich in meinen klammen Klamotten, als ich hinter ihm auf dem Roller saß und wir zurück ins Albaicín fuhren. Ich versuchte, mich nicht an Naldos Rücken zu lehnen, von dem Wärme ausging, als hätte er die Sonne eines ganzen Tages gespeichert.

Rosa bemerkte meine nasse Hose sofort.

»Wie ist das passiert?«

Rosa fragte nicht mich, sondern Naldo, und zwar richtig sauer. Es fiel ihr deutlich leichter, ihm Vorwürfe zu machen als mir.

»Karla wollte im Palacio Partal Seerosen pflücken.«

»Sie wird eine Blasenentzündung bekommen!«

Auf jeden Fall hatte Rosa keine Probleme, eine mich möglicherweise ereilende Unterleibserkrankung anzusprechen.

Ich wurde rot und Isabel knallte eine wilde Mischung übrig gebliebener Tapas vor uns auf den Tresen. Immerhin waren auch *dátilas* dabei, Naldo schob sie mir herüber.

»Danke«, sagte ich, »für alles übrigens.«

»Gern geschehen.« Naldo trank einen Schluck Bier aus der Flasche.

»Warum habe ich eigentlich keine Seerose gepflückt?«, wollte ich wissen. Bei so einer seltsamen Ausrede sollte man sich vielleicht absprechen. Naldo ging nicht drauf ein.

»Zeig mal deine Hand«, sagte er und streckte seine aus.

In dem Moment kam Rosa herein, eine alte Decke im Arm. Daher legte ich Naldo nicht meine Hand in seine,

Rosa hätte das missverstehen können. Naldo grinste, als Rosa die Decke um mich feststeckte, als wäre ich ein Kleinkind. Ich bemerkte, wie hungrig ich war. Während wir uns mit *patatas, boquerones* und *flan* vollstopften, übernahm Rosa die Gesprächsführung. Im Grunde war alles in Ordnung. Bald würde ich mit Rosa zusammen nach Hause gehen.

An diesem Abend ließ ich die Nachttischlampe in meinem Zimmer brennen. Ich fragte mich, ob Naldos *»Hasta luego«* zum Abschied wirklich zu bedeuten hatte, dass ich ihn wieder zu Gesicht bekäme. Ich schaltete mein Handy an und stellte fest, dass Doris noch zweimal angerufen und Lotte mir wieder geschrieben hatte.

Immer noch sauer?, schrieb Lotte.

Die Verharmlosung meines seelischen Zustandes ärgerte mich. Aber ich war heilfroh, dass sie wieder geschrieben hatte. Ich war in Stimmung für Schritt zwei: lesen und nicht antworten.

Ich hoffe, alles läuft gut für dich!, schrieb Lotte. *Wie ist der Sprachkurs? (Du weißt genau, was ich wissen will.) Freu mich wie blöd, wenn du antwortest. Verstehe auch, wenn du es nicht willst. Finde es aber trotzdem schlimm. Küsse*

Kein Wort über Luca. Kluge Lotte. Ich beschloss, Schritt zwei noch ein paar Tage durchzuziehen.

Ich wachte davon auf, dass ich keine Musik mehr hörte. Die Kopfhörer waren mir aus den Ohren gefallen. Der Akku meines iPod war leer.

Jemand hatte das Licht ausgemacht.

Ich mag es, wenn Türen von Zimmern, in denen ich mich befinde, einen winzigen Spalt offen stehen, also nur angelehnt sind. Ich will Licht sehen von draußen, wenn ich drinnen bin und es dunkel ist. Ich will Geräusche hören, jedenfalls keine Stille, das macht mich fertig. Prinzipiell habe ich auch mit Kopfhörern so meine Schwierigkeiten. Wenn ich welche trage, dann muss ich nach hinten abgesichert sein und nach vorne habe ich gern alles im Blick. Ich hasse den Gedanken, mich könnte jemand von hinten anspringen oder mich im Nacken packen, mir den Arm um den Hals legen, mich würgen oder so. Ich hasse das wirklich. Das ist der absolute Horror für mich.

Ich stand auf und ging ans Fenster. Drüben leuchtete die Alhambra, schön und erhaben, golden und gut. Ich würde das in den Griff kriegen.

3

Moin, Mom. Hab verschlafen. Sonst alles gut. Jetzt schnell Schule. Bis um sechs! Du rufst doch an, oder?

Ich schaltete mein Handy aus und rollte mich aus dem Bett. In der Küche lief Rosas Lieblingssender *Flamenco-Radio punto com,* aber Rosa war nicht da. Auf dem Herd blubberte der Kaffee, den ich schon im Schlaf gerochen hatte, in einem Stielkännchen auf kleinster Flamme.

»Rosa?«

Ich trat in den schmalen Flur, an dessen Ende links das Wohnzimmer abging, Rosa hatte es mir bei meiner Ankunft gezeigt. Es war ein Raum mit dunklen Möbeln, einem wuchtigen Sofa mit zwei wuchtigen Sesseln und einem wuchtigen Couchtisch, Barock brutal, würde Doris sagen. Wegen der geschlossenen Fensterläden war es insgesamt ziemlich dunkel gewesen und ein gewaltiger, großer Fernseher, der jetzt offenbar lief, hatte aus der braunen Schrankwand geglotzt wie ein blindes Auge.

Das monotone Stimmengeratter einer Nachrichtensendung endete abrupt.

»Ich komme gleich!«, hörte ich Rosa rufen. Ich wartete auf das leise Ächzen, das sie von sich gab, wenn sie von einem Stuhl aufstand, aber es kam nicht. Rosa schien sich nicht zu bewegen.

Erst unter der Dusche wunderte ich mich darüber, dass sie mich nicht geweckt hatte. Mir blieb keine Zeit zum Haarewaschen, und wenn ich meine Haare nicht waschen kann, wie ich es geplant habe, verdirbt es mir massiv die Laune. Auf einen Zwei-Tage-Rhythmus lege ich Wert. Meine Haare sind mir wichtig, da ich finde, sie sind das Schönste an mir. Sie sind lang und sie reichen mir den halben Rücken hinab. Ich musste sie zu einem Knoten binden, was mir zum Glück gut stand und worauf Doris immer neidisch war, weil sie mit ihrem kinnlangen Friedhofsblond gar nichts machen konnte außer föhnen. »Schwein gehabt«, sagte mein Vater gern. »Bei deinen Haaren muss sich eine deiner Urgroßmütter durchgemendelt haben.«

Ein kleiner, spitzer Schmerz erinnerte mich an den Schnitt in meiner Rechten, als ich das Duschgel – Vanille-Limone, mit Lotte gekauft – in meinen Händen verrieb. Er erinnerte mich an meinen dummen Sturz ins Wasser, an meine dumme Angst, nur weil zwei Frauen gestritten hatten. Meine Ängste kamen mir am Tag immer lächerlich vor und deshalb wusste nicht mal Lotte davon. Mit ihr zusammen hatte ich ja auch keine Angst. Das war ja das.

In Rosas Häuschen gab es nur ein Bad, das sie mit mir teilte, und ich liebte es, weil es so retro und cosy und rosa gekachelt war, mit rosa Waschbecken und Badewanne, einer Duschkabine mit undurchsichtigen, rubbeligen Plastiktüren und Badezimmerteppichen in flauschigem Braun, mit darauf abgestimmten braunen Frotteetüchern. Nur die für mich waren weiß wie der

Spiegelschrank, in dem ich, nicht ohne Rosa zu fragen, nach einem Pflaster suchen wollte.

»Rosa?«

Ich öffnete die Badezimmertür und lauschte. Kein Flamenco mehr aus der Küche. Ich konnte Wasser ins Spülbecken tropfen hören.

In der Küche lehnte ein Zettel an dem Kaffeebecher, den Rosa für mich auf den Tisch gestellt hatte.

Karla, ich muss dringend etwas erledigen. Por favor, perdóname. *Ich konnte nicht auf dich warten. Geh zum Frühstücken zu Isabel in die Bar.* Besito, *Rosa*

Rosa hatte eine kleine schwer zu lesende Schrift. Auf dem Herd war der Kaffee kalt geworden.

»Wo ist Rosa?«

Zischend stieg Dampf von der Espressomaschine im Las Golondrinas auf. Isabel schäumte Milch.

»Hat sie dir nicht gesagt, wo sie hinwill?«, schrie sie über den Lärm hinweg.

»Sie hat einen Zettel geschrieben, dass sie wegmuss, aber nicht, wohin.«

Isabel schob mir den *café con leche* über den Tresen, die Mundwinkel nach unten gezogen und schulterzuckend.

»Mehr weiß ich auch nicht. Willst du einen *churro?«*

Ich wollte keinen. Ich hatte das Gefühl, mir könnte heute davon schlecht werden. Ein guter Grund, die erste Spanischstunde zu verpassen. Ich trank meinen Kaffee ohne Eile, während die Gäste kamen und gingen. Ich wartete auf Rosa. Aber sie kam nicht.

Sollte mich irgendeine blöde Ahnung beschlichen haben, was man ja hinterher gern immer behauptet, dann machte sie sich in der Schule wieder davon, vertrieben von elender Langweile.

Natürlich bin ich ungerecht, wenn ich das so erzähle. Mir war langweilig, weil ich einen deutlichen Vorsprung vor den anderen hatte, besonders vor den Japanerinnen, die mich übrigens grüßten, als ich mich neben sie setzte. Eigentlich war es super von Rocío, unserer Lehrerin, mit uns über die *Semana Santa* zu sprechen, die meisten schienen nichts darüber zu wissen.

Rocío war eine dieser Spanierinnen mit scharfem Profil, in dem die Nase eine prominente Rolle spielt. Sie sah aus, wie man sich eine Flamenco-Tänzerin vorstellt, doch dafür fehlte Rocío das Temperament und Humor hatte sie auch nicht. Darüber wundert man sich bei jungen Leuten immer ganz besonders, warum eigentlich?

Die Semana Santa interessierte mich jedenfalls brennend. Ich konnte gar nicht genug davon kriegen, über die Prozessionen, die Bruderschaften und über die Nazarenos zu hören, die mit ihren Kutten fatalerweise aussehen, als wären sie vom Ku-Klux-Klan. Sie haben aber damit überhaupt nichts zu tun, sondern eher umgekehrt. Der KKK hat sich die Kutten von den Nazarenos abgeguckt, um seine Verbrechen schön inkognito begehen zu können.

Wie auch immer, Rocío nahm mich nicht dran, wenn ich mich meldete, und ich beschloss, nach dem Unterricht ins Sekretariat zu gehen. Tatsächlich hatte ich vor, die Schule weiter zu besuchen, weil mein Vater schließlich dafür bezahlt hatte, und ich wollte ihn nicht hintergehen deswegen. Ich dachte gut-töchterlich daran, in einen anderen Kurs zu wechseln.

Kurz vor Unterrichtsende schob eine der Japanerinnen einen kleinen Vogel zu mir herüber, der aus kariertem Papier gefaltet war. Das fand ich sehr nett und hätte vielleicht etwas mehr als nur *Thank you* sagen sollen. Ich gab vor, schnell wegzumüssen, aber ich lächelte sehr freundlich und sagte *»See you tomorow«*, obwohl ich wusste, dass es gelogen war.

Den Vogel hielt ich noch in der Hand, als ich nach kurzem Anklopfen das Sekretariat betrat. Von zwei Schreibtischen aus sahen zwei Sekretärinnen Richtung Tür, wo ich stehen geblieben war, weil sich ziemlich gleichzeitig ein massiger Mann zu mir umdrehte, den ich kannte.

»Das nenne ich Zufall. Dich wollte ich sprechen«, sagte er. Es war der Anzugtyp, der wusste, wo Havixbeck lag. Er streckte mir die Hand hin.

»Comissario Salinas, Guardia Civil Granada. Darf ich noch Du sagen? Karla? *Señorita* Sommerfeld?«

Er lächelte. Ich nickte. Die beiden Sekretärinnen sahen zu, wie ich ihm die Hand gab.

»Wollen wir uns draußen unterhalten?«, fragte Salinas.

»Um was geht's denn?«, fragte ich und im gleichen Moment wurde mir schlecht. Salinas ging vor mir die Treppen hinunter. Er schwitzte schon wieder im Nacken.

War zu Hause irgendwas Schreckliches passiert?

Würde man einen Beamten der Guardia Civil schicken, um mir zu sagen, dass meine Mutter tödlich verunglückt war? Auf die Idee, dass meinem Vater etwas zugestoßen sein konnte, kam ich gar nicht.

»Ist was mit Rosa?«, krächzte ich.

Salinas antwortete, ohne sich umzudrehen.

»Mit Rosa? Nein. Keine Sorge.«

Ich hatte das dringende Gefühl, pinkeln zu müssen, aber ich traute mich nichts zu sagen.

Draußen auf der Calderia Nueva blendete mich die Sonne. Fast wäre ich in Salinas gerannt, der stehen geblieben war und mich fragte: »Willst du dich irgendwo hinsetzen und etwas trinken?«

Was sollte das werden? Um uns waren jede Menge Leute, es war laut und warm, ungefährlich.

»Nein danke.«

»Gut. Unterhalten wir uns hier.«

Er deutete zu der alten Mauer, die entlang der Straße hinauf zum Albaicín führte. Dahinter floss einige Meter tiefer der Darro und gegenüber standen jahrhundertealte mehrstöckige, schmale Häuser am Hang, in denen man sich sofort zu wohnen wünschte, so wie sie sich dort über dem Fluss befanden mit blutroten Fensterläden und schmiedeeisernen Balkonen.

»Du warst gestern Abend in der Alhambra?«

»Ja.«

Warum fragte er, wenn er es wusste?

»Hat Naldo seine Sache gut gemacht?«

»Ich glaub schon.«

Salinas fuhr sich mit der rechten Hand über seinen verschwitzten Nacken.

»So. Glaubst du?«

Ich guckte weg, als er die Hand in die Hosentasche schob, wahrscheinlich, um den Nackenschweiß abzuwischen.

»Hast du ihn nicht immer verstanden oder hast du nicht immer zugehört?«

Ein paar Schritte entfernt ließ ein alter Mann einen Korb an einem Seil die Mauer hinunter.

»Keine Ahnung. Vielleicht habe ich nicht immer zugehört und vielleicht habe ich nicht jedes Wort verstanden.«

Um den alten Mann neben uns scharten sich inzwischen die Leute. Salinas, der an der Mauer lehnte, blickte über die Schulter nach unten, wo der Korb des alten Mannes auf den Steinen des Flussbetts landete. Zwischen Papierfetzen und zerdrückten Plastikflaschen hockte eine struppige schwarze Katze.

Ich fand das, was ich über Naldo gesagt hatte, definitiv nicht freundlich genug und fügte hinzu: »Die Leute, die er geführt hat, also seine Gruppe, die waren sehr zufrieden, glaube ich.«

Die Katze löste sich aus ihrer geduckten Haltung und reckte den Hals Richtung Korb. Ich versuchte zu erkennen, ob etwas drin lag. Irgendein Lockstoff. Was Leckeres.

»Und du?«, fragte Salinas. »Hat es dir auch gefallen?«

Es ging ihn überhaupt nichts an, wie sehr es mir gefallen hatte und dass sich damit zum ersten Mal in meinem Leben ein Traum erfüllt hatte. Ein bisschen jedenfalls.

»Ja«, sagte ich. »Ich fand's schön.«

Unten stieg die Katze in den Korb. Sie war sehr vorsichtig. Es war plötzlich ganz still. Alle, wirklich alle um uns herum hielten den Atem an. Wir auch. Sogar Salinas sagte nichts mehr. Schlingernd setzte sich der Korb in Bewegung. Langsam holte der Alte das Seil ein. Doch es klappte nicht. Der Katze war die Sache unheimlich. Als sie sprang, gaben die Zuschauer ein enttäuschtes Stöhnen von sich wie bei einem verpatzten Elfmeter.

»Was war das für eine Sache mit den Seerosen?«, hörte ich Salinas fragen. Er hatte ein enormes Gefühl für Timing.

»Ich bin einfach nur ins Wasser gefallen«, sagte ich.

Die Sache war gelaufen. Die Katze duckte sich in ein dorniges Gestrüpp nahe der Mauer. Die Leute gingen auseinander. Der Alte blieb mit seinem Korb am Seil allein. Keiner hatte mehr Interesse, einen weiteren, womöglich misslingenden Versuch, die Katze zu retten, mit anzusehen.

»Wie ist das passiert?«, fragte Salinas freundlich. »Warst du allein?«

Er nervte mich wirklich. Ich sah ihn an, obwohl ich nicht die geringste Lust dazu hatte.

»Warum fragen Sie mich das alles?«

Mit einem Mal wirkte er traurig. Ernst jedenfalls.

»Man hat heute Morgen unter der Puente de Cabrera am Flussufer die Leiche einer Frau gefunden«, sagte er. In meiner schweißnassen Hand juckte der Papiervogel der Japanerinnen.

»Es gibt Zeugen, die berichten, diese Frau hätte Streit mit einem Mädchen gehabt«, fuhr Salinas fort.

Ich faltete den japanischen Vogel auf, um meinen zittrigen Händen eine Beschäftigung zu geben.

»Karla?«

Salinas griff in die Jackentasche seines Anzugs.

»Ja?«

»Wir haben ein Phantombild anfertigen lassen.«

»Aha.«

»Würdest du es dir mal ansehen?«, bat Salinas. Er hielt mir ein schulheftgroßes Blatt Papier mit einer Zeichnung hin. Ich hätte die Augen schließen müssen, um nicht hinzusehen.

»Wer ist das?«, flüsterte ich, obwohl es eine blöde Frage war.

»Mit diesem jungen Mädchen wurde Schwester Pilar zusammen gesehen. Es gab da wohl eine ... sagen wir ... Auseinandersetzung. So haben Zeugen sie beschrieben. Ziemlich exakt, wie ich finde.«

»Ich kenne keine Schwester Pilar.«

Noch immer starrte ich auf die Zeichnung.

Das auf dem Bild war ich.

»Schwester Pilar ist Nonne«, sagte Salinas nach einem Moment, den er mir gegeben hatte, seine kleine Überraschung auf mich wirken zu lassen. »Oder sollte ich sagen ›war‹?« Er schien sich das wirklich zu fragen. Er hob die Schultern und dabei quetschte sich der Hemdkragen für einen kurzen Moment in seinen dicken Hals. »Sie ist es wohl immer noch, auch wenn sie nicht mehr lebt.«

Ich dachte an die flatternden Schatten über mir in der Alhambra. *Eine Nonne.* Ich sollte das klären.

»Ich habe ein paar Nonnen am Ausgang gesehen gestern«, sagte ich.

»Am Ausgang?«

»Nur von Weitem.«

»Und drinnen?«

»Wie drinnen?«

»In der Alhambra. In den Gärten vielleicht?«

Ich musste einfach nur die Wahrheit sagen, dass ich etwas gehört, aber nichts verstanden hatte. *Beruhige dich, Mädchen!* Dass ich nichts gesehen hatte.

»Also am Ausgang«, sagte Salinas. »Wie weit von dort? Fünf Meter? Zehn Meter? Zwanzig?«

Er sah mich an, mit verschränkten Armen und schief gelegtem Kopf, als wäre er mein verdammter Mathelehrer und ich sollte an der Tafel eine Aufgabe lösen.

»Keine Ahnung. Die sind zum Parkplatz gegangen. Und dann sind sie mit einem Bus weggefahren.«

»Hm.«

In meinem Kopf setzte sich kreischend ein Karussell in Bewegung. Salinas hatte mich in der Schule abgepasst, weil er von Rosa wusste, wo er mich finden würde. Ob er auch schon mit Naldo gesprochen hatte? Von meinen nassen Klamotten konnte auch Rosa ihm erzählt haben. Hatte sie mit Salinas gesprochen, während ich mich gefragt hatte, wo sie war? Warum war sie so heimlich aus der Wohnung gegangen? Was dachte sie jetzt von mir? Hatte sie dieses Phantombild gesehen?

Mein Kopf fühlte sich an, als würde jemand rostige Nägel reinschlagen. Ich sollte reden. *Rede, du Memme!* Noch nie hatte ich in den Spiegel geguckt, wenn ich wütend war. Das Phantombild zeigte mir, wie ich dann aussah. Jeder konnte das sehen.

»Ich müsste jetzt mal gehen«, sagte ich. »Sonst macht Rosa sich Sorgen.«

Salinas steckte die Zeichnung weg und sah auf die Uhr.

»Das wollen wir natürlich nicht, dass Rosa sich Sorgen macht«, gab er zurück.

»Also dann«, sagte ich. »Adios.«

Ich ging einfach. Dabei hatte ich das Gefühl, dass er mir nachsah. Vielleicht wischte er sich auch wieder den Schweiß aus dem Nacken.

»Du hast was verloren, Karla«, hörte ich ihn direkt hinter mir.

Salinas hielt mir den aufgefalteten karierten Papiervogel hin. Er musste mir aus der Hand gefallen sein. Ich nahm ihn, ohne zu zögern.

What happened to you at Alhambra last night?, hatten die Japanerinnen mir geschrieben.

Salinas konnte ich gerade noch zwischen zwei Häusern in einer Gasse verschwinden sehen. Im Gehen hob er eine Hand zum Gruß.

TAGEBUCH

Ich muss mich konzentrieren, es gibt mehrere Möglichkeiten. Wenn ich mich aufrege, bringt mir das gar nichts. Es bringt auch nichts, mir die Nagelhaut abzukauen. Scheiße, es blutet. Obwohl, es könnte sogar mehr sein für meinen Geschmack, am liebsten würde ich alles vollschmieren mit meinem Blut. Alles raus, das wäre mal was. Mein Herz fühlt sich an, als würde es gegrillt, ich muss aufpassen, dass ich nicht total auf den Horror komme. Ich muss mehr wissen. Ich muss hierbleiben, ich kann auf keinen Fall weg. Was soll ich jetzt machen? Ich kann keinen fragen, aber das kenne ich ja schon. Ich könnte heulen und das hasse ich. Das hasse ich, seit ich denken kann. Wann das wohl war? Irgendwie habe ich das Gefühl, mir fehlt da was. Aber vielleicht geht das jedem so, egal. Ist ja nur ein beschissenes Gefühl.

4

Naldo saß in der Küche, als ich nach Hause kam. Er las in einem Buch. Ich fand es tröstlich zu glauben, dass er auf mich gewartet hatte. Hatte er anscheinend auch.

Nach dieser Begegnung mit Salinas war ich mir nämlich plötzlich ziemlich fremd vorgekommen in Granada, isoliert und schlimm – bis zu dem Moment, als ich Naldo an Rosas Resopaltisch sitzen sah –, ich wollte mich verstecken. Als würde irgendwo ein Steckbrief von mir hängen. Trotzdem kam ich in dieser ungeheuerlichen Situation nicht auf die Idee, meine Mutter anzurufen oder meinen Vater. Ich dachte nur: Sie dürfen nichts davon wissen. Keine Ahnung, ob das normal ist. Ich machte mir erst viel später Gedanken darüber. Mit Lotte hätte ich sprechen wollen, aber das kam immer noch nicht infrage. Jetzt war Naldo da. Eine Locke fiel ihm über die Augen. Er klappte sein Buch zu. *Memorias e historia del francquismo*. Irgendwas über Franco.

»Ist was mit Rosa?«, fragte ich.

Naldo strich sich mit beiden Händen die Haare aus dem Gesicht. Sie fielen sofort wieder zurück, als er damit aufhörte.

»Sie hat irgendwas eingenommen. Ich glaube, sie schläft jetzt«, sagte er. »Meine Mutter ist bei ihr.«

Ich schluckte.

Naldo stand auf. Ich wusste nicht, was ich sagen sollte. Und es ärgerte mich einen Moment lang, dass ich außerdem nicht wusste, ob er es war, der mich nervös machte, oder alles andere.

»Ich habe auch mit Hector gesprochen.«

Klar, dass er den Comissario meinte. Ich versuchte erst gar nicht, so zu tun, als wüsste ich das nicht.

»Karla.«

»Ja?«

Ob Salinas ihm das Phantombild gezeigt hatte?

»Das ist bestimmt nicht gerade witzig für dich«, sagte Naldo.

»Was?«

Mein Mund war trocken. Ich nahm ein Glas vom Abtropfgitter des Spülbeckens, drehte den Wasserhahn auf, aus dem, wie in der gesamten Provinz Granada, das Wasser der Sierra Nevada kommt. Im Rücken glaubte ich, Naldos Blick zu spüren.

»Ich weiß ja nicht, wie es bei dir zu Hause ist, aber hier liegt nicht jeden Tag eine tote Nonne unter einer Brücke.«

Salinas hatte ihm das Bild anscheinend nicht gezeigt. Vielleicht wollte der Nackenschwitzer mir nicht sofort meine ganze Zeit hier versauen. Oder er verfolgte eine miese Strategie der Verunsicherung. Ich weiß schon, warum ich (im Gegensatz zu Lotte) Thriller nie leiden konnte. Ich könnte ausrasten, wenn ich mitkriegen muss, wie Leute in Schwierigkeiten geraten und dann alles falsch machen.

»Du hast mir immer noch nicht gesagt ... ich meine ... ist Rosa krank?«

»Nichts Schlimmes, mach dir keine Sorgen. Es ist eher so eine Stimmungssache, glaube ich.« Naldo nahm sein Buch vom Tisch. *Bitte geh nicht weg.*

»Hat das ... also wenn sie sich schlecht fühlt ... mit mir zu tun ... wegen Salinas?« Als Mensch, der gerade mehrere Jahre Pubertät hinter sich hat, ist man es gewöhnt, dass Leute wegen einem schlecht drauf sind.

Naldo guckte mich an und runzelte die Stirn. »Blödsinn«, sagte er. »Der Comissario hat dir ja ganz schön Angst eingejagt. Klar ist das alles ziemlich heftig, aber ...«

Er berührte meine Schulter.

»Ich habe ihm gesagt, du warst es nicht.« Naldo grinste.

Ich fand's nicht zum Lachen.

What happened to you at Alhambra last night?

Das Briefchen der Japanerinnen hatte ich in kleinste Schnipsel zerrissen und über die Flussmauer geworfen. Ich hatte mich sogar umgeschaut, ob mich jemand dabei beobachtete. Salinas hatte mir Angst gemacht, Naldo lag vollkommen richtig, auch wenn er nicht wissen konnte, wie leicht das war. Mir Angst zu machen, meine ich.

Wie gern hätte ich ihm erzählt, was ich Salinas nicht erzählt hatte, doch Naldo guckte jetzt in den Flur, als könnte er es nicht erwarten, hier endlich wegzukommen.

Tatsächlich hörte ich von da, wo Rosas Schlafzimmer lag, eine gedämpfte Stimme.

»Meine Mutter«, sagte Naldo.

So kam es, dass ich Naldos Familie kennenlernte, seine Eltern, genauer gesagt. Erst Louisa, seine Mutter, Rosas

Schwägerin, eine blondierte Spanierin mit nachlässig hochgesteckten Haaren, in die sie gern ihre Sonnenbrille schob. Sie runzelte die Stirn genauso wie ihr Sohn, unterließ das aber schnell, sobald sie mich sah. Auch sie wollte nicht, dass ich mir Sorgen mache. Sie wollte, dass ich mit zum Essen kam, und angeblich wollte das auch Rosa, von der es hieß, sie schlafe jetzt. Obwohl ich glaubte, vom Flur hinten ein Geräusch zu hören. Als würde jemand weinen. Und es ließ mich nicht los, das Gefühl, schuld daran zu sein. Eine dumme Angewohnheit von mir.

Das Haus von Naldos Eltern hatte lila Fensterläden – ich liebe die Farben der Häuser im Albaicín – und war von einer weiß getünchten Mauer umgeben, über die ein großer alter Ginster sommerliche Blütenkaskaden warf. Durch eine Holztür, von der grüne Farbe abblätterte, betraten wir einen kleinen Patio, wo sich aneinandergeschmiegt drei junge gescheckte Katzen sonnten. Ich beneidete sie beinahe schmerzhaft.

Der Tisch war auf einer Terrasse gedeckt, deren Fliesen aussahen wie von einem sehr alten Küchenfußboden. Es roch ein bisschen nach einem scharfen Putzmittel.

Sofort fiel mir ein, dass eine unserer Putzfrauen auch mal etwas benutzt hatte, das so ähnlich roch, und dass Doris es ihr verboten hatte.

Nein, nein! Jetzt nicht an Doris denken!

Die Sonne wurde von den dunkel glänzenden Blättern einer wuchernden Passionsblume ferngehalten, die alles überwachsen hatte. Von den Holzbalken, die das Blätterdach über der Terrasse stützten, hingen Wespenfallen aus buntem Glas. Sie sahen wirklich hübsch aus für die Aufgabe, die sie verrichteten. Wespen ertrinken darin, und zwar ausgesprochen langatmig.

Naldos Vater Emilio mochte ich sofort, was natürlich nicht heißen soll, dass ich seine Mutter Louisa nicht mochte. Louisa war nur eben auch so anstrengend mütterlich, genauso wie Doris. Und anders als Rosa mit ihrer unaufdringlichen, vorsichtigen Wärme, die mich sofort umfangen hatte, als ich ihr zum ersten Mal begegnet war. Das unterschied sich massiv von der Dauerbesorgnis meiner Mutter, die auch noch jede Menge Schuldgefühle im Angebot hatte. Absolut tödlich, wenn es um die persönliche Freiheit einer weiblichen Jugendlichen unter achtzehn geht.

Wir aßen gemeinsam und es wurde überraschend lustig, weil Emilio mit seiner freundlichen Heiterkeit die bleierne Schwere vertrieb, meine jedenfalls. Es gab *pollo con salsa de tomate*, das Emilio gekocht hatte. Über die Nonne fiel kein Wort und ich musste nicht erzählen, was Salinas hatte wissen wollen. Niemand sagte etwas über Rosa und ich fragte auch nicht. Ich erfuhr, dass Naldo zwei verheiratete ältere Schwestern, einen Neffen und zwei Nichten hatte, die in Ronda und in der Nähe von Marbella wohnten. Außerdem erzählte Naldo, dass er im zweiten Semester Geschichte studierte und tatsächlich schon einundzwanzig war. Ich erfuhr, mit wie viel hemmungslosem Stolz es Naldos Eltern erfüllte, dass ihr einziger, wunderbarer Sohn als Erster in der Familie an der Universidad Granada studierte. Naldo war das nicht im Geringsten peinlich, was mir gefiel und was ich an seiner Stelle sicher nicht hingekriegt hätte. Ich fand, er zeigte so auf eine ganz entspannte Art seine Dankbarkeit.

»Ich muss los«, sagte Naldo irgendwann. Er schob den Stuhl zurück und stand auf. »Gibst du mir deine Handynummer?«

Ich gab sie ihm und er schickte mir eine Nachricht, *Qué tal,* damit ich seine auch hatte.

Ich sah Louisa und Emilio einen Blick wechseln. Ich kannte diese Art von Blicken.

So machten Leute wortlos etwas unter sich aus oder versicherten sich wortlos einer gemeinsamen Meinung. So was funktioniert nur zwischen sehr vertrauten Leuten und es schließt jeden anderen aus. Naldo war schon weg, als Louisa es ablehnte, meine Hilfe beim Abräumen anzunehmen. Stattdessen fragte mich Emilio, ob ich Lust hätte, ihn ins Geschäft zu begleiten.

Von da, wo Naldo und seine Eltern wohnten, war es nicht weit zur Cuesta de Gomérez, wo einige Gitarreros ihre Läden hatten und Gitarren bauten. Einer davon war Emilio. Als ich seine Werkstatt sah, den warmen Geruch von Hölzern und Leim einsog, feiner Staub wie von Schmetterlingsflügeln über den Werkzeugen und den geschwungenen Gerippen der unvollendeten Gitarren flirrte, wünschte ich mir sofort, ein kleines Mädchen zu sein, das einen eigenen Platz an der Werkbank hat, wo es spielen und die Welt vergessen kann. So ähnlich war das wohl auch gedacht, als Emilio anfing, mir den Unterschied zwischen Flamenco- und klassischen Gitarren zu erklären, als er mich die verschiedenen Hölzer, Palisander, Zeder und spanische Zypresse, befühlen ließ. Wahrscheinlich sollte ich gar nicht erst auf die Idee kommen, dass sich irgendetwas Ungutes in Gang gesetzt haben könnte, etwas, das nicht mehr zu stoppen war.

Währenddessen hatte Rosa ihr Bett verlassen. Mit leerem Blick und bewacht von ihrer auf strenge Art besorgten Schwägerin Louisa, aß sie am Küchentisch den Rest von Emilios Hühnchen.

»Ich will nicht, dass Karla bei euch übernachtet«, sagte sie. Sie stand auf, stellte den nicht ganz leer gegessenen Teller in die Spüle und ließ Wasser darüberlaufen. »Auch nicht für eine einzige Nacht.«

Jetzt war sie es, die streng und unnachgiebig wirkte.

»Ich bin nicht krank oder gebrechlich«, sagte Rosa und Louisas Stirn legte sich in Falten.

»Kopfschmerzen. Am besten sage ich Karla, dass ich manchmal furchtbare Kopfschmerzen habe. Dass es kaum zu ertragen ist.«

»Ich weiß«, sagte Louisa.

»Was weißt du?«, fragte Rosa.

»Dass du es kaum ertragen kannst«, antwortete Louisa.

»Vielleicht ändert sich das«, sagte Rosa. »Vielleicht ist das alles für etwas gut.« Doch es war Rosa anzusehen, dass sie nicht wirklich daran glaubte und Louisa schon gar nicht. Aber Rosa ließ sich nicht beirren. Sie wollte, dass Karla cariña *zu ihr zurückkam. Und sie nahm in Kauf, dass es ihr damit nicht besser gehen würde.*

Emilio ließ mich gehen, nachdem Louisa bei ihm angerufen hatte. Im Laden lief indessen die vierte CD in Folge, Paco de Lucía spielte zum ersten Mal *Entre dos aguas* für mich, Emilio machte mich mit den Größen der Flamenco-Gitarre bekannt. Bis heute trägt mich Paco mit diesem Stück durch die tiefsten Täler.

Doris rief an, als ich auf dem Weg nach Hause die Plaza Larga überquerte. Dort konnte man die Touristen daran erkennen, dass sie bereits Wein auf den Tischen hatten und schon mal etwas essen mussten, um bis zur späten spanischen Dinnerzeit durchzuhalten. Ich nutzte die Gelegenheit und erzählte Doris, was ich im Vorübergehen beobachtete. Ich beschrieb ihr ein paar bescheuerte Details dieser menschlichen Spezies, zu der man sich grundsätzlich selber nicht zählt, wenn man woanders ist. Segelohren, auf denen sich nach einem Sonnenbrand die Haut pellte. Stramm hochgezogene Socken in Wandersandalen. Rote Rillen eines Plastikstuhls auf bleichen Oberschenkeln. Die Lust am Lästern habe ich von meiner Mutter. Sie lachte. Offensichtlich hatte niemand bei ihr angerufen. Sie wusste nichts.

»Hört sich an, als würde es dir gut gehen«, sagte sie. Ich hörte, dass sie easy sein wollte, und ein zärtliches Gefühl schwappte durch mein Sonnengeflecht.

»Momski?« Das hatte ich mir mal als Kind ausgedacht.

»Ja?« Sie klang ganz weich, denn so nannte ich sie wirklich selten. Ich musste dafür in Stimmung sein. Weichgespült, so wie in diesem Moment, als ich einen unmissverständlichen Anflug von Heimweh hatte.

»Ich wollte nur sagen, es geht mir wirklich gut. Alle sind total nett zu mir.«

»Ich freue mich wirklich, wirklich für dich.«

Man könnte annehmen, ich hätte es mir und ihr leichtgemacht, wenn ich von Naldo und seinen Eltern erzählt hätte. Von dem gemeinsamen Essen, von Emilios Laden und den Gitarren, aber das wäre eben zu kurz gedacht. Ich erzählte ihr grundsätzlich nichts von Jungs, die mir gefielen. Seit ich fünfzehn war, versuchte sie, in regelmäßigen Abständen herauszufinden, ob ich schon Sex gehabt hatte, und darüber wollte ich wirklich nicht mit ihr sprechen. Sie seufzte.

»Verstehe«, sagte sie. »Wahrscheinlich sind einfach alle in Granada total nett zu dir. Hat dein Vater sich schon mal bei dir gemeldet?«

»Papa ruft mich nicht an, wenn ich das nicht will.«

»Er könnte eine SMS schicken. Fragen, wie es dir geht, zum Beispiel. Oder?«

»Das machst du ja schon jeden Tag zweimal. Das weiß er eben.«

Da waren wir wieder.

Rosa bekam ich an diesem Tag nicht mehr zu Gesicht. Und Lotte schrieb mir nicht. Jetzt hätte ich ihr geantwortet, ohne weitere Zwischenschritte. Aber einfach so, ohne ein Zeichen von ihr, dass sie an mich dachte, kriegte ich das nicht hin. Vielleicht war sie gerade mit Luca zusammen und es war ihr egal, wie es mir ging. Ich dachte, ich würde eine der schlimmsten Nächte meines Lebens vor mir haben.

An die Wand gepresst hockte ich mit rasendem Herzen und schweißnassen Händen auf meinem Bett. Ich hatte die Fensterläden geschlossen, damit die angestrahlte Alhambra nicht wie ein Mahnmal über mir schwebte. Ich traute mich nicht, Musik zu hören. Ich machte das Nachtlicht an, lange bevor es dunkel wurde, damit ich, falls ich unvermittelt einschlafen würde, nicht im Dunkeln aufwachte. Ich fühlte mich wie in einem Käfig, in den ich mich selbst eingesperrt hatte, um anschließend den Schlüssel wegzuwerfen. Und um mich flatterten Gesprächsfetzen mit geräuschvollem Schweigen, Gesichter und Gefühle, Traumbilder, freundliche und beängstigende, wie aufgeregte Vögel. Rosas Weinen floss unter die wütende Mädchenstimme. Paco de Lucias Musik flog über Emilios Gitarren und Naldo fielen die Locken ins Gesicht, als er meine Nummer in sein Handy tippte. Auf den nassen Kieselsteinen unter der Puente de Cabrera lag eine tote Nonne, deren Schleier sich wie unter einem Windzug aufblähte. Am Ufer falteten die Japanerinnen Papierboote und ließen sie zu Wasser, unzählige Boote, bis sie den gesamten Fluss bedeckten. Und über allem thronte der Comissario wie einer von diesen fetten chinesischen Buddhas, deren Lächeln ich immer schon hämisch fand.

Wie starb Schwester Pilar?

Granada.
Eine Gruppe junger Touristen aus Holland und Großbritannien war in den frühen Morgenstunden auf dem Heimweg von der Diskothek Allatar in ihr Hotel, als eine grausige Entdeckung sie schlagartig nüchtern werden ließ.
Unterhalb der Puente de Cabrera lag in Ufernähe der reglose Körper einer Ordensschwester, deutlich zu erkennen am Habit. Da die Frau nicht auf ihre Rufe reagierte, kletterten der 23-jährige Claas v.D. und Jeremy B. (26) die steile Böschung zum Darro hinunter. Doch jede Hilfe kam zu spät. Schwester Pilar (73) war bereits seit mehreren Stunden tot.
Was ist geschehen in jener Nacht? Die Polizei hält sich bedeckt. Fest steht allein, dass die Ordensschwester von der Brücke auf das Kiesbett des Darro stürzte.
Am Abend zuvor hatte sie eine Gruppe von Ordensschwestern aus Brasilien zu

einer Nachtführung in die Alhambra begleitet. Nach Zeugenaussagen wurde sie dort von einer jungen Frau angesprochen, mit der sie sich für einige Minuten von der Gruppe entfernte. Mithilfe eines Phantombildes konnte das Mädchen, zu deren Identität sich die Polizei aus Sicherheitsgründen nicht äußern will, ausfindig gemacht und befragt werden. Auch darüber, ob dies zu weiteren Erkenntnissen führte, bewahrt die Polizei Stillschweigen, um laufende Ermittlungen nicht zu gefährden.
Ohne weitere Details bekannt zu geben, ließ der leitende Ermittler Comissario Hector Salinas lediglich verlauten, dass ein Gewaltverbrechen nicht auszuschließen sei. Die Gerichtsmedizin schätzt die Todeszeit von Schwester Pilar auf etwa 02:30 Uhr.
Die Polizei hofft auf sachdienliche Hinweise aus der Bevölkerung und hat eine Hotline eingerichtet. Wer immer sich zu dieser Zeit nahe der Brücke aufgehalten hat, möge sich unter folgender Telefonnummer melden.

Aus der Tageszeitung Granada Hoya,
8. Juli 2014

5

Die Zeitung lag auf dem Tisch. Ich fand sie, als ich mich morgens – früh, wie ich dachte – in die Küche schleppte, um Wasser aus dem Hahn zu trinken.

Einen großen Teil der Nacht hatte ich darüber nachgegrübelt, wie Rosa jetzt wohl von mir dachte, ob sie mich wegschicken wollen würde, ob sie mir misstraute.

Was Rosa ebenso wie ich in der Zeitung gelesen haben musste, beunruhigte mich. Mein Magen fühlte sich an wie eine geballte Faust. Auch wenn sie das Phantombild nicht abgedruckt hatten – alles, was sie schrieben, klang, als wäre ich verdächtig. *Laufende Ermittlungen nicht gefährden,* was meinte Salinas damit?

Ich musste zur Polizei und alles erzählen. Ich hasste mich dafür, dass ich Salinas nicht die volle Wahrheit gesagt hatte. Schwester Pilar blickte mir unfreundlich vom Zeitungsfoto entgegen. Als würde sie mir meine Dummheit verübeln.

»Cariña«, hörte ich Rosas belegte Stimme hinter mir. Sie kam aus dem Bad, wo sie anscheinend versucht hatte, ihre vom Weinen verquollenen Augen mit einem nassen Waschlappen zu kühlen.

»Guten Morgen, Rosa.« Mir wurde noch elender, als ich sie sah und merkte, wie sie versuchte, ein Lächeln hinzukriegen. »Geht es dir besser?«

Sie räusperte sich.

»Wir trinken einen schönen Kaffee mit viel Milch, was meinst du?«

»Kann ich was helfen?«

»Setz dich, *cariña* ... setz dich hin.«

Sie wandte sich zum Herd, holte die verbeulte Dose mit dem Kaffee aus dem Schrank, die Milch aus dem Kühlschrank und füllte das Stielkännchen mit Wasser, alles mit den schleppenden Bewegungen einer alten Frau. Ich wagte mich kaum zu rühren. Ich wusste nicht, was ich sagen sollte. Ich traute mich nichts mehr zu fragen.

»Migräne«, sagte Rosa mit dem Rücken zu mir. »Das habe ich manchmal ... so schlimm, dass ich glaube, verrückt zu werden. Gestern war so ein Tag, weißt du.«

»Das tut mir sehr leid.«

»Nein, *cariña,* mir tut es leid, dass ich gar nicht für dich da sein konnte gestern.«

»Aber das muss dir wirklich nicht ...«

»Oh doch.«

Sie stellte zwei dicke weiße Tassen auf den Tisch, während auf dem Gas der Kaffee zu blubbern begann und die Küche mit seinem tröstlichen Duft füllte. Rosa nahm die Zeitung und stopfte sie in den Müll. An diesem Morgen dachte ich noch, sie wollte mir damit zeigen, dass ihr egal war, was darin stand. Auf jeden Fall war ich dankbar, das Gesicht von Schwester Pilar nicht mehr sehen zu müssen.

»Dieser Wichtigtuer Hector ...«, sagte Rosa. »... der wird noch meine Meinung dazu hören, dass er hinter dir hergeschnüffelt hat ...«

Sie goss Kaffee und Milch in unsere Tassen. »Als wärst du eine Verbrecherin.« Ihre Hand zitterte ein wenig. Ich brauchte einen Moment, um zu kapieren.

»Er hat gar nicht ... ich dachte, er hätte auch mit dir ...«

Scheppernd stellte Rosa die Töpfe zurück auf den Herd.

»Nein. Ich war ... nicht da. Er hat Isabel ausgequetscht, die alte Eselin.«

Sie setzte sich zu mir.

»Ich hätte ihn nicht einfach so auf dich losgelassen.« Es fiel ihr schwer, mich anzuschauen. »Aber ich war ja beim Arzt ... wegen der Kopfschmerzen.«

Feige ließ ich sie weiterreden, um mir darüber klar zu werden, wie viel ich ihr erzählen sollte.

»Es tut mir so schrecklich leid, was passiert ist«, wiederholte Rosa. Sie hob ihre Tasse und hielt sie mit beiden Händen fest. »Du bist erst ein paar Tage da, *cariña* ... und dann ...«, vage deutete sie mit dem Kopf Richtung Mülleimer, »... passiert das mit dieser Frau und ich ... ich habe Naldo auch noch gedrängt, dich mit in die Alhambra zu nehmen ... ausgerechnet an diesem Abend.«

Es war mir unheimlich, als sie sich bekreuzigte. Und dass sie alle Schuld auf sich nahm, machte mich fertig. Gleichzeitig war ich erleichtert, dass sie nicht den geringsten Zweifel an mir hatte.

»Das konnte ja keiner wissen«, versuchte ich, sie zu beruhigen. »Das war alles ein blöder Zufall, Rosa.«

»Umso schlimmer, dass ich Hector Salinas nicht von dir ferngehalten habe oder wenigstens dabei war, als er dich mit seinen unverschämten Fragen gelöchert hat.«

»So schlimm war es jetzt auch wieder nicht«, log ich.

»Deine Mutter wird mir den Kopf abreißen. Zu Recht. Sie hat dich mir anvertraut.«

»Sie weiß gar nichts davon. Und sie muss auch nicht davon erfahren, finde ich.«

Ungläubig starrte Rosa mich aus ihren geröteten Augen an.

»Sie macht sich sonst nur Sorgen«, fügte ich hastig hinzu. *Sie würde sich in den nächsten Flieger setzen und mich abholen!* »Und dafür gibt es schließlich keinen Grund.«

»Ich weiß nicht, Karla ...«

Ich musste sie beruhigen. Sonst würde mir alles entgleiten. Und ich musste vor allem mich selbst beruhigen.

»Der Comissario hat mir Fragen gestellt, weil ich zur selben Zeit wie diese Nonne in der Alhambra war, genauso wie Naldo. Es wurden bestimmt viele Leute befragt, das hat nichts zu bedeuten, wirklich, Rosa, und du musst dich auch nicht bei Hector Salinas beschweren deswegen, er hat ja nur seinen Job gemacht. Um ehrlich zu sein, ist meine Mutter ein bisschen unentspannt, wenn es um mich geht. Du weißt ja nicht, was ich anstellen musste, damit ich überhaupt nach Granada kommen konnte. Sie glaubt immer, mir würde sonst was passieren ...« Ich wusste nicht weiter.

»Sie ist eben deine Mutter«, sagte Rosa leise. »Sie darf unentspannt sein.«

Vorsichtig stellte sie die Kaffeetasse ab, als gelte es, jedes Geräusch zu vermeiden. Tränen rollten ihre Wangen hinunter, einfach so, sie schluchzte nicht, ihr lief nicht mal die Nase. So hatte ich noch nie jemanden weinen sehen. In Rosas Küche war es unfassbar still, während draußen das Albaicín zum Leben erwachte.

Ich saß wohl mindestens eine Stunde im Schatten eines knorrigen alten Olivenbaums und starrte zum Polizeigebäude hinüber, während ich mir vorstellte, dass Salinas mich hinter einem der Fenster schon längst ins Visier genommen hatte.

Ich hatte die Gegend um die Sprachschule gemieden und war schnurstracks zur Plaza de los Campos gegangen. Jeder Tourist, an dem ich vorüberging, und das waren viele, kam mir nervtötend sorglos vor, der knallblaue Himmel über der Stadt wie ein falsches Versprechen. Unterwegs dachte ich darüber nach, warum Comissario Salinas mir gestern nicht seine Karte gegeben hatte. Entweder rechnete er nicht damit, dass ich mich melden würde, oder er war mit mir schon fertig. Und wennschon. Ich wollte kein Risiko eingehen.

»Ich finde es gut, dass du gekommen bist und mir erzählt hast, was du beobachtet hast.«

In Salinas' nicht sehr großem Büro waren die Jalousien heruntergelassen, um die Hitze auszusperren, was jedoch nicht gänzlich gelang. Auf dem Schreibtisch rotierte ein alter Ventilator und verquirlte die stickige Luft. An den klogrünen Wänden zitterte in schmalen Streifen Sonnenlicht. Salinas hatte mir ein Glas Wasser gegeben und mir mit verschränkten Armen zugehört. Er hatte mich nicht gefragt, warum ich das alles zuvor verschwiegen hatte, er war ein guter Polizist.

Anstatt ihm in die Augen zu blicken, hatte ich eine ganze Zeit lang seine Lesebrille beobachtet, die mitten auf der glänzenden Stirn klemmte und den irritierenden Eindruck machte, sie könnte jeden Moment den Halt verlieren und auf seiner großporigen Nase landen.

»Was ist denn eigentlich mit der Nonne passiert?«, fragte ich, so schüchtern es ging.

»Darüber kann ich dir keine Auskunft geben.«

Salinas musste nicht aufstehen, um das Fenster zu öffnen. Er drehte sich auf seinem Stuhl und stellte es auf Kipp.

»Aber Sie können mir Fragen stellen. Weshalb darf ich dann nichts wissen?«

Er drehte sich zurück. Sein Sakko über der Rückenlehne schwang im leichten Luftzug.

»Weil wir es selbst noch nicht genau wissen.«

»Ich habe heute Morgen die Zeitung gelesen.«

»Das denke ich mir. Deshalb bist du doch hier, oder?«

Er lächelte.

»Hat jemand ... ich meine ... wurde Schwester Pilar umgebracht?«

Salinas verschränkte wieder die Arme und schwieg mit schief gelegtem Kopf. Ich konnte jeden Fingerabdruck auf der Lesebrille sehen, es waren viele.

»Glauben Sie, es war die ... Person, die mit ihr gestritten hat?«

»Beunruhigt dich das?«

Was für eine blöde Frage. Ich hatte einen fiesen Geschmack im Mund. Mein Wasserglas war leer.

»Denken Sie eigentlich, dass ich irgendwas damit zu tun habe?«

»Ich will nur herausfinden, wie es kommt, dass es Zeugen gibt, die dich mit Schwester Pilar gesehen haben. Hast du irgendeine Erklärung dafür?«

»Nein.« Ich stand auf. »Wäre es vielleicht möglich, dass Sie Rosa nicht sagen, dass ich hier war?«

»Kein Problem.« Auch Salinas stand auf. Sein hellblaues Hemd hatte dunkle Schweißflecken. Er hielt mir die Tür auf.

»Wie geht es deiner Hand?«

Keine Ahnung! Ich machte eine Faust. Ich hatte die kleine Verletzung wirklich vergessen.

»Du hast dich doch geschnitten, als du ins Wasser gefallen bist. Woran eigentlich? Darf ich mal sehen?«

Er machte nur eine sehr kleine Bewegung in meine Richtung, aber es reichte, dass ich nicht an ihm vorbeikam. Er griff nach meinen Händen, nicht grob oder unfreundlich, einfach nur schnell.

»Rechts oder links?«

Erstaunlicherweise waren seine Hände trocken, meine ganz und gar nicht. Er zog meine rechte Hand etwas näher zu sich heran und ich öffnete lieber meine Faust, bevor er womöglich anfing, meine Finger auseinanderzubiegen.

»Dürfen Sie das eigentlich? Mich anfassen, meine ich?«

Er ließ meine linke Hand los, zog seine Lesebrille auf die Nase und beugte sich über die rechte.

»Scheint ja nichts Schlimmes gewesen zu sein«, sagte er. Es klang bedauernd. Dann ließ er mich gehen.

Als ich mich doch noch mal umdrehte, während ich

mir die Hand an meinem Rock abwischte, sah ich, dass er das Glas betrachtete, aus dem ich getrunken hatte.

Draußen schlug mir die Mittagshitze entgegen. Ich hatte Salinas' Atem auf meiner Handfläche gespürt. Mir war zum Kotzen. Ich wollte einfach, dass alles irgendwie wieder normal war. Ich überlegte, zur Schule zu gehen, und dann dachte ich an die Japanerinnen. Die wollten ja auch noch was von mir wissen.

Seltsamerweise rief genau in diesem Moment Naldo an.

»Wo steckst du?«

»Warum fragst du?«

»Ich wollte mal hören, wie es dir geht. Ich bin vor deiner Schule.«

»Verstehe.«

»Tja, erwischt.«

»Hat Rosa dich geschickt?«

»Ich mag meine Tante Rosa, aber ich bin nicht ihr Spürhund.«

»Sorry.«

»Also, was machst du gerade? Wo bist du? Shoppen?« Es ärgerte mich, dass er dachte, ich hätte nichts Besseres zu tun.

»Ich war gerade bei der Polizei.«

»Freiwillig?« Er lachte.

»Ich wollte Salinas noch was sagen. Hatte ich gestern vergessen.«

»Was denn?«

Mir war ziemlich heiß. Die Luft stand. Es waren kaum

Leute auf der Straße und nur wenige Autos. Selbst die Vögel hatten das Singen eingestellt, so kam es mir vor. Siesta. Alles wie in Zeitlupe.

»Ich erzähl's dir mal irgendwann. Aber sag Rosa nichts.«

Von einer Bank auf der Plaza de los Campos stand ein Mädchen auf.

Mein Blick sog sich an ihr fest, während ich Naldo noch sprechen hörte, ohne zu verstehen, was er sagte. Ich stand da wie eine Wachsfigur, bestimmt starrte ich mit offenem Mund. Ich hörte mein Blut rauschen, während mir kalt wurde.

Sie trug eine Kapuzenjacke über einer locker sitzenden, dreckigen Jeans. Ich wusste, dass sie mich ansah, obwohl ich ihr Gesicht nicht erkennen konnte, das sich im Schatten der weiten Kapuze verbarg. Ihre Hände bohrten sich in die Hosentaschen und ihre Füße, die unter den zerrissenen Säumen der Jeans in Flip-Flops steckten, waren grau von Staub. (Es ist merkwürdig, welche Details sich in Schrecksekunden einprägen.) Ich wollte zu ihr, als hätte sie mich gerufen, ich hatte ihre Stimme im Ohr. Ich dachte, dass sie vielleicht sehr weit gelaufen war, als ich auf die Straße trat, wie unter Hypnose, als mich jemand am Arm packte und zurückriss. Hupend schoss ein Auto an mir vorbei, ohne zu bremsen.

Ich glaube, ich schrie.

»Entschuldige, dass ich dich schon wieder anfasse, aber ich kann es nicht leiden, wenn Leute vor meinen Augen überfahren werden.«

Salinas ließ mich los.

»Alles in Ordnung mit dir?«

Ich wagte es nicht, den Blick zu heben.

Der Comissario beugte sich zu mir, um mir ins Gesicht zu gucken. Er trug sein Sakko und schien irgendwohin auf dem Weg zu sein.

»Du wirst mir doch nicht umkippen?«

Ich schüttelte den Kopf.

»Bist du sicher? Soll ich dich nach Hause fahren lassen?« Flüchtig berührte er noch mal meine Schulter.

»Nein danke.«

Hoffentlich hatte er nicht bemerkt, wie ich zitterte. Doch Salinas war schon dabei, in den Hosentaschen nach einem Taschentuch zu suchen, mit dem er sich den Schweiß aus dem Gesicht wischen konnte.

»Ich gehe zum Mittagessen, magst du mitgehen? Ich lade dich ein.«

»Nein danke.«

Der Comissario ächzte.

»Würde mich wundern, wenn du überhaupt schon was gegessen hättest heute. Du bist zu dünn.«

Dann ging er endlich.

Drüben auf der Bank ließen sich umständlich zwei alte Frauen nieder und verschafften sich mit Fächern Luft. Ich konnte wieder atmen.

Sie war weg. Unbemerkt von Salinas. Dass sie mich finden würde, daran hatte ich nicht den geringsten Zweifel.

TAGEBUCH

Es war, als wäre ich in ein verdammtes Messer gerannt. Irgendwie kam mir die Muttergottes in den Sinn, die Heilige Jungfrau, wen man eben so anfleht, wenn einem der Arsch auf Grundeis geht. Verrückt eigentlich, weil ich normalerweise weder flehe noch bete. Das habe ich nie gelernt und auch noch nie vermisst. Ich glaube an gar nichts und das Einzige, worauf ich mich verlasse, ist meine Wut. Bisher hat mich das vor einer Menge beschützt. Damit kann ich sogar gegen die Scheiß-Panik antreten, die mich hin und wieder anspringt. Warum auch immer das passiert, wen interessiert das schon, mich jedenfalls nicht.

Es gefällt mir nicht, dass ich mich jetzt frage, was dieser abgefahrene Zufall zu bedeuten hat, dieses zweite Ich? Wie kann das sein?

Ich glaube, es gibt kein Zurück mehr.

6

Obwohl ich Angst vor ihr hatte, wollte ich, dass sie mir auf den Fersen blieb. Der Gedanke, sie würde mir folgen, schnürte mir die Luft ab und machte mich gleichzeitig verrückt vor Aufregung wie früher, wenn ich was Verbotenes gemacht hatte.

Über die Calle des los Reyes lief ich zurück zum Albaicín. Ich blieb vor Schaufenstern stehen, starrte auf rot-weiß gepunktete Flamenco-Schuhe für kleine Mädchen oder was *Mango* und *Zara* zu bieten hatten, ohne dass es mich interessierte. Aber der Gedanke, dass, wenn ich den Blick heben würde, sie sich in der Scheibe spiegeln könnte, irgendwo schräg hinter mir, die Kapuze auf dem Kopf trotz der Bullenhitze, das war so was wie eine Art spontan erzeugter Sucht.

Als ich den Bazar der Caldería Nueva erreichte, war ich – um im Bild zu bleiben – inzwischen vollkommen auf dem Trip. Meine körpereigenen Drogen, Adrenalin und so weiter, machten einen guten Job, wobei die Atmosphäre eines Bazars grundsätzlich für dergleichen sehr förderlich ist. Die Gerüche, das Gedränge, die Geräusche. Räucherstäbchen, billiges und besseres Leder, Patschuli, Schweiß und Tee aus frischer Minze. Schrille, leuchtende Farben von orientalischen Lampen, Tüchern, Kleidern, Kitsch und Körben. Flamenco, arabischer Hip-

Hop und tausend Sprachen, Schreie und Lachen, Quengeln und Keifen, das alles umströmte mich, nahm mich auf, trieb mich vor sich her, spuckte mich aus – irgendwann – und die ganze Zeit über glaubte ich zu wissen, dass sie in meiner Nähe war.

Nichts anderes hatte mehr Platz in meinem Hirn oder meinem Herzen, nicht Lotte, nicht Naldo, nicht Doris, die sich ausgerechnet an diesem Tag verkniff, mir hinterherzutelefonieren, und auch nicht Rosas Kummer, dessen Ursache ich nicht kannte. Mir fehlt jede Erinnerung daran, wie ich die Zeit verbrachte, bis ich im Dunkeln auf der noch warmen Mauer saß, von der aus ich die Alhambra sehen konnte.

Neben mir flammte ein Feuerzeug auf und ich hörte das Knistern verbrennenden Tabaks beim ersten, tiefen Zug an einer Zigarette.

Natürlich rauchte sie, alles andere hätte mich gewundert, obwohl von Wundern zu sprechen, in diesem Zusammenhang irgendwie unpassend ist. Tatsächlich war das Erste, was sie sagte, beinahe förmlich.

»Qué tal?«

Ich hatte nicht die geringste Ahnung, wie es mir ging. Ich konzentrierte mich auf ihre Stimme, es bestand nicht der geringste Zweifel daran, dass ich sie kannte. Mir wurde schlagartig klar, dass es so war, als würde ich mich selbst hören, wenn ich eine Bronchitis hatte.

»Wie heißt du?«, fragte ich.

»Ist das wichtig?«, fragte sie.

»Schon«, sagte ich.

»Alba«, sagte sie.

»Ich bin Karla.«

Sie schwieg. Ich dachte, sie wäre hilflos wie ich. Aus den Augenwinkeln konnte ich sehen, wie sie die Kapuze abstreifte.

Wir sahen uns an.

»Woher kommst du?«

»Aus Deutschland.«

»Das ist irgendwie krank«, sagte sie.

Ich hätte das wohl anders ausgedrückt, wenn ich nicht im Großen und Ganzen stumm wie eine Schildkröte geblieben wäre.

»Ich weiß noch nicht, wie ich das finden soll«, sagte sie heiser. »Vielleicht ist es praktisch.«

Ich konnte nur starren und schlucken und schlucken und schlucken. Wenn sie an ihrer Zigarette sog, beleuchtete die Glut ihr Gesicht, das aussah wie meins, wenn ich schlecht drauf bin. Die Jackenärmel hatte sie bis über die Finger gezogen, ich mache das auch gern so mit allem, was lange Ärmel hat. Ihre Haut war schlechter als meine. Die Farbe ihrer Haare konnte ich nicht so richtig feststellen, sie waren strähnig, schlampig mit einem Gummiband zusammengefasst, morgens nach dem Aufstehen, wahrscheinlich ohne hinzugucken. Vielleicht hatte sie auch drauf geschlafen. Sie sah mich aus meinen Augen an und kniff sie bei einem weiteren Zug an der Zigarette zusammen, weshalb ich bei diesem ersten Check nicht feststellen konnte, dass sie die gleichen bernsteinfarbenen Flecken in ihren braunen Augen hatte wie ich.

Ihre Lippen pressten den Filter der Zigarette zusammen, als sie wieder daran zog und dann so tief inhalierte, wie ich selbst es noch nicht draufhatte, und dann blies sie mir den Qualm ins Gesicht.

»Bleibst du länger?«, fragte sie.

»Zwei Wochen«, sagte ich. Von irgendwoher erklang Gitarrenmusik. Im Albaicín waren eigentlich immer irgendwo Gitarren zu hören. »Gibst du mir eine Zigarette?«

Ich rauchte sonst nur mit Lotte.

»Hab keine mehr.«

Ihre eigene hatte sie bis auf den Filter runtergeraucht. Sie ließ die Kippe auf den Boden fallen und trat sie sorgfältig aus. Ich sah ihr dabei zu und stellte mir vor, wie die Zigarettenglut sich noch schnell ein bisschen in die Sohle ihres Flip-Flops fraß, bevor sie verlosch. Auf ihren Zehennägeln blätterte schwarzer Lack ab.

»Bist du von hier? Aus Granada?«, fragte ich.

»Ich geh jetzt«, sagte sie.

Sie stieß sich von der Mauer ab.

»Wir sehen uns.«

»Okay.«

Ich tat nichts, als sie ging. Ich fühlte mich vollkommen hohl. Unter mir ragten die dunklen Umrisse der Häuserdächer auf. Das gloriose Leuchten der Alhambra schien weit weg wie der Mond.

Es kamen Leute die Gasse hinunter, sie tauchten im gelblichen Licht einer Hauslaterne auf wie aus einer anderen Zeit. Hippies, die barfuß liefen und Hunde dabeihatten. Die definitiv Gras rauchten.

»Alba«. Ich musste den Namen aussprechen, so leise, dass nicht mal ich selbst es hörte. Er war der einzige Beweis, den ich dafür hatte, dass es sie gab. Den anderen Beweis hatte Comissario Salinas.

Zu Hause lauschte ich, ob Rosa da war. Ich hatte ihr einen Zettel hingelegt und meine Handynummer hatte sie auch. Mein Magen knurrte und draußen zirpten die Zikaden. Abends sollte ich eigentlich immer zum Essen in die Bar kommen. »Wenn du nichts anderes vorhast, *cariña«*, hatte sie hinzugefügt. Ich tappte durch den Flur, hoffte, ihr Atmen zu hören, ihr Schnarchen vielleicht, sogar ihr Weinen wäre mir recht gewesen, aber den Gefallen tat Rosa mir nicht. Ich machte ein bisschen Krach im Bad und ging geräuschvoll zu Bett, nachdem ich mir in der Küche ein Glas Sierra-Nevada-Wasser aus dem Hahn gelassen hatte. Dann lauschte ich wieder und mein Herz flatterte wie ein Vogel, der aus Versehen von draußen in ein Zimmer geflogen war.

Noch wach?, schrieb ich an Lotte und dann wählte ich ihre Nummer, ohne eine Antwort abzuwarten. Es war erst elf, sie schlief bestimmt noch nicht. Das Albaicín schlief auch noch nicht. Und irgendwo war Alba. *The number you have dialed is temporary* – alles klar. Lottes Handy war ausgeschaltet. Vielleicht hatte sie gerade Sex. Die Sätze, die ich schon angefangen hatte zu formulieren, prallten in meinem Kopf aufeinander wie Autos in einer Massenkarambolage. *Ich habe gerade mit einem Mädchen gesprochen, das aussieht wie ich. Nein, Lotte, nicht so ähnlich, sondern absolut genauso. Ich habe eine spanische Doppelgängerin. Nein, Lotte, ich bin nicht betrunken und ich habe nichts geraucht. Nein, ich habe kein Foto gemacht. Scheiße. Keine Ahnung, vielleicht ist sie mir gefolgt und steht draußen vor dem Haus. Könntest du mich bitte mal ernst nehmen? Du weißt nämlich noch nicht alles!*

Von der Küche aus hätte ich auf die Verea de Emnedio sehen können. Sehen, ob sie da war.

Mein Handy machte sein SMS-Geräusch.

Alles okay bei dir? Große Freude. Die Frage kam von Naldo. Trotzdem wusste ich nicht, was ich darauf antworten sollte, ohne mit der ganzen Wahrheit rauszurücken, was ich für unklug hielt.

Weiß nicht, schrieb ich. *No sé.*

Heute Abend schon was gegessen? Wollte er das wissen oder Rosa? Aber grundsätzlich ist die Frage nach dem Füllzustand des Magens eine sehr gängige Frage in Südeuropa.

»Weiß nicht.«

Interessante Antwort, schrieb Naldo und weiter: *Anderer Versuch: Was machst du gerade?*

Ich schickte drei Fragezeichen.

Du weißt es nicht.

So ähnlich.

Ich stand auf, verließ mein Zimmer und bewegte mich langsam Richtung Küche, ohne Licht im Flur zu machen. Mit dem Rücken zur Wand lief ich seitwärts im Krebsgang über den gefliesten, kühlen Boden. Trotzdem brach mir der Schweiß aus. Auf dem Display meines Handys sah ich in der Antwortblase die Punkte hüpfen.

Wo bist du?, schrieb Naldo. *Wenn du das auch nicht weißt, fange ich an, mir Sorgen zu machen.*

Ich war in der Küche. Ich hatte vor, einen Blick auf die Verea de Emnedio zu riskieren, ohne mir darüber klar zu sein, was ich machen würde, wenn sie wirklich da stehen würde, Alba.

Im Haus gegenüber ging hinter geschlossenen Holzfensterläden das Licht aus. Ich zuckte zusammen, als es im selben Moment unten an der Haustür klopfte. Im Halbdunkel rannte ich gegen einen von Rosas Massivholzstühlen, der krachend zu Boden ging. Ich biss die Zähne zusammen und hielt mir das Schienbein. Ich war der festen Überzeugung, dass es blutete oder sogar gebrochen war. Unten klopfte es wieder. Ich tat mir sehr leid. Auf meinem Handy ging eine weitere SMS ein.

Jemand zu Hause? Mach dir nicht in die Hose. Ich bin's nur, schrieb Naldo.

Ich war in einem miesen Zustand, als ich ihm die Tür öffnete. Wie er auf meinen Anblick reagierte, überzeugte mich ziemlich endgültig davon, dass er ein großartiger Mensch war.

»Du siehst aus, als müsstest du dringend unter Leute«, sagte er.

Die Bar Baño hieß so, weil sie Gewölbedecken hatte wie das arabische Badehaus El Bañuelo aus dem elften Jahrhundert, das man an der Uferstraße des Darro besichtigen konnte. Im alten Badehaus fiel am Tag durch sternförmige Öffnungen das Sonnenlicht, ziemlich schön, auch wenn es außer ein paar westgotischen Säulen und überwucherten Innenhöfen sonst nicht viel zu sehen gab. Sorry, Papa.

Die Bar Baño befand sich in einem sehr alten Eckgebäude, von dem verschiedene Schichten Putz in verblichenen Farben abblätterten, von Hellblau bis Rostrot. Die Fensterbögen im ersten Stock waren zugemauert und in einem davon, über den Köpfen der Leute, die mit ihren Alhambra-Bierflaschen am Eingang standen, rauchten und redeten, beleuchtete ein funzeliges Licht das halbe Gesicht einer schwarzen Prinzessin. Naldo erzählte mir, dass sie Belé hieß, Brasilianerin war und die große Liebe von Enrique, dem noch ein Jahr zuvor das Baño gehört hatte. Er hatte sie gemalt und sie hatte ihn verlassen, weshalb er das Bild, es war Öl auf Holz, wieder runterreißen wollte. Glücklicherweise war der Typ bei dieser Aktion stockbetrunken gewesen und Belés Porträt hielt wie Beton. Enrique fiel von der Brüstung, brach sich die Hüfte, und das war's für ihn mit der Bar, weshalb einen aber immer noch die traurig schönen Augen seiner Ex anguckten, denn niemand brachte es übers Herz, ihr Bild gänzlich zu entfernen.

Es waren fast nur Spanier im Baño, viele Studenten und junge Leute aus dem Albaicín, auch ein paar Hippies mit Hunden. Die meisten Gäste standen. Es gab nur wenige Tische, die genauso voll besetzt waren wie die blank gesessene meterlange Holzbank an einer der unverputzten Wände. In Mauernischen und auf Vorsprüngen flackerten Teelichter, viele Leute saßen bei jemandem auf dem Schoß und wechselten sich damit ab, was bei längerer Betrachtung wie eine unaufgeregte Reise nach Jerusalem aussah.

Weiter hinten in einem winzigen Patio, der mit unzähligen Pflanzentöpfen vollgestellt war, stand ein bodentiefes, vergittertes Fenster offen. Dort wurde ein bisschen gekifft, was niemanden zu beunruhigen schien, auch nicht die Leute hinter der Bar. Es gab nur Flaschenbier, und zwar ausschließlich spanisches, *muy auténtico.* Die Musik war andalusisch und die Hitze wegen der dicken alten Mauern erträglich. Mir ging es schlagartig gut.

Immer wieder blieb jemand stehen oder wir stoppten bei jemandem, den Naldo kannte. Flor, Diego, Laura, José Luis, Rafael, Marta und Anna, alle fragten freundlich, wie mir Granada gefiele, ohne eine ausführlichere Antwort als *muy bien* zu erwarten, während wir uns alphabetisch durch die Biersorten tranken. »Bei C wie Cruzcampo hören wir auf für heute«, sagte Naldo, der sich benahm wie ein großer Bruder, was sehr zu meiner Entspannung beitrug. Oft wurden wir eng aneinandergedrängt und manchmal hielt Naldo mich fest oder streckte den Arm aus, damit ich nicht von ihm fortgetrieben wurde. Er passte gut auf mich auf und das war genau, was ich brauchte.

Als er mich bis vor die Haustür gebracht hatte, sagte er: »Ich warte, bis du drin bist«, und grinste: »Schön abschließen.« Natürlich sagte er das einfach so dahin. Ich schloss von innen ab und hörte ihn auf seinem Roller davonknattern. Mir ging es immer noch gut.

Auf dem Küchentisch lag ein Zettel von Rosa. *Schlaf schön,* cariña, *und mach dir über nichts Sorgen.*

Naldo hatte ihr Bescheid gegeben. Sie hatten begonnen, ein Netz um mich zu weben. Sie wollten mich schützen, ohne die geringste Ahnung, wovor.

Ich fiel ins Bett wie ein Stein.

Perfekt am sommerlich-nächtlichen Südeuropa ist die Wärme, weil man sich dann sehr erschöpft vorstellen kann, umarmt zu werden beim Einschlafen, so ganz brüderlich.

7

Die Fensterläden waren geschlossen. Rosa saß im Nachthemd und ungekämmt auf der Kante ihres wuchtigen Bettes. Die unlackierten Zehenspitzen ihrer nackten Füße erreichten kaum den Boden. Sie hatte einen kleinen roten Pappkoffer auf den Knien, so einen mit zwei Klappverschlüssen, worin Winzlinge auf der ganzen Welt Puppensachen, Matchbox-Autos oder Pixi-Bücher herumschleppen. In Rosas Köfferchen passte haargenau die Erstausstattung für ein Baby. Sie hatte die Sachen auf dem ordentlich gemachten Bett ausgebreitet. Strampelanzug, Hemdchen, ein gehäkeltes Jäckchen, ein gehäkeltes Mützchen. Die gehäkelten Babyschühchen hielt Rosa in der Hand.

»Ich habe Gelb genommen«, sagte sie nicht unbedingt zu mir, »weil ich nicht wusste, ob es ein Junge oder ein Mädchen wird.«

Das Häkelgelb war blass wie frisch gekochter Vanillepudding und an den Ärmeln des Hemdchens irritierten mich die scharfen Bügelkanten.

Ich hatte Rosa Kaffee bringen wollen, weil ich – nachdem die Küche keine Anzeichen von Frühstücksvorbereitungen gezeigt hatte – der Meinung war, sie hatte mich nun schon oft genug bedient. Ich stand in der Tür zu Rosas Schlafzimmer und hatte das Gefühl, ich sollte, was sich hier im gedämpften Morgenlicht tat, eigentlich nicht sehen.

»Komm nur rein, *cariña«*, sagte Rosa und deutete auf ein kahles Nachttischchen. »Stell den Kaffee dahin, das ist sehr lieb von dir.« Vorsichtig setzte ich die Tasse ab und wäre gern wieder gegangen. Rosa legte die Babyschühchen in den kleinen Koffer und sah mich an, sanft, aber ohne zu lächeln.

»Ich habe dich angeflunkert«, sagte sie. »Ich war neulich nicht beim Arzt. Ich war bei meiner Tochter.«

»Oh.«

»Ja.« Sie nickte, als hätte ich etwas Bedeutendes gesagt. »Ich besuche sie regelmäßig, aber weißt du, vielleicht doch nicht immer so oft, wie ich sollte ...«

Sie begann, die Babysachen zusammenzulegen. »Natürlich achte ich darauf, dass sie es hübsch hat ...« Stück für Stück fand seinen Platz in dem Köfferchen. »Aber vielleicht reicht das nicht. Nein, vielleicht ist das nicht genug.«

Ich stand mit dem Rücken zur dunklen Kleiderschrankwand. Mir gegenüber, auf der anderen Seite des Bettes, hingen geblümte Vorhänge schwer und bewegungslos über den spitzwinklig aneinandergelehnten Fensterflügeln. Ich stellte mir vor, ein Schiff würde sich durch die Lichtstreifen der Holzläden ins Zimmer schieben.

»Du hast eine Tochter?«, fragte ich und fand meine Stimme zu laut. »Das wusste ich gar nicht.«

Rosa schloss die Klappverschlüsse und strich über den Deckel des Köfferchens, als gäbe es dort Staub zu entfernen.

»Anna. Sie wäre jetzt zweiundvierzig, kannst du dir das vorstellen?«

»Äh, nein ...« Rosa stand auf, öffnete die Schranktür links von mir und verschwand dahinter. Ich räusperte mich. »Ich meine, ich wollte sagen, dass ich mir nicht vorstellen kann ...« *Dass du schon so ein großes Kind hast. Sagte man das so?*

»Meine Enkel wären schon erwachsen.« Ich hörte, wie sie das Köfferchen verstaute. »Oder fast, so wie du.«

Bilder von Familientragödien rasten durch mein Hirn, Autounfälle, Flugzeugabstürze, versehentlich abgefeuerte Schüsse aus Jagdgewehren, Ertrinken, Verbrennen, Blut und Tränen. In meinem Hals hockte eine fette Kröte, aber ich wollte mich auf keinen Fall noch mal räuspern, ich wollte Rosas tote Tochter nicht mit so einem körperlichen Geräusch banalisieren.

Vorsichtig schloss Rosa die Schranktür und sah mich an. Ihre Traurigkeit hatte etwas Unverblümtes.

»Musst du nicht langsam zur Schule?«, fragte sie.

Grundsätzlich mag ich Friedhöfe. Natürlich kommt es immer drauf an. Es müssen schon solche mit alten Bäumen und efeubewachsenen Mauern sein, auf denen Leute seit Jahrhunderten begraben liegen, manchmal auch berühmte, unter Grabsteinen, über die sich gramvolle Engel beugen. Auf dem alten Friedhof von Granada beugen sich viele.

Man kann das krank finden, dass ich mich von Alba ausgerechnet mit der Suche nach Rosas totem Kind abzulenken versuchte. Ich mag Geschichten von Kindern.

Auf Friedhöfen sehe ich mir gern Kindergräber an. Ich lese auf den kleinen Grabsteinen, wie alt sie geworden sind, und mache mir Gedanken, woran sie gestorben sein könnten. Lotte nennt das meinen morbiden Zug, aber ich finde es nicht schlimm, so was zu haben.

Mein Vater rief an, als ich eben die Tore des Cementario de San José erreichte. Deshalb ging ich erst mal nicht hinein, ich finde es daneben, auf Friedhöfen zu telefonieren.

»Hola padre, qué tal?« Ich hoffte, so munter zu klingen, wie er es von mir erwarten konnte.

»Na ja«, sagte er. »Sollen wir erst ein paar Höflichkeiten austauschen oder sofort zum Unangenehmen kommen?«

Ich schwieg vorsichtshalber. Wenn Papa von seinem Arbeitszimmer aus telefonierte, ging er jetzt bestimmt vor den zwei Fenstern auf und ab und guckte dabei in die Kastanienbäume.

»Warum gehst du nicht in diese verdammte Sprachschule, für die ich einen Haufen Geld bezahlt habe?«

»Oh. Haben die angerufen?«

»Natürlich haben die angerufen. Mit dieser Vereinbarung hast du dich bei der Anmeldung einverstanden erklärt, erinnerst du dich?«

Shit!

»Karla?«

»Ja.«

»Mehr fällt dir dazu nicht ein? Weißt du, das enttäuscht mich ziemlich.«

»Papa, bitte sei nicht sauer. Hör mich erst mal an, weil es ist nämlich so, dass ... du weißt ja, dass ich in Spanisch auf Eins minus stehe und ... also es tut mir ja auch leid, aber ich bin hier in einem totalen Anfängerkurs gelandet, obwohl ich in diesem Anmeldedings doch alles ganz genau ausgefüllt hatte, das weißt du, Papa, du warst dabei und ich habe auch versucht, den Kurs zu wechseln. Echt, aber das ging irgendwie nicht.«

Halt! Stopp! Ob die von der Schule was von Salinas gesagt hatten? Dass ein Polizist da gewesen war und mich sprechen wollte? Nein. Nein. Hatten sie anscheinend nicht.

»Papa?«

»Ja.«

»Papa, du weißt, dass du mir vertrauen kannst, also grundsätzlich meine ich, jetzt mal abgesehen von der Sprachschule. Aber ich lerne da überhaupt nichts, was ich nicht sowieso schon kann. Sorry, das konnte ich wirklich nicht wissen, aber dafür bringt es mir viel mehr, mit Rosa zu sprechen ...«

»Wer ist Rosa noch gleich?«, fragte mein Vater matt.

»Die Frau, bei der ich wohne? Wir verstehen uns super. Ich mag sie total gern, sie mich auch, und dann gibt's da noch ihren Neffen Naldo. Der ist Student. Aber nicht, dass du jetzt was Falsches denkst. Ich war auch schon bei seinen Eltern zum Essen eingeladen. Sein Vater baut Gitarren.«

»Karla?«

»Ja?«

»Wenn wir schon mal dabei sind ...« Ich konnte hören, wie er in Münster, wo er seit drei Jahren wohnte, ein Fenster aufmachte. »Ich wollte es dir eigentlich erst sagen, wenn du wieder da bist ...«

»Du heiratest wieder.«

»Auch.«

»Wie auch?«

Ich hörte ihn einatmen und ausatmen.

»Du bekommst eine Schwester.«

Mir blieb das Herz stehen. »Wie meinst du das?«, fragte ich blöde. Früher hätte ich gern Geschwister gehabt, aber das ging nicht. Genauer wurde es mir nicht erklärt. »So was wollen Töchter von ihren Müttern nicht wissen«, hieß es. Wenn Doris so was sagte, musste es stimmen, denn es gab zweifellos einiges, was ich nicht von ihr wissen wollte und was sie mir trotzdem erzählte.

»Josefine ist schwanger«, sagte mein Vater. »Wir werden heiraten und ...« Er unterbrach sich.

»Was und?«

»Nichts«, sagte er. »Der Rest ist noch nicht entschieden.«

Der Rest entschied sich drei Monate später. Mein Vater zog zu Josefine nach Potsdam.

»Weiß Doris es schon?«, fragte ich.

»Noch nicht«, erwiderte Papa. Er seufzte.

»Was machst du jetzt in Granada, wenn du nicht zur Schule gehst? Schaust du dir wenigstens was an?«

»Ich war schon in der Alhambra.«

»Immerhin. Das will ich irgendwann mal genauer hören. Bist du auch in den Gärten gewesen? Der Generalife ... ist der überhaupt öffentlich zugänglich? Nein, wahrscheinlich längst nicht mehr ...«

»Papa?«

»Äh ... ja?«

»Komm doch einfach ein paar Tage her.« Ich hatte in diesem Moment allergrößte Sehnsucht nach ihm.

Ich hörte meinen Vater empört prusten, was mir einen kleinen, miesen Stich ins Herz versetzte und mich gleichzeitig dann doch erleichterte.

»Na klar, wir haben's ja. Schön wär's schon. Aber das ist natürlich überhaupt nicht drin, und wenn ich dran denke, was ich für diese Schule bezahlt habe. Na ja, lassen wird das. Du solltest dir aber in jedem Fall die Kathedrale und die Capilla Mayor ansehen, auch wenn du Kirchen nicht so viel abgewinnen kannst, aber in Verbindung mit den maurischen Reminiszenzen sind sie einfach spektakulär. Und ich weiß, dass dir die Holzdecke im Palacio de la Madraza gefallen wird, das weiß ich einfach.«

Wenn mein Vater in einen seiner bauhistorisch bedingten Trancezustände geriet, dachte er definitiv nicht mehr daran, dass er eigentlich sauer auf mich war. Aber das hatte er mit Sicherheit sowieso vergessen, sobald er seine großen Neuigkeiten an mich losgeworden war.

»Ich meine das todernst, hörst du?«, sagte Papa. »Ich erwarte Beweisfotos. Und jetzt machen wir Schluss, das war ein teures Gespräch.«

»War es nicht. Du hast über Viber angerufen. Und Papa? Bitte sei nicht enttäuscht, ja?«

Er seufzte wieder. »Wo bist du denn gerade? Augenblicklich, meine ich.«

»Vor dem Friedhof.«

»Der Cementerio San José«, Papas Stimme klang verträumt. »Du weißt, dass er zu den schönsten Friedhöfen Spaniens gehört ...«

Ich begann, Anna zu suchen, ohne zu wissen, wie alt sie geworden war oder ob sie geheiratet und deshalb einen anderen Nachnamen hatte als Rosa. Ich ging an den alten Gräbern entlang, den schönen, den monumentalen, über denen Engel mit hohen Flügeln wachten, Marien ihre Söhne beweinen, die in den Schatten riesenhafter Bäume lagen, wo schmiedeeiserne Gitter die Gräber umstellten, oder steinerne Pfosten, die sich mit verwitterten Eisenketten verbanden.

Erst dann wagte ich mich langsam an die lang gestreckten Bauten, die aussahen wie toskanische Häuser und unter deren Terrakotta-Dächern sich die neueren Grabnischen befanden, in vier Reihen übereinander. Blumen, echte und unechte, steckten in kleinen Vasen an den Grabplatten. Und manchmal gaben Fotos der Verstorbenen beunruhigend konkrete Hinweise auf ihre sterblichen Überreste, die hinter den Grabplatten eingemauert waren. Mittagssonne erhitzte die Steine. Millionen Blumen leuchteten wie Farbkleckse in einem Schwarz-Weiß-Film. Kein Mensch außer mir war hier unterwegs, niemand, den ich hätte fragen können, denn es war Mittag und schon wieder viel zu heiß. Zum ersten Mal an diesem Tag dachte ich an Alba. Ich glaubte zu wissen, dass ich gespürt hätte, wenn sie in meiner Nähe gewesen wäre. Ich sah mich um.

»Suchst du jemanden?«

Links von mir befestigte eine alte Frau mit gichtigen

Fingern den Blütenzweig einer lila Bougainvillea an einer Grabplatte. Sie trug Schwarz und einen Männerstrohhut und an den Füßen ausgefranste Espadrilles in verblichenem Blau. Sie sah aus, als wäre sie hundert. Sie war winzig. Sie kam mir vor wie aus dem Himmel gefallen.

»Ich suche die Tochter einer Freundin«, sagte ich. »Rosa Alvarez. Die Tochter heißt Anna.«

»Ich kenne keine Rosa Alvarez.«

Ihre krummen Finger wedelten über die Grabhäuser hinweg Richtung Norden, wo am Horizont die Sierra Nevada zu sehen war.

»Du musst suchen. Immer weitersuchen.«

Sie war bereits wieder mit dem Blütenzweig über dem Foto eines bleichen jungen Mannes beschäftigt. Es sah aus, als steckte sie Blumen in sein nass gekämmtes Haar.

Ich fand Anna in einem der hinteren Häuser, nahe einer unfreundlichen Mauer, hinter der ein Strommast die Bäume überragte und am Himmel eine fedrige weiße Wolke aufspießte.

*Anna Alvarez. *7-3-1969 † 18-3-1969.*

Es gab kein Foto von ihr. Sie war nur elf Tage alt geworden. Aus der kleinen Vase neben ihrem Namen ragten weiße Margeriten, so klein wie Gänseblümchen.

Naldo saß im Lesesaal der Universitätsbibliothek, die in einem ehemaligen Armen- und Krankenhausbau aus dem sechzehnten Jahrhundert untergebracht war, und ärgerte sich über sich selbst. Als Karla sich meldete, war das eine willkommene Ablenkung. Ihre SMS erreichte ihn, als er bereits seit einer geschlagenen Stunde bei al-

lem, was er an einem der langen Tische zwischen jahrhundertealten Bücherschränken zu lesen begann, von Müdigkeitsflashs ins Nichts befördert wurde. Inzwischen spielte er verstohlen Angry Birds auf seinem lautlos gestellten Handy, damit er nicht, wie die Kommilitonin neben ihm, über offenen Büchern im kuschligen Licht der Messingleselampen einschlief.

Er schrieb Karla zurück, verließ den Lesesaal und wartete auf den Treppen vor der Bibliothek, bei den Wasserbecken mit den vielen Fontänen.

Ich sah Naldo schon eine Weile, bevor er mich bemerkte, und als er mich entdeckte, kam er mir entgegen und küsste mich zur Begrüßung auf die Wangen. Ich war glücklich, ohne dass mein Herz sonst wohin gesprungen wäre, sondern einfach, weil um uns herum überall das Gleiche passierte: Leute trafen und begrüßten sich, manche von ihnen mochten einander vielleicht sogar sehr und ich war mit Naldo ein Teil davon.

»Wusstest du das von Rosas Kind?«, fragte ich, während die Fontänen in der Sonne Regenbögen warfen.

»Nicht so richtig«, erwiderte Naldo. »Nur dass man besser nicht drüber spricht.«

»Weil es unehelich war, wahrscheinlich.«

»Wahrscheinlich.«

»Rosa muss noch sehr jung gewesen sein, als sie schwanger wurde«, sagte ich.

»1969.« Naldo dachte nach. Ihm fiel diese eine Locke über die Augen, als er die Stirn runzelte.

»Das war noch zu Francos Zeiten, als Rosas Kind geboren wurde.«

»Und gestorben ist«, ergänzte ich. »Glaubst du, deine Eltern wissen mehr darüber?«

Naldo zuckte die Schultern und hob die Augenbrauen, bis sie unter seinen Locken verschwanden. »Mein Vater ist zehn Jahre jünger als Rosa ... ich weiß nicht, ob er was davon mitgekriegt hat ... und wie gesagt – darüber wurde nicht gesprochen. Wie alt war er 1969 ... Sieben? Acht? Ein uneheliches Kind war damals jedenfalls mit Sicherheit kein Spaß.« Naldo fragte nicht, warum mich das alles interessierte. Gut.

»Meinst du, du könntest deinen Vater fragen?«

»Das kannst du auch«, sagte Naldo. »Er mag dich.«

Er sah zur Bibliothek hinauf und schien mit den Gedanken plötzlich woanders.

Naldo hatte Glück. Professora Batisda hatte an diesem Tag Sprechstunde. Er trug sich in die Liste ein und begann, sich vorzubereiten.

Ich saß derweil müde in einem vollen Bus, der mich zur noch volleren Plaza Nueva bringen würde. Eingeklemmt zwischen schwitzenden Touristen und Spaniern, die wahrscheinlich von der Siesta zur Arbeit zurückkehrten, war ich genau in der richtigen Stimmung für Lottes eintreffende SMS. *Alles schön,* antwortete ich auf ihre Frage, ob wir skypen könnten. *Bin unterwegs und melde mich später.*

Ich war heilfroh, dass ich noch heute mit Lotte sprechen würde.

An Doris schickte ich dann vorsichtshalber denselben Text. Denn in ihrem Fall wusste ich plötzlich nicht mehr, was los war. Ich wusste nicht, wie ich es finden sollte, dass sie sich gar nicht mehr meldete. Wenn irgendwas mit ihr wäre, hätte Papa mir das ja wohl gesagt, dachte ich. Wobei: Würde er wirklich wissen, wenn ihr irgendwas zugestoßen wäre? Schließlich war sie seine Exfrau. Werden Exmänner informiert, wenn den Müttern ihrer Kinder was Schlimmes passiert?

Professora Batisda wirkte angenehm überrascht, als Naldo sie in ihrem stickigen Edificio an der Fakultät für Geschichtswissenschaften aufsuchte und darum bat, das Thema seiner Seminararbeit ändern zu dürfen. Möglicherweise schrieb sie es sich selbst auf die Fahne, dass sich ein männlicher Student mit der Situation unverheirateter Mütter in der Franco-Zeit beschäftigen wollte. Sie bat Naldo, sich mit einer Kommilitonin abzusprechen, die eine Arbeit über Kinderheime und faschistische Indoktrination schrieb, damit es zu keinerlei inhaltlichen Überschneidungen kommen konnte. Aus der Seminarliste gab sie ihm Paulas E-Mail-Adresse.

TAGEBUCH

Eva hat mir gesagt, dass sie krepiert. Nicht, dass sie ziemlich krank ist und wahrscheinlich sterben wird. Sie krepiert! *Du musst verdammt noch mal deinen Arsch hierher bewegen, wenn du sie noch lebend sehen willst,* hat Eva mir gesagt. *Das ist alles, was sie sich noch wünscht, dass du kommst. Sie will, dass du bei ihr bist und sonst keiner. Du solltest dich verdammt noch mal beeilen,* cariña. *Sonst brichst du ihr das Herz.*

8

Emilio schloss gerade den Laden auf, als ich kam. Beim Öffnen der Tür schepperte ein Windspiel aus Messing-Geckos mit türkisfarbenen Augen. Er begann, einige der unzähligen in Reih und Glied ausgestellten Gitarren mit einem weichen Tuch abzustauben, dabei erklärte er mir, er mache das täglich. Wegen des Sahara-Staubs, der unablässig durch Fenster und Türritzen heranflog und sich auf allem niederließ. Und dann fragte er mich, was Naldo nicht gefragt hatte: »Was interessiert dich so an Rosas Vergangenheit?«

Ich erzählte Emilio von dem Kinderköfferchen, und als er seufzte, wusste ich nicht genau, ob es wegen Rosa war oder weil ich ihn gefragt hatte, ob ich ihm beim Staubwischen helfen dürfte. Er kramte einen weiteren Lappen aus einer vollgestopften Schublade des Verkaufstisches und zeigte mir, wie man eine Gitarre vom Ständer hebt (ehrfürchtig, am Hals und unterhalb des Sattels greifen), wie man einen Gitarre bei der Reinigung hält (behutsam), wie man einen Gitarrenkorpus entstaubt (zärtlich und immer in eine Richtung) und wie man eine Gitarre wieder zurückstellt, ohne dass unerfreuliche Fingerabdrücke auf der Schelllack-Politur zurückbleiben.

»Eigentlich solltest du besser Louisa fragen«, sagte Emilio.

Vorsichtig begann er, eine Santos Hernandez zu reinigen. »Weißt du, mit mir hat Rosa eigentlich nie darüber gesprochen ... vielleicht weil ich ihr kleiner Bruder bin. Vielleicht weil es eine Frauengeschichte ist.« Er hob das Kinn und zog kurz die Mundwinkel herunter, was diese spanische Macht-nichts-ich-weiß-auch-nicht oder Was-soll's-Miene ergab, die mir sympathisch war, weil sie so etwas Fatalistisches hatte.

»Zu Hause gab es nur Andeutungen«, setzte Emilio fort, »... dass Rosa sehr früh ein Kind bekommen hat, das kurz nach der Geburt gestorben ist. Und dass der Familie damit eine Schande erspart geblieben war. Ja, so dachte man damals.« Mit schief gelegtem Kopf strich Emilio ein letztes Mal über die glänzende Oberfläche der Gitarre und stellte sie zurück.

»Louisa hat Rosa irgendwann mal danach gefragt, als sie mit den Mädchen zusammen nach Motril ans Meer gefahren sind. Naldo war noch gar nicht geboren. Louisa ist eine begeisterte Schwimmerin, sie ist in Motril aufgewachsen, weißt du.« Er lächelte. »Deshalb hat sie auch noch so eine tolle Figur.«

»Stimmt«, sagte ich, obwohl ich keinen Schimmer hatte, wie toll Louisas Figur war.

»Rosa passte auf die Mädchen auf. Isabel war noch ein Baby ... Gabriela war zwei oder drei. Als Louisa aus dem Wasser kam, saß Rosa auf der Decke und hatte Isabel auf dem Arm. Louisa fragte, wo Gabí sei, weil sie nirgendwo zu sehen war, und Rosa sagte gar nichts. Ihr liefen nur die Tränen die Wangen hinunter. Louisa rannte los wie angestochen, sie war außer sich, wie du dir vorstellen kannst. Sie fand Gabriela ein paar Schritte weiter. Sie war zu einer anderen Familie auf die Decke gekrabbelt und die Leute fütterten sie mit Keksen. Gabí war ein wirklich verfressenes Kind.«

Emilio nahm mir die rote Pedro de Miguel aus der Hand, an der ich schon ziemlich lange herumwischte.

»Louisa hat Rosa dann sehr direkt gefragt, was damals eigentlich passiert ist«, erzählte Emilio. »Frauen sind in so was einfach besser. Oder?«

»Ich glaube nicht«, sagte ich.

»Nein?« Er schien ernsthaft verwundert. Er nahm mir das Tuch aus der Hand und stopfte es zusammen mit dem, das er benutzt hatte, zurück in die Schublade.

»Das Kind ...«, begann er.

»Rosas Kind.«

»Ja.« Emilio schüttelte den Kopf, nahm die Tücher wieder heraus und begann, sie zu falten. »Rosa hatte sich damals als junges Mädchen in einen Gitano* verliebt. Aber nicht mal eben so, verstehst du, so war Rosa nicht, sie liebte ihn wohl ... wie soll ich sagen ...«

»Ganz und gar?«

Emilio zog die Augenbrauen hoch und legte die gefalteten Tücher endgültig in die Schublade.

»Natürlich wollten unsere Eltern wissen, wer Rosa das ... also von wem sie schwanger war. Rosa hat es niemandem gesagt damals. Als Rosas Kind kurz nach der Geburt starb, bekam sie von unserem Vater zu hören, sie hätte mehr Glück als Verstand gehabt ... Das hat sie ihm nie verziehen.« Emilio schüttelte den Kopf. »Jedes Jahr

* Gitano/Gitana: spanische Roma

erwischt es sie wieder ... wenn der Geburtstag ist und der ... na ja ... immer im Frühjahr jedenfalls.«

Mit einem entschlossenen Ruck schob Emilio die Schublade zu, als ich gerade anmerken wollte, dass Juni war, und mich fragte, warum es Rosa genau jetzt erwischt hatte. »Nun aber Schluss mit den traurigen Geschichten.« Emilio schaute durch das mit Gitarren vollgestellte Schaufenster nach draußen.

Zwischen den Gitarren hindurch starrten zwei Japanerinnen zu uns in den Laden, was ziemlich schräg aussah, so als hätte sich jemand in der Deko vertan.

Ich war einigermaßen fassungslos. Es waren *meine* Japanerinnen, Kami und Hoshi, es wird Zeit, sie beim Namen zu nennen. Ob sie mich gesehen hatten? Ich wollte definitiv nicht mit ihnen sprechen. Die Geckos schepperten. Ich verschwand in der Werkstatt.

»We would like to buy castañuelas. *Do you have* castañuelas*?«*

»Palillos.« Emilio zog eine Schublade auf und legte ihnen verschiedene Kastagnetten auf den Tisch. *»In Andalucia we say* palillos. *You know how to use them?«*, fragte er freundlich, obwohl er die Antwort kannte.

»No«, antwortete Kami. *»Are you Señor Emilio Alvarez?«*

»Because our teacher told us, that you know where we can find the best flamenco show in Granada«, ergänzte Hoshi.

»Auténtico«, sagte Kami.

»Hm.« Emilio hatte inzwischen Kastagnetten an beiden Händen.

»You understand?«

»Who is your teacher?«, fragte Emilio.

»Rocío. You know her?«

Hoshi schlug die Hand vor den Mund. *»Oh. Hopefully you know her«*, wisperte sie.

»Rocío Ruiz, Rocío Ortega o Rocío Escribano? Rocío Ortega is my ahijada.«

Hoshi und Kami nickten eifrig, obwohl sie sicher nicht verstanden hatten, dass Emilio nach verschiedenen Rocíos gefragt hatte, von denen eine anscheinend seine Patentochter war. Während ihm das Ganze deutlich Spaß machte, hockte ich neben dem Werkstatttisch im Schleifstaub auf dem Boden, hatte die Sache halbwegs im Auge und fragte mich, ob es sich in Granada mit der Verwandtendichte ähnlich verhielt wie in Havixbeck. In meiner Arschtasche schnatterte das Handy. Doris. Hastig schaltete ich auf lautlos.

Emilio schob meinen Japanerinnen einen Flyer der Plateria am Placeta de Toqueros über den Verkaufstisch. *»Very interesting La Plateria for young people, because young talents start to perform.«* Er hob die Hände und bediente virtuos die Kastagnetten. Die Japanerinnen klatschten begeistert. Ich hoffte schwer, dass sie bald gehen würden, mir kam eine Menge unlogisches Zeug in den Kopf. Ich musste mit Lotte sprechen. Sie musste mir helfen, mich zu sortieren. Danach würde ich mit Doris telefonieren.

Hector Salinas hatte den Obduktionsbericht von Schwester Pilar vor sich liegen und die Seiten in der aufge-

schlagenen Aktenmappe flatterten leicht, wenn der träge Luftzug des Ventilators sie streifte. Es war schon in sich eine befremdliche Tatsache, dass man eine auf mysteriöse Weise aus dem Leben geschiedene Ordensschwester im Flussbett des Darro aufgefunden hatte. Doch noch weitaus befremdlicher war es gewesen, sich zu Beginn der Ermittlungen mit dem grotesken Verdacht einer Selbsttötung auseinandersetzen zu müssen. Natürlich hatte man das nicht an die große Glocke gehängt. Niemand hatte auch nur das geringste Interesse daran, dass ein Wort darüber nach außen drang. Nicht auszudenken, welche Unruhe das ausgelöst hätte. Allein den Konvent hatten die polizeilichen Fragen – für Salinas' Begriffe äußerst sensibel gestellt – in höchste Aufruhr versetzt. Man fand diesen ungeheuerlichen Verdacht eines Suizids im Grunde schlimmer als Schwester Pilars Fortgang von dieser Welt überhaupt. So war es ihm zumindest vorgekommen. Er dachte sehr ungern an die entsetzten Gesichter unter den schwarzen Schleiern. Immerhin hatten die Schwestern einsehen müssen, dass er alles über Pilar erfahren musste, was es zu wissen gab. Nach den neuesten Erkenntnissen erst recht. Jetzt musste er sich mit der »M«-Frage beschäftigen.

Salinas' entblößter haariger Unterarm hinterließ einen Schweißfleck auf dem Schreibtisch, als er ihn anhob und die Hand nach der Akte Schwester Pilars ausstreckte, in der sich auf wenigen Seiten ein langes Nonnenleben ausbreitete, dem er sich nun in voller Konzentration zu widmen gedachte. Wenn nicht hier, wo sollte er dann ein Mordmotiv finden? Die Schwestern wussten nichts oder hielten dicht. Sie legten lieber alles in die Hände des Herrn als in die schmutzigen Finger der Polizei.

Insofern war Salinas komplett aus dem Häuschen darüber, dass sich unter den kurz geschnittenen Fingernägeln Pilars mikroskopisch feine Hautpartikel gefunden hatten. Er beglückwünschte sich zu seiner Geistesgegenwart, mit der er dem deutschen Mädchen ein einzelnes Haar von der Schulter genommen hatte, als er sie davor gerettet hatte, überfahren zu werden. Nachdem es für ihre Fingerabdrücke, die sie auf dem Wasserglas in seinem Büro hinterlassen hatte, schon nichts zu vergleichen gab, war das Haar alles, was er hatte.

»Oh Mann«, sagte Lotte. Sie leckte den Klebestreifen ihrer Selbstgedrehten. »Ich fühl mich total schuldig.«

»Dazu sage ich jetzt nichts.«

»Was dann doch alles sagt.« Ich sah sie aufstehen und das Fenster öffnen, und entweder pfiffen die Vögel bei ihr im Garten wie die Weltmeister oder was ich hörte, kam von den Bäumen auf der Plaza Larga.

In einem schmalen Haus mit schiefen Fenstern, das sich zwischen eine Tapas-Bar und einen kleinen Supermercado zwängte, hatte ich schon vor Tagen ein Internet-Café entdeckt. Jetzt, am späten Nachmittag, nachdem die Touristenherden in ihren klimatisierten Bussen abtransportiert worden waren, gehörte das Albaicín allmählich wieder seinen Bewohnern. Von sechs Computern in Raouls Internet-Café waren nur zwei besetzt. Ein älterer Engländer mit Sonnenbrand auf den Knien trank seine zweite Flasche Bier und rief seine E-

Mails ab. Ein Mädchen, das fast aus ihrer Schuluniform platzte, scrollte sich durch Klamottenseiten und sah sich *camesitas* an, die ihr leider nicht stehen würden. Hinter einem Tresen mit Kaugummis, Schoko- und Nussriegeln, Chipstüten, Mandeln und Pistazien in Plastikbeuteln, neonbunten Bonbons, Telefonkarten und Feuerzeugen hockte ein langer dünner Junge, bei dem es sich um Raouls jüngeren Bruder Ángel handelte, auf einem Barhocker und sah aus wie eine Häkelnadel.

»Im Ernst«, sagte Lotte und dann wurde das Bild wacklig, weil sie ihren Laptop mitnahm, als sie sich ans Fenster setzte, um rauszurauchen. »Irgendwie hab ich das Gefühl, wenn ich mitgekommen wäre, wär alles normal geworden.« Sie stieß den Rauch in die Kamera. Ich verzog das Gesicht.

»Können wir jetzt mal über mich reden?«

»Tun wir doch die ganze Zeit.«

Was stimmte. Wir hatten uns nicht mit Nebensächlichkeiten aufgehalten. Entschuldigen und Verzeihen, diesen ganzen Mist ließen wir aus aktuellem Anlass unter den Tisch fallen. Ich hatte Lotte alles erzählt und ihre Zwischenfragen beantwortet, die sich zuerst natürlich vor allem auf Naldo bezogen, weil sie wohl witterte und vielleicht hoffte, dass es hier zu einer Art romantischem Ausgleich zwischen ihr und mir kommen würde. Ich hatte meine Plugs im Ohr und kroch, während ich sprach, fast in den Monitor, obwohl ich mir so gut wie sicher sein konnte, dass mich hier sowieso keiner verstand. Außerdem machte es ohnehin nicht den Anschein, als würde sich irgendjemand für mein Skype-Gespräch interessieren. Nur Ángel guckte ständig, bis ich den Bildschirm wegdrehte – Lotte war blond.

»Meinst du, Alba lässt sich noch mal blicken?«, flüsterte ich und im gleichen Moment hatte ich das Gefühl, sie stünde schon hinter mir, an der offenen Tür zur Plaza, wo Leute in der Spätnachmittagssonne saßen und vor nichts Schiss hatten. In meinem Nacken war es kalt. Ich zog die Schultern hoch.

»Hast du Schiss davor?«, fragte Lotte. Ihr Gesicht dehnte sich über den Bildschirm, so nah kam sie ran.

»Ich weiß nicht. Das alles ist irgendwie unheimlich, aber ich will sie schon noch mal treffen.«

»Weil sie dir ähnlich sieht?«

»Sie sieht mir nicht nur ähnlich.«

»Wenn sie was mit dem Tod dieser Nonne zu tun hat, wär das ziemlich beschissen für dich. Du musst unbedingt diesem Kommissar von ihr erzählen.«

»Und wenn er mir nicht glaubt?«

»Wäre das wahrscheinlich auch ziemlich beschissen für dich.«

»Deshalb muss ich sie wiedersehen. Ich muss einfach mehr über sie rauskriegen.«

»Sieht sie dir wirklich so ... ich meine, sieht sie echt aus wie du? Oder bildest du dir das vielleicht ein ... du hast sie ja bis jetzt nur von Weitem und im Dunkeln gesehen, oder?«

»Ich habe das verdammte Phantombild gesehen.«

»Vielleicht haben ja auch Leute *dich* gesehen.«

Ein Adrenalinstoß explodierte in meiner Herzgegend. »Wie meinst du das?«

»So was passiert, dass Leute kollektiv was durcheinanderbringen in einer Stresssituation, und so eine tote Person ... oh Gott ... das ist echter Stress ... und dann haben die irgendwen gesehen und du warst auch da ...«

»Du erzählst Müll, Lotte!«, zischte ich. »Hör auf damit, das bringt mich echt schlecht drauf.«

»Sorry«, sagte Lotte. »Okay. Ich denke auch, du musst sie wiedersehen. Aber vielleicht nicht alleine.«

»Das bestimme ja wohl nicht ich, wann sie wieder *out of the blue* auftaucht.«

»Irgendwas will sie von dir. Sonst wäre sie dir nicht gefolgt.«

»Vielleicht findet sie es ja auch nur abgefahren, dass sie eine Doppelgängerin hat.« Noch während ich es sagte, wusste ich, dass es nicht stimmte, und Lotte sprach dann aus, woran zu denken, ich mir bis jetzt verboten hatte.

»Vielleicht will sie dich benutzen«, sagte Lotte. »Könnte doch sein, dass es ihr unheimlich gut in den Kram passt, dass es dich gibt.« Lotte kippte aus dem Bild. Plötzlich hätte ich heulen können, weil ich wusste, dass sie jetzt gerade ihre Kippe außen unter dem Fensterbrett ausdrückte, dort wo es inzwischen eine Menge kohlschwarzer Aschepunkte gab, die aber niemandem auffielen, weil erstens Lotte ihr Zimmer im zweiten Stock hatte und zweitens vor ihrem Fenster eine halb tote Tanne stand. »Zu blöd, dass du nicht verstanden hast, was sie bei diesem Streit in der Alhambra gesagt hat«, hörte ich sie sagen.

»Vielleicht frag ich sie einfach, wenn ich sie noch mal

treffe.« Lotte tauchte wieder auf. Ein Schatten wischte über das linke Feld des Computerbildschirms, dort, wo sich das Tageslicht spiegelte. Hinter mir betrat jemand den Laden.

»Sei lieber vorsichtig.« Ich konnte den Klingelton von Lottes Handy hören, *Mambo Italiano* von Dean Martin. Ich sah ihr flüchtiges, glückliches Lächeln. Nicht flüchtig genug für mich und definitiv zu glücklich.

»Geh ruhig dran«, sagte ich und beendete Skype, bevor sie noch etwas sagen konnte. Sollte sie sich doch von Luca vollsülzen lassen.

Ich stand auf, um zu bezahlen. Ángel nahm gerade Geld von einer Kapuzenjacke entgegen. Mein Herz raste. Die Kapuzenjacke drehte sich um und riss eine Chipstüte mit den Zähnen auf. Es war irgendein Typ. Er ging an mir vorbei nach draußen.

»Ein Euro zwanzig«, sagte Ángel. »Woher kommst du in Deutschland? Ich hab einen Onkel in Stuttgart.«

TAGEBUCH

Sie kommt mir riesig vor. Sie starrt auf mich herab aus ihren Rabenaugen und ihr Mund tut so, als würde sie lächeln. Wenn sie lächelt, sieht sie noch gefährlicher aus. Sie ist gefährlich.

Die Rabenaugen hatte ich eigentlich vergessen. Jetzt, wo sie wieder da sind, habe ich schon keine Erinnerung mehr daran, wie es war, nicht nachts von ihnen gesehen zu werden. Wenn sie in meinen Träumen nach mir suchten, dann fanden sie mich auch. Ich habe oft miese Träume, außer ich schieße mich so richtig ab. Aber das mache ich ja nicht mehr.

9

Alle fanden es gut, dass ich kochen lernen wollte, Isabel, Naldo, Emilio und Louisa, mein Vater und Josefine, besonders Josefine, vielleicht weil sie nur Miso-Suppe kann. Doris fand es nicht gut. Dabei hatte ich sie sofort angerufen, als ich das mit Rosa abgemacht hatte, weil meine Mutter mitkriegen sollte, wie komplett begeistert ich war. Ich wollte sie nicht mehr anlügen. Natürlich brauchte sie bestimmte Sachen nach wie vor nicht zu wissen.

Rosa war auf die grandiose Idee mit dem andalusisch Kochen gekommen, als ich ihr erzählt hatte, dass ich nicht mehr zur Sprachschule gehen würde. Ich war richtig froh, dass Rosa mir das vorschlug, auch weil ich dachte, dass sie dann vielleicht nicht mehr so schlimm an ihre winzige tote Anna denken musste. Und ich wollte einfach nicht wahnsinnig werden, weil ich überall, wo ich ging und stand, Alba vermutete, weil ich mich verfolgt und beobachtet fühlte. Weil ich auf Alba wartete.

Ich glaubte allen Ernstes, dass es meiner Mutter gefallen könnte, wenn ich mit andalusischen Rezepten und Kochkenntnissen ausgestattet nach Hause kommen würde und sie sich jederzeit von mir Tapas wünschen könnte oder Tortilla. Doris zog es vor, sich mal wieder von meinem Vater und mir hintergangen zu fühlen, anstatt sich für mich zu freuen. Doris hatte es ja auch immer vorgezogen, sich Sorgen zu machen anstatt mir Spaß zu gönnen.

»Natürlich mache ich mir Sorgen«, sagte sie, als ich mit ihr in der Küche des Golondrinas telefonierte, wo ich mich sicher und herrlich fühlte nach der Sache in Raouls Café.

»Du bist zum ersten Mal allein in einer fremden Stadt«, sagte Doris. *Als wüsste ich das nicht.* »In einem fremden Land! Ich mache mir natürlich Sorgen darüber, wie du dort deine Zeit verbringst ... in welcher Gesellschaft du dich befindest.«

Ich hasste es, wenn sie das sagte. Und dann kam: »Du erzählst mir ja auch nichts.«

Ich hasste es, dass sie immer *alles* wissen wollte. Am liebsten hätte Doris Dossiers angelegt über alle Leute, mit denen ich zu tun hatte.

»Dann hör doch einfach mal damit auf.«

»So einfach geht das eben nicht, mein Schatz. Aber das wirst du wahrscheinlich erst verstehen, wenn du selber Kinder hast.«

»Ich werde keine Kinder haben.«

Doris kicherte angespannt. »Ach Gottchen.«

»Ich will nicht so werden wie du.«

Volltreffer.

»Du solltest dich sowieso mal langsam darauf vorbereiten, dass ich bald machen werde, was ich will.«

»Warum sagst du das?«, japste sie.

»Weil ich in zehn Monaten achtzehn werde, schon vergessen?«

»Natürlich nicht.«

Sie atmete ein. Sie atmete aus. Ich dachte an Papa und Josefine, die im fünften Monat war.

»Ich will nicht mit dir streiten«, sagte meine Mutter.

»Vertrau mir einfach mal«, sagte ich.

»Ich gebe mir Mühe.«

»Das wär super.«

»Ich finde es toll von Rosa, dass sie und ihre Hilfe dir Kochen beibringen.«

»Isabel ist keine Hilfe, Mama. Sie ist Köchin. Rosa und sie haben zusammen auf Kreuzfahrtschiffen gekocht. Über zwanzig Jahre! Sie waren überall auf der ganzen Welt! Irre oder?«

»Absolut irre.« Ich konnte sie lächeln hören. Ich war kurz davor, ihr zu erzählen, dass ich mit Lotte wieder *on speaking terms* war.

»Und sonst so?«, fragte Doris. »Keine besonderen Vorkommnisse?« Das betont Harmlose hat sie einfach nicht drauf.

»Alles gut«, sagte ich.

»Na dann«, sagte sie.

»Mama?«

»Ja?«

»Wäre das okay, wenn wir nicht mehr jeden Tag telefonieren? Ich meine das gar nicht böse oder so, aber es stresst mich einfach und ich habe auch nicht immer Lust dazu. Kannst du das bitte mal verstehen, ohne gleich beleidigt zu sein? Du hast versprochen, mir zu vertrauen.«

Sie hatte schwer mit sich zu kämpfen.

»Hat diese Rosa meine Handynummer?«

»Wieso das denn?«

»Damit sie mich anrufen kann, falls dir was passiert.«

»Mir passiert nichts.«

»Tu mir einfach den Gefallen und gib ihr meine Nummer, ja? Sonst ruf ich sie an und mach das und das wäre dir bestimmt peinlich.«

Das war unser letztes Telefonat.

Bevor sich Naldo im Lesesaal der Bibliothek über die Bücher hermachte, die in zwei Stapeln vor ihm auf dem Tisch lagen, überlegte er, da sein Magen knurrte, ob er vor seiner Alhambra-Nachtschicht im Las Golondrinas bei seiner Tante Rosa ein paar Datteln abgreifen sollte. Außerdem dachte er darüber nach, ob er sich bei dieser Gelegenheit dort mit seiner Kommilitonin Paula treffen sollte, verwarf den Gedanken aber gleich wieder, da sie in der Bar nicht hätten offen reden können. Er hatte Paulas E-Mail-Adresse von der Batisda erhalten und sie hatten ein paar Mal hin- und hergemailt.

Gutes Thema, *hombre,* hatte Paula geschrieben. Selbst drauf gekommen? Würde mich glatt interessieren, wie und warum, falls ja.

Naldo klappte seinen Laptop auf, ein kleines, klobiges Ding, gebraucht gekauft, mehr war nicht drin gewesen, aber das störte ihn überhaupt nicht. Er las Paulas Mail ein weiteres Mal.

Die ledigen Mütter habe ich für meine Arbeit nicht prominent im Visier, *schrieb Paula weiter.* Die Heime waren in der frühen Franco-Zeit vor allem voll mit Kindern, die sie Kommunisten und überhaupt Regimegegnern weggenommen hatten. Also ganz andere Baustelle, deshalb habe ich auch keine Panik (danke der Nachfrage), dass sich unsere Themen überschneiden könnten. Ergänzen vielleicht und dagegen spricht ja nichts. *Das sah Naldo ganz genauso.* Am besten erst mal über Francos Sozialpolitik einsteigen? Fürsorge-Institutionen? Kirche? Bestimmte Orden? Guck halt mal. *Buena suerte.* Wir sehen uns ja wahrscheinlich im Seminar.

Naldo schlug das erste Buch auf.

Im Las Golondrinas hatte Rosa mich meine erste *tortilla de patatas* machen lassen, mir dabei alles Mögliche erklärt und gezeigt und zugelassen, dass die Sache zu einer Pampe mit einer Überdosis Chili wurde, unessbar. Trotzdem. Ich hatte meine persönliche erste eigene *Tortilla*-Pampe herstellen dürfen, ohne dass mir Messer aus der Hand gerissen wurden, weil es die falschen waren oder weil ich die Zwiebel nicht mit dem Äffchengriff hielt und Gefahr lief, mir die Fingerkuppen abzusägen. Ich durfte Kartoffeln beim Schälen verunstalten und dabei langsam sein, mir wurde eine Schürze hingehalten, anstatt sie mir, während ich Eier aufschlug, hektisch umzubinden. Ja, natürlich ist die Rede wieder von Doris, die ganz vergessen hatte zu beklagen, dass ich von ihr nie hatte kochen lernen wollen.

Isabel ließ mich spülen und putzen, während sie Knoblauchmayonnaise für die *patatas alioli* zubereitete, und es war nicht so, dass Rosa was dagegen hatte. Punkt eins: Wer gut kochen will, muss sein Werkzeug in Ordnung halten. Punkt zwei: Jedes Werkzeug braucht einen festen Platz, damit du es im größten Stress blind finden kannst. Wie oft hat man in Filmen von irren Killern bedrohte Leute in der Küche hektisch nach großen Messern tasten sehen, die wo noch mal abgelegt waren? Mir wird das nie wieder passieren.

»Ist ja alles gut und nett«, sagte Isabel, während sie den Ofen aufriss, um ein Blech mit gegrillten Paprikaschoten herauszuholen, »aber vor allem muss sie ein Haarnetz tragen, ich habe keine Lust auf Ärger und ihrer Schönheit wird das keinen Abbruch tun.« Was eine Lüge war. Isabel knallte das Blech auf den Herd und Rosa schob mich Richtung Tür, denn diese Küche war für drei Personen, von denen eine vor allem im Weg rumstand, definitiv zu klein.

»Jetzt muss sie erst mal an die Luft.«

»Jetzt? Ich denke, sie soll was lernen?«

»Sie soll auch was über Granada lernen. Sie muss Fotos für ihren Vater machen.«

»Sie muss ihm auch dies oder jenes kochen können«, sagte Isabel. »Das kann er mit gutem Recht erwarten, wir haben es ihm schließlich versprochen und stehen dafür mit unserem Namen.«

»Jetzt mach aber mal einen Punkt. Wir sind nicht das Ritz.«

»Pfff«, machte Isabel und stach mit einem Schälmesser in meine Richtung. »Und wann ist sie wieder hier? Es müssen noch kiloweise Kartoffeln geschält werden.«

»Ich muss auch gar nicht gehen«, sagte ich. »Ich bleibe gern.« Das war keine Lüge.

»Siehst du«, sagte Isabel. »Sie will gar nicht.« Das Messerchen stach zu dem Plastikkorb mit den erdverkrusteten Kartoffeln. »Komm, Karlitita, im Schälen musst du Routine kriegen.«

»Sie geht«, sagte Rosa und schob mich durch die Tür. »Warst du schon mal oben auf dem Sacromonte? Bei den Höhlen?«

Ich schüttelte den Kopf. Rosa nahm mir meine Schürze ab.

»Es ist schön dort«, sagte sie. »Früher haben da die Gitanos gelebt.«

Auf dem Sacromonte lebten immer noch Gitanos. Nicht nur, aber auch. In manchen der schick renovierten Wohnungen, die in den Berg gegenüber der Alhambra gebaut waren und aus ihm heraus, wohnten sogar Touristen. Aber natürlich nicht da, wo Rosa mich hingeschickt hatte, dort war alles Museum, reine, schöne Völkerkunde. Man konnte Felsenhöhlen betreten, winzige Schlafkammern und Ställe bestaunen, Webrahmen und Korbflechtereien. Ich blieb eine pflichtschuldige Stunde und machte meine Fotos. Klar gehörte das Museo de cuevas del Sacramonte zu den Sehenswürdigkeiten des Albaicín. Deshalb hätte ich mich normalerweise nicht gefragt, warum Rosa wollte, dass ich sah, wie die Gitanos hier gelebt hatten, als dies noch ihr Zuhause war und keine Folklore. Vielleicht wollte sie ja, dass ich Fragen stellte.

Ich war auf dem Rückweg, als ich Alba sah. Sie kam aus einem der kleinen Häuser, die sich mit Blick auf das

Tal des Darro in die Serpentinen duckten. Ich erkannte sie an meinem Gang, an meinen Beinen. Unter der Kapuzenjacke trug sie abgeschnittene Jeans.

»Alba?«

Sie rannte los, ohne sich umzusehen. Ihre Flip-Flops knallten mit jedem Schritt, bis sie von der Straße abbog. Ein schmaler Schotterweg führte zwischen versteinerten Olivenbäumen und staubigen Agaven in die Pampa. Auf dem Dach eines heruntergekommenen Stalls, der früher vielleicht Ziegen beherbergt haben mochte, bekämpften sich fauchend ein paar struppige Katzen.

»Alba?« Ein Windstoß fegte mir eine Ladung Staub ins Gesicht, als wollte er mir sagen: »Verpiss dich!«

Nach zwei Stunden unter Isabels Fuchtel dünstete ich mit Sicherheit Stressschweiß aus, als Naldo abends in die Küche des Golondrinas kam, um zu sehen, wie ich mich machte. Und natürlich trug ich das Haarnetz. Schweren Herzens vermied ich es, meine Achselhöhlen zu beschnüffeln, und ließ auch das Netz weiter meine Haare platt drücken. Ich wollte ambitioniert und professionell wirken, während ich *patatas*, *gambas* und *dátilas* im Ofen bewachte, Klappe auf, Klappe zu und gleich schon mal die nächsten Kartoffeln in Schiffchen schnitt und Knoblauch schälte.

»Gut machst du das«, feixte Naldo.

»Woher willst du das denn wissen«, blaffte Isabel. »Raus aus der Küche, du störst, es ist zu eng, du lenkst sie ab.« Sie riss den Ofen auf. »Die *gambas* sind fertig.«

Naldo fing das Küchentuch, das sie warf.

»Ich trag sie raus«, sagte Naldo, »die *gambas* meine ich, wenn Karla fünf Minuten Pause kriegt.«

»Kriegt sie nicht«, sagte Isabel. »Im Laden ist der Teufel los, deshalb nimmst du die *gambas* trotzdem mit und die *dátiles* auch. *Adiós muchacho.* Und komm nicht zurück.«

Naldo kam dennoch ein paarmal wieder, trug Teller raus und verputzte unterwegs ein paar Kleinigkeiten, die Isabel ihm wortlos hinstellte. Ich hörte ihn mit den Gästen spaßen, sah ihn Rosa neffenhaft auf die Wange küssen und hätte heulen können, weil reden mit ihm nicht drin war. Ich konnte ganz und gar nicht in Versuchung geraten, Naldo von Alba zu erzählen.

Als Naldo ging, um seine Alhambra-Nachtschicht anzutreten, packte er mich am Nacken wie ein befreundetes Kaninchen und sagte, er käme vielleicht später noch mal vorbei. Aber er kam dann doch nicht mehr und ich redete mir ein, dass mir das sogar recht war.

Auf meinem Weg nach Hause wünschte ich mir nichts mehr, als Alba zu treffen. Natürlich war es kindisch zu glauben, dass sie kommen würde, wenn ich an der Mauer auf sie wartete. Es war idiotisch zu denken, dass es bereits so etwas wie einen Treffpunkt gab, dass es schon etwas gab, das uns verband. Trotzdem schaltete ich mein Handy aus, damit nichts mich ablenken oder sie stören konnte, mal abgesehen von den Leuten, die ständig vorbeikamen, denn kein Platz im Albaicín, von dem aus man die Alhambra sehen kann, ist jemals ein einsamer Ort. Ich hatte gerade wenig übrig für zirpende Zikaden, warme Nachtluft, vorüberwehende Gitarrenklänge oder den schweren Duft des Nachtjasmin. Ich sah einen gefleckten Hund mitten auf die Gasse kacken und ärgerte mich, dass ich es versäumt hatte, Zigaretten zu kaufen, von denen ich Alba hätte abgeben können.

Schließlich verließ ich meinen Posten, bevor Rosa, die inzwischen vielleicht schon auf dem Heimweg war, bemerken musste, dass ich noch nicht in meinem Bettchen lag. Ihre Gefühlslage war mir wichtig.

TAGEBUCH

Natürlich hat sie gelitten wie ein Schwein. Von daher ist es fast gut so, wie es ist. Aber eben nur fast. Sie verlässt sich mal wieder darauf, dass ich es schon irgendwie hinkriege, so wie immer.

Ich muss dir was sagen, ich muss dir was sagen, ich muss ... HAST DU ABER NICHT. Heute nehme ich mir die kleinen Finger vor, beide, weil ich nachdenken muss, ob das immer so bleibt, dass ich mich fühle, als hätte mir einer den Arm abgehackt oder das Bein. Irgendwas abgehackt. Immer so, dass was übrig bleibt, um den Verlust zu bemerken. Dass was blutet.

10

Lotte blies mir Rauch ins Gesicht. »Hör auf«, sagte ich. Aber sie machte einfach weiter. Ich wachte auf davon. In meinem Zimmer bei Rosa Alvarez in Granada rauchte jemand mitten in der Nacht. Am Fenster hörte ich eine Bewegung. Ich hielt den Atem an.

Alba schwang die Beine aus dem Fenster.

»Ich warte unten«, sagte sie.

Ich sah ihre Umrisse abtauchen. Ich wagte es nicht nachzusehen, wie sie raufgekommen und wohin sie jetzt verschwunden war. So als müsste ich mich vergewissern, dass ich mich nicht mitten in einem dieser Träume befand, aus denen ich mich selber wecken musste, weil es das einzige Mittel war zu verhindern, dass ich umgebracht wurde. Zitternd stieg ich in meine Klamotten.

Als ich rauskam, hörte ich spitz das Hündchen bellen und einen Moment lang hoffte ich, dass sonst nichts wäre. Und schon im nächsten Augenblick setzte mein Herz aus vor Glück, als ich sie gegenüber an der Hausmauer lehnen sah, das Gesicht im Schatten der Kapuze verborgen. Der Rauch ihrer Zigarette stieg im diffusen Licht des Mondes auf.

Sie stieß sich von der Mauer ab und ich folgte ihr zwischen den Häusern entlang, von denen man glauben konnte, sie neigten sich einander zu. Kurz bevor sich die

Emedia zum Sacromonte hochzuschlängeln begann, gab es eine Weggabelung mit einem verwilderten Grundstück, das zum Darro abfiel, ein paar Holzbänke und einen alten Trinkbrunnen, der Alba gerade recht kam für ihre kleine Inszenierung. Sie beugte sich herab, streifte die Kapuze zurück und hielt den Kopf unter den leise plätschernden Wasserstrahl. Ihr stoppelkurzes Haar war gelb gefärbt. Sie sah mich an. Sie schnappte nach dem Wasser wie ein Fisch nach Luft.

»Gefällt's dir?«, fragte sie.

»Warum hast du das gemacht?«, fragte ich.

Alba richtete sich auf und zuckte mit den Schultern. Sie setzte sich auf die Rückenlehne einer der Bänke. Sie zog eine zerdrückte Zigarettenpackung aus der Jackentasche und hielt sie mir hin. Sie ließ mich näher kommen und sah zu, wie ich mit zitternden Händen eine Zigarette nahm.

»Schiss?«, fragte sie.

»Hast du Feuer?«

Ihr Jackenärmel hielt mir ein Minifeuerzeug hin. Sie beobachtete, wie ich ungeschickt die Zigarette anzündete.

»Warum sprichst du Spanisch, wenn du aus Deutschland kommst?«

»Schule.« Ich gab ihr das Feuerzeug zurück. Kalt sahen mich meine Augen an und mein Mund verzog sich abfällig in ihrem Gesicht.

»Du gehst zur Schule. *Claro.*«

»Du nicht?«

Sie zündete sich eine Zigarette an und für einen Moment konnte ich ihren abgefressenen Daumennagel sehen, bevor er wieder im Ärmel verschwand. Sie legte den Kopf in den Nacken und stieß den Rauch in die Luft.

»Dann bist du wohl die Schlauere von uns beiden«, sagte sie.

»Wie hast du mich gefunden?«, fragte ich.

»Ich hab dich nicht gesucht, falls du das meinst.«

»Nicht?«

Sie sog an ihrer Zigarette.

»Also ist alles ein Zufall oder was?«, fragte ich.

»Was meinst du?«

Wir starrten uns an. Die Sache mit den Haaren änderte wenig.

»Findest du es nicht seltsam, dass wir ... dass ich und du ...« Mir schlug das Herz bis zum Hals. Ich konnte es nicht aussprechen. Ich hatte das Gefühl, sie müsste die Erste sein, die es sagte.

Alba blieb so cool.

»Dass was?«

Ich setzte mich auf die Bank und sah mir ihre schmutzigen Füße an. Ich rauchte. Wir schwiegen. Es war fast so wie Rauchen mit Lotte, nur vollkommen anders. Ich zog meine Chucks aus. Ich setzte mich neben Alba auf die Lehne und wir guckten auf unsere Füße. Dann beugte Alba sich runter und ich dachte erst, sie wolle die Zigarette ausdrücken. Sie ließ sich von der Lehne auf die Sitzfläche gleiten und stieg aus ihren ranzigen Flip-Flops in meine grünen Chucks.

»Passen«, sagte sie.

»Ich muss dich was fragen«, sagte ich.

Sie sah mich an. Plötzlich hatte ich Lust, sie zu schütteln, um irgendwas anderes in ihrem Gesicht zu sehen als diese abgefuckte Miene. Mein abgefucktes Ich, das sonst nur Doris zu sehen bekam.

»Hast du in der Alhambra mit dieser Nonne gestritten? Warst du das, die zuletzt mit ihr gesehen wurde?«, fragte ich.

Alba ging zum Brunnen, hielt ihre Kippe drunter und warf sie weg.

»Ich hab auch eine Frage an dich«, sagte sie.

»Okay.« *Ja, komm, lass uns reden!*

Sie machte eine Kopfbewegung runter zu den Chucks an ihren Füßen.

»Kann ich die haben?«

Auf keinen Fall. Das sind meine Lieblings-Chucks.

»Wenn du willst.«

»Gut. Dann geh ich jetzt.«

Es fiel mir nicht leicht, einfach sitzen zu bleiben, als sie ging. Im Laufen zog sie die Kapuze über ihren gelbstoppeligen Kopf und verschwand hinter der ersten Wegbiegung zum Sacromonte. Ein brennender Schmerz erinnerte mich daran, dass ich meine Kippe noch zwischen den Fingern hielt. Ich drückte sie umständlich unter der Bank aus, während ich Albas Flip-Flops ins Auge fasste, die mal grün gewesen sein mussten. Ich wusste genau, dass auch sie es gesehen hatte. Den kreisrunden Leberfleck, den wir beide mitten über den Zehenansätzen des linken unserer identischen Füße hatten. Ich stieg in die Flip-Flops, so wie sie waren, was ich unter normalen Umständen keinesfalls hingekriegt hätte. Meine Zehen schmiegten sich in die schwarz umrandeten Vertiefungen ihrer Zehen, meine Fußsohlen nahmen den Dreck ihrer Fußsohlen auf. Ich war mir ganz und gar nicht sicher, die Schlauere von uns beiden zu sein.

Salinas konnte nicht schlafen. Er blickte zu seiner Frau, die mit offenem Mund schnarchte, und berührte ihr bebendes Kinn, damit sie den Mund zumachte. Weil er zu faul war aufzustehen, konnte ihm ungehindert alles durch den Kopf gehen, was ihn vom Schlafen abhielt, und das hatte mit der Akte von Schwester Pilar zu tun, die er einige Male hatte lesen müssen, bis ihm Dinge in Erinnerung kamen, die sich vor einigen Jahren in Madrid abgespielt hatten. Damals hatte man eine Ordensschwester verhaftet. Was ihr vorgeworfen worden war, war ungeheuerlich. Und es gab Stimmen, die ihr die schrecklichsten Strafen wünschten. Vielleicht sogar den Tod. Vielleicht einen Tod, der nach Selbstmord aussah, der schlimmsten aller Sünden für jemanden aus dem geistlichen Fach.

Der Fall, sein Fall, wurde dadurch nicht einfacher, ganz im Gegenteil. Währenddessen saß ihm der Polizeichef im Nacken und die Presse und die Barmherzigen Schwestern hüllten sich in Schweigen. Wie sollte man gute Nonnen von bösen unterscheiden, wenn dergleichen schon bei anderen Sterblichen kaum möglich war? Dass Salinas sich bei solchen Gedanken nicht bekreuzigte, hatte rein berufliche Gründe. Er begnügte sich mit einem schweren Seufzen, das seine Frau veranlasste, ihm den Rücken zuzudrehen. Vielleicht war es ein

Fehler, die Fakten vor der Öffentlichkeit zurückzuhalten, auf Befehl von ganz oben, nicht von so weit oben, dass es einem göttlichen Gebot nahekam, aber fast. Der Director Adjunto Operativo hatte eine klare Ansage gemacht, vorerst sollte niemand wissen, dass Schwester Pilar nicht an den Folgen des Sturzes von der Ponte de Cabrera gestorben, sondern ausgeblutet war wie ein geschächtetes Schaf. Wobei das Bild nicht im Geringsten passte, weil nicht ihre Kehle durchgeschnitten war, sondern ihre Pulsadern geöffnet, und zwar beide mit dem gleichen sauberen Schnitt in die richtige Richtung. Dass Schwester Pilar in etwa drei Litern ihres Blutes gelegen hatte, wurde erst entdeckt, als sie die Leiche bewegt hatten. Der Habit hatte sich dermaßen vollgesogen, dass es Ewigkeiten gebraucht hatte, bis er getrocknet war und man das Gewand zu den Asservaten geben konnte. Salinas faltete die Hände unter dem Kopf und bemerkte erst jetzt die Feuchtigkeit seines verschwitzten Kissens.

Die Pulsadern waren das eine, die Akkuratesse der Schnitte das andere. Aber Schwester Pilar war eine ausgebildete Krankenschwester gewesen und hatte dreiundvierzig Jahre lang in Kliniken gearbeitet. Zweifellos hätte sie im Besitz eines Skalpells sein können. Nur hatten sie es leider nicht gefunden.

Salinas drehte sich auf die Seite, sodass er Rücken an Rücken mit seiner Frau lag. Er hoffte, dass die angeforderten Akten aus Madrid bald eintreffen würden. Bevor er dieses Fass aufmachte, musste er ganz sicher sein.

Das deutsche Mädchen kam ihm in den Kopf und kurz

überlegte er, was sie wohl auf dem Friedhof gesucht hatte. Darüber schlief er dann endlich ein.

Hast du sie wiedergesehen?

Ja.

Habt ihr geredet?

Nein.

Wie nein?

Sie hat sich die Haare gefärbt. Und abgeschnitten.

Was??????? Wo bist du?

Zu Hause bei Rosa.

Festnetznummer!

Bist du allein?

Die Pünktchen in der Antwortblase hüpften vor und zurück. Lotte wusste nicht, wie sie mir beibringen sollte, dass Luca zum ersten Mal bei ihr hatte übernachten dürfen. Barbara war bestimmt schon in der Praxis und entstaute die ersten Lymphödeme (Lottes Mutter war Physiotherapeutin bei einer Lymphologin) und Lotte hatte die Dreieinhalb-Zimmer-Wohnung für sich, mit Luca, der wahrscheinlich noch schlief oder wieder eingeschlafen war, nachdem sie sich schon mal ein bisschen nahegekommen waren am früheren Morgen. Mein Zwerchfell krampfte. Ich trat meine Decke vom Bett. Ich dachte an die kalte Wut in Albas Gesicht und schickte Rosas Nummer an Lotte.

»Du musst unbedingt mit jemandem über Alba sprechen«, sagte sie ein paar Minuten später.

»Tu ich doch gerade.«

»Ich meine mit jemandem, der da ist, in deiner Nähe …«

»Bist du nicht, stimmt.«

Ich hörte das Piepsen des Wasserkochers in Havixbeck. Lotte machte sich ihren Sunrise-Yogi-Tee. In Rosas Schränken gab es nur *infusión de camomila* und bei Kamille muss ich an Magen-Darm denken. Also gut. Neben dem Herd stand alles, was ich zur Zubereitung eines *café con leche* brauchte, mit Ausnahme der Milch, die sich noch im Kühlschrank befand. Rosa traute mir offenbar zu, mir den Kaffee selbst zu machen, und deshalb gab es auch keinen Zettel, der mir in acht Schritten mit Untergliederungen erklärte, was ich zu tun hatte. Ich löffelte Kaffeepulver in das Stielkännchen.

»Am besten Naldo«, sagte Lotte.

Ich konnte hören, wie sie die Tür zu dem kleinen Küchenbalkon öffnete, auf dem es Barbara verlässlich misslang, Kräuter zu ziehen. Trotzdem versuchte sie es jedes Jahr. Noch stand das Basilikum wahrscheinlich stramm.

»Wie ist das Wetter bei euch?«, fragte ich.

»Ohne Scheiß, Karli, ich habe echt ein mieses Gefühl, dass keiner was weiß, und du bist total unbeschützt irgendwie ...«

Ich stellte das Gas an.

»Ich versteh sowieso nicht, warum du ihm das noch nicht erzählt hast«, fuhr Lotte fort. Ich hörte das Knarzen des Korbstuhls, in den sie sich setzte. »Ich meine, ihr redet über Rosa und ihr totes Kind und über uneheliche Schwangerschaften in der Franco-Zeit, was ich grundsätzlich absolut gut finde, wenn man mit einem Typen über so was sprechen kann, aber ...«

Ich ließ Wasser aus dem Hahn. Im Stielkännchen schwammen Kaffeepulverinseln.

»Aber was?«, fragte ich dumpf. Aus Lottes Mund hörte sich alles irgendwie krank an. Vielleicht hatte Naldo ja bloß Mitleid mit mir? Wie schlimm wäre das denn? Eigentlich hatte ich keine Ahnung, was er von mir dachte. Vielleicht war er einfach nur ein guter Neffe. In Havixbeck pustete Lotte in ihren zu heißen Tee.

»Bist du eigentlich verknallt in den?«

»Nur weil du thematisch fixiert bist, muss ich jetzt verknallt sein oder was?« Zischend schwappte das Kännchen über, als ich es aufs Gas stellte. »Nerv mich nicht damit, Lotte, sonst leg ich auf.«

»Okay.«

»Mir geht es gerade echt um was ganz anderes, Scheiße noch mal!«

»Ja klar.«

»Ja was?!« Ich brüllte in den schweren Hörer von Rosas Telefon, drahtlos, aber steinalt, während Lotte ruhig blieb. Wahrscheinlich hatte sie gerade die Knie hochgezogen und umschlang sie mit ihrem linken Arm, an dem sie unser Freundschaftsbändchen trug. So machte sie das immer, wenn ich ausflippe, vorausgesetzt, sie saß.

»Ich glaube, was dich am meisten belastet ...«

»Willst du mir jetzt sagen, was ich fühle?«

»Jetzt hör mal auf, mich anzuplärren, sonst hab ich gleich auch keinen Bock mehr.« In Havixbeck quietschte die Küchenbalkontür. Das passierte, wenn man sie langsam öffnete, was Luca wahrscheinlich gerade tat, auf der Suche nach seiner Süßen.

»Weißt du, was mich am meisten fertigmacht?«

Kuss-Stille am anderen Ende.

»Was?«, fragte Lotte. Die Tür quietschte wieder. Sie hatte ihn weggeschickt.

»Warum sieht Alba aus wie ich?« Sofort schlug mein Herz höher. »Oder ich wie sie?«

»Ich denke auch die ganze Zeit darüber nach«, sagte Lotte.

»Sag irgendwas. Du weißt doch sonst immer alles.«

»Mit den Füßen, das ist spooky.«

Meine Hände waren schweißnass. Auf dem Herd warf der Kaffee Blasen.

»Mir ist nur Dolly eingefallen«, sagte Lotte. »Das Klonschaf.«

Ich kam nicht dazu, beleidigt zu sein. Ich musste lachen und Lotte lachte auch, bis wir beide kreischten. Früher hatten wir uns bei solchen Gelegenheiten in die Hosen gepinkelt.

»Vielleicht hatte deine Mutter eine Affäre und du bist ein Kuckuckskind«, sagte Lotte atemlos.

»Sehr witzig. Ich werde übrigens Halbschwester.«

Lotte antwortete darauf nicht. Sie hatte mir gar nicht zugehört. So ist das, wenn sie einer ihrer Theorien folgt.

»Das würde ihre Südeuropa-Phobie erklären«, sagte sie.

»Ich kann mir Doris nicht mit einem Spanier vorstellen. Und ganz ehrlich, ich will es mir auch nicht vorstellen.« Ich nahm den Kaffee vom Herd.

»Das ist normal. Kinder wollen sich ihre Eltern nicht beim Zeugungsakt vorstellen. Jedenfalls könnte der Spanier zur etwa gleichen Zeit ein Kind mit einer Spanierin gezeugt haben und das wurde auch ein Mädchen, nämlich Alba, und weil der Spanier so dominantes Genmaterial hat, seht ihr aus wie Zwillinge.«

Mein Herz raste. Lotte hatte es gesagt. Nicht Alba, nicht ich, sondern Lotte. In der Leitung nach Havixbeck rauschte es leise.

»Ich muss jetzt mal rein«, sagte Lotte. »Es regnet.«

»Oh. Ich dachte, das Wetter wäre gut.«

»Nein«, sagte Lotte. »Ist es nicht. Hab dich lieb.«

»Ich dich auch.«

Sie nieste und wir legten auf. Die Sache mit den Chucks hatte ich nicht erzählt, weil ich nicht wollte, dass Lotte was Mieses von Alba dachte. Ich wollte nichts Mieses von Alba denken.

Lotte erzählte mir nicht, dass Doris bei ihr angerufen hatte, um zu erfahren, ob wir uns wieder vertragen hätten. Lotte hielt es für besser, mich nicht wissen zu lassen, dass sie das bejaht hatte und dass es ihr im gleichen Moment vorgekommen war wie ein Verrat, obwohl sie Doris ja nichts Weiteres erzählt hatte. Und dass sie noch mitgekriegt hatte, wie Doris anfing zu weinen, in dem Moment, als sie auflegte.

11

Naldo gingen eine Menge Dinge durch den Kopf und die hatten nur sehr bedingt etwas mit Karla zu tun. Genauer gesagt: Es stellte sich erst zu einem späteren Zeitpunkt heraus, dass einiges von dem, was ihm durch den Kopf ging, durchaus mit Karla zu tun hatte.

Was er sich vorgenommen hatte, war gar nicht so einfach, und das fand er gut. Die komplizierte Informationslage weckte das Trüffelschwein in ihm, welches dafür verantwortlich war, dass er immer noch davon träumte, Enthüllungsjournalist zu werden, obwohl er mit seiner Bewerbung an der Journalistenschule im Jahr zuvor gescheitert war. Damit hatte sich immerhin die drängende Frage erledigt, wo er zum Beispiel in Madrid hätte wohnen sollen, wenn er zu den grandiosen fünfunddreißig gehört hätte, die es auf diese Schule geschafft hatten. Wenn er das Ding hätte durchziehen müssen, ohne Zeit für einen Job zu haben, mit dem er sich gerade mal ein mieses Loch in Torrejón de Ardoz oder einer anderen Trabantenstadt hätte leisten können, weil die Studentenwohnheime überfüllt waren und Familie Alvarez in Madrid keine Verwandtschaft hatte.

Was seine Seminararbeit anging, so hatte Naldo feststellen müssen, dass die Quellen nicht nur dürftig, sondern auch außerordentlich staubtrocken und ermüdend waren, was ihn wiederum richtig sauer machte, da es ja schließlich auch um seine Tante Rosa ging.

»Meinst du, ich könnte mit ihr darüber sprechen?«, fragte er seine Mutter. Sie saßen auf ihrer schattigen Terrasse, während unter ihnen Touristengruppen in der schon ziemlich atemraubenden Spätvormittagshitze ins Albaicín aufstiegen. Naldo sah seiner Mutter zu, wie sie Paprikaschoten köpfte und mit einem kleinen scharfen Messer aushöhlte.

»Ich weiß nicht«, sagte Louisa, die es befremdlich fand, über welche Themen ihr Sohn Seminararbeiten anzufertigen hatte. »Die ganze Geschichte ist doch für sie noch immer ein Albtraum. Für einen Mann ist das natürlich schwer zu verstehen.«

»Hm.« Naldo hielt es für klüger, nicht zu widersprechen.

»Und ich kann mir auch nicht vorstellen, dass sie mit einem Mann darüber sprechen will, nicht mal mit dir, obwohl sie dich liebt. Abgöttisch.« In diesem Fall ging sie dann doch zu sehr von sich aus.

»Tja ...«, sagte Naldo und nahm sich vor, Paula zu fragen, was sie davon hielte, wenn er seine Arbeit wie eine Reportage gestalten würde. »Also, dann frag ich mal so ... weil ... du weißt ja vielleicht auch, was Frauen früher gemacht haben, wenn sie ...«

»Wieso auch? Na hör mal.«

»Nein, ich meine damals ... du bist zwar nicht so ganz in Rosas Alter, aber ...«

»Nicht so ganz? Vielleicht denkst du mal ein bisschen nach, bevor du so was sagst, mein Sohn, also wirklich, ich bin fast zwanzig Jahre jünger als deine Tante.«

Naldo entschuldigte sich, obwohl er wusste, dass es nur zwölf Jahre waren, schließlich hoffte er ja noch auf neue Erkenntnisse.

»Ich kann mir nur vorstellen, wie es damals war, als Rosa mit einem Kind im Bauch nach Hause kam«, sagte Louisa, »und dann auch noch von einem Gitano, heilige Muttergottes, und das unter der Fuchtel deines Großvaters. Er war ja nun wirklich vom alten Schlag, du weißt, was ich meine.« Sie runzelte die Stirn. Vielleicht weil sie an ihn dachte, vielleicht aber auch nur, weil sie zu ihrem Ärger bemerkte, dass sie beim Gemüseschneiden langsam auch schon Schwierigkeiten kriegte, denn sie bat Naldo, ihre Lesebrille aus der Küche zu holen. Als er zurückkam, hatte sie offensichtlich nachgedacht.

»Rosa hat mir nie gesagt, wo sie damals ihr Kind geboren hat, und ich habe sie auch nie danach gefragt ... aber in der Klinik, in der ich euch bekommen habe, da gab es Schwestern, die kümmerten sich um ledige Mütter ... um Frauen aus ... na ja, schwierigen Verhältnissen.«

»Krankenschwestern?«

Louisa setzte die Lesebrille auf. »Ordensschwestern. Ich glaube, die waren so was Ähnliches wie Sozialarbeiterinnen.« Sie schüttelte den Kopf, als Naldo sie fragte, ob sie wüsste, zu welchem Orden die Schwestern gehört hatten. »Keine Ahnung«, sagte Louisa. »Aber ich finde es gut, dass sich die Kirche überhaupt darum kümmert.«

Sie nahm sich die Paprikaschoten noch einmal vor, entgrätete sie zu ihrer vollsten Zufriedenheit und Naldo musste sich damit abfinden, dass das Thema für sie beendet war.

Ich war nicht so weit, mir meine Haare abzuschneiden, von denen Friseure wegen ihres schönen Naturtons schwärmten – einer behauptete mal, mein Haar hätte die Farbe kalt geschleuderten Waldhonigs –, aber ich schnitt eine meiner drei Jeans ab. Ich kramte auch meinen grauen Hoodie aus dem Koffer, von dem ich an Tag eins meines Hierseins geglaubt hatte, ihn niemals anzuziehen zu müssen, weil es viel zu warm dafür war, sogar abends. Ich schwitzte schon, wenn ich das Ding überhaupt nur ansah, zumal es auch noch relativ neu war und die Innenseite noch schön flauschig. Aber vielleicht würde mir das Verschwitzte helfen, mich wie Alba zu fühlen, dachte ich, denn genau das hatte ich vor. Obwohl es natürlich unfassbar naiv war zu glauben, das mit ein bisschen Verkleidung hinzukriegen. Ich angelte Albas Flip-Flops unter dem Bett hervor, wo ich sie hingeschoben hatte, um sie vor Rosas Blicken zu schützen. Obwohl Rosa bestimmt nichts dazu gesagt hätte, was für dreckige alte Gurken ich da in meinem Besitz hatte, und sie wäre auch sicherlich nicht auf die Idee gekommen, sie in meiner Abwesenheit mit spitzen Fingern zum Müll zu tragen, den Müllbeutel sorgfältig in den Container zu entsorgen, um sich später komplett ahnungslos zu stellen, wenn ich danach fragen würde. Ich nahm die Flip-Flops mit unter die Dusche und schrubbte sie mit Rosas Nagelbürste.

Als ich beim Verlassen des Hauses die Kapuze über den Kopf zog, fühlte ich mich, als würde ich unter einer dicken Decke durch die Mittagshitze laufen. Ich hielt den Blick gesenkt, sah meine nackten Beine, die noch zu weiß für Shorts waren, und meine Füße mit neongrün lackierten Nägeln in Albas Flip-Flops. Die waren immer noch einfach nur grau. Und sie waren an den Hacken so runtergelatscht, dass ich die Rundungen der Steine auf den Gassen unter den Fersen spüren konnte.

Planlos lief ich Richtung Sacromonte. Mein Herzschlag dröhnte mir in den Ohren. Schweiß strömte mir den Rücken runter, tropfte von den Achseln, kroch aus meinen hochgebundenen Haaren an den Schläfen entlang. Mein Atem ging stoßweise. Von meiner Nasenspitze fiel ein Schweißtropfen auf meinen linken Fuß. Ich ballte die Fäuste. Ich dachte, ich müsste ersticken. Ein harter Schlag traf meine Schulter. Ich fuhr herum. Das erschrockene Gesicht des Rentner-Touristen, der mich versehentlich mit seinem Rucksack touchiert hatte, als er stehen blieb, um den sagenhaften Blick über das Darro-Tal zur Alhambra zu genießen, sagte mir, dass ich gerade nicht sehr nett aussah.

Ein paar Schritte weiter standen zwei staubige Plastiktische mit ein paar von Rot zu Rosa verblassten Plastikstühlen an der Straßenmauer in der prallen Sonne. Gegenüber beschattete ein runtergerockter San-Miguel-Sonnenschirm etwas, das aussah wie ein aus der Garage geschobener Kneipentresen. Aber ich war mir nicht sicher, bis dahinter ein Typ mit schwarzen, nass zurückgekämmten Haaren auftauchte und zu mir rüberrief, ob ich was trinken wollte. Als er mir die Cola in der Flasche ohne Glas und ohne Strohhalm auf den Tisch stellte, konnte ich in weißer Schrift »Cojones« auf seinem schwarzen Tanktop lesen. Ich war am Ende. Ich zog den Kapuzenpulli aus. Mein Top war klatschnass und ich hatte keinen BH an. Super. Cojones ging zurück zu dem kleinen Haus, das in einer engen Reihe von anderen kleinen Häusern in den Fels gebaut war, ließ mich seine Figur bewundern – Muckis, schmale Hüften, guter Arsch – und blieb stehen, als er eine Frau mit Kinderwagen ranschieben sah. Ich trank meine Cola, die so kalt war, dass mir bei jedem Schluck ein scharfer Schmerz in die Stirnhöhle stach. Die Frau mit dem Kind war vielleicht so alt wie ich. Sie blieb bei Cojones stehen, griff mit beiden Händen in ihre langen schwarzen, dicken, schönen Haare und drehte sie mit flinken Bewegungen oben auf dem Kopf zu einem fulminanten Knoten. Währenddessen fand der Kinderwagengriff an ihrem rechten Hüftknochen Halt, denn die Straße war abschüssig, und ihr Blick versenkte sich dunkel in den von Cojones, zu dem sie aufschauen musste, was sie offenbar gerne tat. Dem weichen Bauch nach zu urteilen, der bei dieser Aktion unter dem schneeweißen Shirt zum Vorschein kam, war das Baby, das im Wagen greinte, offenbar ihres. Sie zündete sich eine Zigarette an und blies Cojones, der hinter dem Tresen verschwand, den Rauch hinterher. Das Baby steigerte sich. Glutauge schuckelte den Wagen und rauchte weiter. Sie würdigte mich keines Blickes. Ich verschränkte die Arme vor der Brust. Im Innern der Garagenbar fiel schwer eine Kühlschranktür zu. Das Baby wurde jetzt stocksauer und seine Mutter nahm es dann auch mal endlich aus dem Wagen. Obwohl ich mir aus Babys nichts machte, befürchtete ich doch, sein kleiner wackliger Kükenkopf könnte mit der brennenden Zigarette in Muttis Mundwinkel in Berührung kommen, was aber dann nicht passierte. Glutauge drückte das Kind an ihre nackte Schulter, wo es sich sofort beruhigte. Cojones kam mit der Cola. Er pflückte dem Mädchen die Zigarette aus dem Mund und rauchte sie weiter. Ich fragte mich, ob er wohl der Vater des winzigen Wesens war, dessen zerknautschtes Gesicht in der Halsbeuge seiner Mutter lag. Er war es wohl, denn er küsste den flaumigen Kopf des Winzlings, während seine Hand über den Hintern des Mädchens glitt.

Doris musste immer heulen bei Geburten im Fernsehen. Es störte sie nicht, wenn ich das mitbekam. Vielleicht war sie zu beschäftigt mit ihrer Ergriffenheit. Jedenfalls war ich ungefähr sechs, als ich sie bei so einer Fernsehgeburt fragte, ob das bei mir auch eine solche Sauerei gewesen wäre, und ich bekam zu hören, dass ich ein Kaiserschnitt gewesen sei. Ich hatte nie ein Problem damit gehabt, durch einen sauberen Schnitt oberhalb der Schamhaargrenze meiner Mutter auf die Welt gekommen zu sein. Ich will damit sagen, bei uns fanden keine Geburtsgespräche statt wie in anderen Familien. Es gibt ja Kinder, die können nicht genug davon kriegen, erzählt zu bekommen, wie aufregend und schön das alles war. Wie Papi in den Wehenpausen versuchte, den Kreißsaal zu verlassen, um auf dem Klo einen Schluck aus seinem Flachmann zu trinken, was aber nie klappte, weil immer, wenn er an der Tür war, schon die nächste Wehe kam und Mami dermaßen schrie, dass er schnell zurückrannte zu ihr. Mein Vater war in Dresden und begann mit der Arbeit an seinem Buch über Dresdner

Brunnen, als ich zwei Wochen zu früh aus dem Bauch meiner Mutter geschnitten wurde. Das Brunnenbuch war übrigens ein Bildband und die Fotografin war Josefine. Aber damals hatten sie noch nichts miteinander, schwor mein Vater. Zum Äußersten kam es erst bei Band zwei.

Die Kleinfamilie hatte sich ins Innere der Garagenbar verzogen. Wahrscheinlich war es da schön kühl. Ich stand auf und pulte einen verschwitzten Zehn-Euro-Schein aus der Hosentasche. Hinter dem Tresen löste sich Cojones aus dem Dunkel. Mit dem Wechselgeld schob er mir einen Flyer durch die Staubschlieren, die sich auf den Wischspuren eines nassen Lappens gebildet hatte. Es war einer von denen, die auch in Emilios Geschäft lagen und von denen er meinen Japanerinnen einen gegeben hatte.

»Du suchst doch einen Job«, sagte Cojones. Ich muss ziemlich dämlich geguckt haben, mein Hirn war schon zu weich gekocht, um schnell zu schalten. Cojones fixierte mich mit zusammengezogenen Augenbrauen.

»Du hast mich doch neulich angehauen, ob ich einen Job wüsste, oder nicht?«, fragte er. »Das warst du doch, oder?«

»Si, si, claro«, stammelte ich.

»Na also.« Cojones entblößte seine Zähne zu einem Grinsen, während mir das Herz bis zum Hals schlug. »In der Plateria suchen sie einen Spüler«, sagte er. »Aber das war gestern. Vielleicht haben sie inzwischen schon einen. Versuch's.«

Ich bedankte mich hastig und zog ab. Meine Gedanken überschlugen sich. Warum hatte ich Cojones nicht einfach gesagt, dass er mich verwechselte? So was passiert Leuten schließlich ständig und offenbar kannte er Alba nicht näher, sonst hätte er mich mit ihrem Namen angesprochen. Am meisten quälte mich die Vorstellung, dass ich sie womöglich gerade um einen Job brachte, den sie dringend brauchte, indem ich so getan hatte, als wäre ich sie. Ich kam an dem Schotterweg vorbei, wo ich sie am Tag zuvor hatte verschwinden sehen. Das Zirpen der Zikaden kam mir außerordentlich schrill vor, während die Sonne auf mich herunterbrannte und die staubige Luft vor Hitze flirrte wie in einem alten Western. Nicht mal Katzen kämpften. Ich überlegte mir, ob ich mich um den Spülerjob bemühen sollte und dann Alba suchen, die glauben würde, dass ich ihr nachspionierte. Sie würde mir das übel nehmen, obwohl sie das Gleiche mit mir machte, was aus ihrer Sicht natürlich etwas anderes war. Wieso eigentlich? Ich fühlte mich, als hätte ich vierzig Grad Fieber, und schleppte mich zurück zu Rosas Haus. Ich stellte mich eine halbe Stunde unter die lauwarme Dusche, zog ein Kleid und Sandalen an und war heilfroh, dass ich im Golondrinas was zu tun hatte.

Salinas ging noch einmal die Zeugenaussagen durch. Er hatte die Akte mit zum Essen genommen. Das tat er nicht oft, weil er es schätzte, beim Essen an nichts zu denken außer an das Essen selbst und ob er sich ein Glas Weißwein genehmigen sollte oder lieber nicht. Meistens beließ er es bei einer Karaffe Leitungswasser. Im Bodega kannte man ihn nun schon seit über zwanzig Jahren und hielt ihm immer einen Zweiertisch frei. Im Win-

ter drinnen in einer Nische mit Blick auf die Tür, im Sommer draußen direkt an der Hauswand, unterhalb eines der Fenster, sodass er im Schatten der weinroten Markise und mit Rückendeckung von einem Rankgitter sitzen konnte, an dem in diesem Jahr eine Trompetenblume schlappmachte. Und weil man Salinas dort schon so lange kannte, wusste man auch, dass er gewöhnlich aß, was man ihm empfahl, solange es einen bestimmten Preis nicht überstieg, aber da kam man einander entgegen. Heute gab es Tortilla de Sacromonte *und Salinas bestellte ein Glas Wein. Während um ihn die Leute schnatterten und lachten, Stühle rückten oder telefonierten, störte ihn das überhaupt nicht, denn er besaß die Fähigkeit, hinter gewissen Geräuschkulissen komplett abzutauchen. Das hatte er als Vater dreier Töchter gelernt, von denen die jüngste gerade in die Pubertät kam und die älteren noch tief genug drinsteckten, um sich täglich schrille Gefechte mit ihrer Mutter zu liefern, die es aufgegeben hatte, ihren Mann um Unterstützung zu bitten, weil sie sich nicht noch mehr aufregen wollte, wenn diese ausblieb. Salinas blätterte in der Akte. Nach den letzten Zeugenaussagen, die sie nach dem Aufruf in der Zeitung bis heute erhalten hatten, konnte er sich zwar langsam ein Bild davon machen, wie sich Schwester Pilars letzter Abend und ihre letzte Nacht gestaltet hatte, aber es half ihm nur sehr bedingt weiter. Schwester Pilar war mit den brasilianischen Ordensschwestern von der Alhambra zurück ins Kloster gefahren. Dort hatte man einander Gute Nacht gesagt und sich in die jeweiligen Zimmer verabschiedet, wobei die der brasili-*

anischen Schwestern im Gästetrakt des Klosters lagen. Doch Schwester Lucía, die auf sie gewartet und das Tor hinter ihnen allen abgeschlossen hatte, war gemeinsam mit Pilar in den Schlaftrakt hinaufgegangen. Ihre Zimmer lagen zwar in verschiedenen Fluren, doch Schwester Lucía hatte Schwester Pilar ihr Zimmer betreten sehen. Sie hatte sehr müde gewirkt. Es war schon spät, bereits nach Mitternacht. Niemand konnte sich erklären, warum Schwester Pilar das Kloster noch einmal verlassen hatte, als alle, ausnahmslos alle anderen schliefen. Niemand hatte etwas gehört, geschweige denn gesehen. Als Schwester Pilar nicht zur Morgenandacht erschienen war, hatte man ihr Fehlen zwar bemerkt, aber geglaubt, die Nachtführung in der Alhambra sei möglicherweise zu anstrengend für sie gewesen. Dann kam die Polizei.

Es gab zwei Zeugen, die Pilar nahe der Brücke gesehen hatten. Cristina L., 26, die als Kellnerin der kleinen Bar Cerveza arbeitete, die oberhalb der Brücke lag, war auf dem Heimweg gewesen und hatte mit ihrer Freundin gesimst, weshalb sie sich zu Tode erschrak, als ihr am Ende der Brücke plötzlich die Nonne entgegenkam, mit flatterndem Gewand, wie ein Gespenst oder – so hatte Cristina L. es wörtlich ausgedrückt – wie ein großer schwarzer Vogel.

Wegen der SMS gab es eine genaue Zeitangabe für diese Begegnung. Sie hatten ihr das Phantombild gezeigt. Cristina hatte Alba nicht gesehen und konnte sich auch nicht erinnern, ob überhaupt noch irgendeine Person in der Nähe gewesen war, weil nämlich ihre Freundin angerufen hatte. Sie waren dann in Streit geraten, weil die

Freundin sich plötzlich doch nicht mehr mit ihr treffen wollte wie verabredet.

Zeuge Nummer zwei hatte sich auch gestritten. Es war viel gestritten worden in jener Nacht, dachte Salinas. Vielleicht hatte es eine aggressive Sternenkonstellation gegeben mit viel Mars im Spiel oder so was, aber natürlich glaubte Salinas nicht an dergleichen. Zeuge zwei, Esteban Z., Arzt, 52 Jahre, hatte mit seiner Geliebten gestritten, weil er plante, mit seiner Frau und den Kindern in den Sommerferien nach Bali zu fliegen, während mit ihr maximal ein Kurztrip nach Teneriffa drin war. Zeuge zwei war ziemlich angepisst gewesen, nachdem er Bett und Wohnung seiner Geliebten Irene, 33, hatte verlassen müssen, und hätte um ein Haar die Ordensschwester umgerannt, was ihm wahnsinnig peinlich gewesen war, erstens ausgerechnet in dieser Situation, quasi nach Sünde riechend, auf eine Nonne zu treffen, und zweitens weil sich die Schwester dermaßen erschrak, dass sie aufschrie. Natürlich hatte er sich umfassend entschuldigt und sie sogar gefragt, ob er sie auf ihrem Weg begleiten solle. Doch nachdem sie das sehr bestimmt abgelehnt hatte, war er weitergegangen. Er hatte dann noch entfernt ein Handy klingeln gehört. Salinas schloss daraus, dass es vermutlich das Handy von Zeugin eins gewesen war, die nämlich wutentbrannt einige Male das Telefonat mit ihrer Freundin beendet hatte, woraufhin diese immer wieder angerufen hatte. Zeuge zwei meinte, jemanden an der Brüstung lehnen gesehen zu haben, schemenhaft, im Dunkel. Er war zugegebenermaßen mit den Gedanken schon wieder woanders gewesen, weil er sich überlegt hatte, was er seiner Frau sagen sollte, die ihn über Nacht in Cordoba wähnte.

Salinas nahm einen Schluck von seinem Wein, und noch während er sich an dessen Frische erfreute, fiel ihm ein, dass Zeuge zwei eine interessante Frage aufgeworfen hatte, die aus welchen Gründen auch immer nicht ins Protokoll aufgenommen worden war, vermutlich weil Salinas das Band schon ausgeschaltet hatte.

»Das klingt vielleicht komisch«, hatte Esteban Z. gesagt, »... aber als ich es klingeln hörte, habe ich mich gefragt, ob Nonnen Handys haben.«

TAGEBUCH

Ich kenne dich seit deiner Geburt. Auch beim letzten Mal hat sie das wieder gesagt. Als ich klein war, hab ich mich manchmal angepinkelt vor Stress, weil ich wusste, dass ich nett sein musste. Einen guten Eindruck machen. *Wir müssen einen guten Eindruck machen,* cariña, *sonst dürfen wir nicht zusammenwohnen,* cariña. Sie hatte immer kalte Finger, und nachdem ich irgendwann auch mal ein paar Horrorfilme gesehen hatte, kriegte ich so ein Bild in den Kopf, wie sie – knirsch, knirsch – ihre Grabplatte wegschiebt und mit so einem Ninja-Sprung – wuuusch! – aus ihrem Grab springt, echt der Horror, und dann kommt sie zu uns und zu anderen Leuten, nach denen sie guckt mit ihren Rabenaugen. ICH HAB DICH SCHLÜPFEN SEHEN. Das ist wohl das Erste, was schiefgelaufen ist in meinem Leben.

12

Es war eine meiner guten Entscheidungen, Rosa darum zu bitten, mich mit auf den Mercado Central San Augustín zu nehmen, obwohl ich dafür verdammt früh aufstehen musste, was ja ein schönes Erlebnis sein kann, wenn man das hinkriegt. Der Himmel war wie frisch gewaschen, die Luft kühl mit dem Versprechen baldiger Wärme und späterer Hitze. Aber an die wollte ich dann in so einem Sehr-früh-am-Morgen-Moment definitiv noch nicht denken, als die Vögel ausflippten vor Begeisterung über den neuen Tag und ich völlig davon mitgerissen war.

Sogar Rosa lächelte wieder ein bisschen, als ich mit meinem Schlafgesicht neben ihr im Auto hin und her geworfen wurde, während wir die holprigen Gassen des Albaicín hinunterfuhren. Bis die Straße auf der Calle San José glatt wurde, war ich dann auch richtig wach, was von Vorteil war, denn in der riesigen Halle des Großmarktes von Granada tobte das Frühaufsteher-Leben. Es erforderte eine gewisse Reaktionsschnelligkeit, Rosa durch das Gewühl der Käufer, das Geschrei der Händler und das verstörende Odorama von toten Tieren, Obst und Gemüse zu folgen. Wir kauften eine ganze Menge und Rosa erinnerte mich daran, Beweisfotos zu machen, was ich mit steigender Begeisterung erledigte und am Fischstand zu Höchstform auflief, wo ich Seeteufeln in die offenen Mäuler knipste, Doraden auf ihren Eisbetten und Langostinos in Rosas Händen. Und während ich einer Million Leute vorgestellt wurde, wartete ich im Grunde darauf, dass irgendjemand sagen würde: *Du kommst mir bekannt vor! Bist du nicht die kleine Soundso? Alba, hab ich recht?* Kein Mensch sagte dergleichen, aber während wir vor der Markthalle den Kombi beluden, fiel mir plötzlich ein, dass Rosa so etwas gesagt hatte, als sie mich am ersten Tag vom Bus abgeholt hatte. *Dein Gesicht kommt mir bekannt vor. Aber wahrscheinlich täusche ich mich.*

»Ach, das habe ich gesagt?«, schrie Rosa. »Daran erinnere ich mich gar nicht.« In dem winzigen Café am Ausgang des Großmarktes, wo man traditionsgemäß nach dem Einkauf einen schnellen Kaffee im Stehen trank, blieb einem nichts anderes übrig, als einander ins Ohr zu schreien, weil es irrsinnig voll war und alle irgendwie unter Strom standen von dem, was sie schon erledigt hatten am frühen Morgen.

»Vielleicht sehe ich einer deiner Gasttöchter ähnlich?«, schrie ich scheinheilig zurück. Das mit den Gasttöchtern rutschte mir wirklich nur einfach so raus. Rosa rührte konzentriert in ihrem Kaffee, doch als sie mich ansah, saß ein kleines Lächeln in ihren Augenwinkeln. Es quetschte mir das Herz.

»Gasttöchter«, sagte sie, als wir wieder im Auto saßen. »Das ist nett.«

»Entschuldige, Rosa«, erwiderte ich kleinlaut. »Ich wollte nicht taktlos sein.«

»Ich finde, es hört sich hübsch an. Es gefällt mir.« Rosa ließ ihre Scheibe halb runter und der Fahrtwind griff in ihr kinnlanges, mit grauen Strähnen durchzogenes Wellenhaar, in dem problemlos Bleistifte und Kugelschreiber stecken blieben, wenn sie sich die hinter die Ohren schob.

»Vielleicht hole ich mir wirklich ein bisschen was von dem, was ich nicht haben konnte. Findest du das schlimm?«

Ich schüttelte den Kopf. Allerdings fand ich es plötzlich schlimm, dass ich etwas über sie wusste, ohne dass sie es ahnte.

»Ich war auf dem Friedhof«, platzte ich heraus.

»Es ist schön dort, nicht?«

»Ja. Sehr. Ich ...« Ich brach ab. Das ging ganz und gar nicht.

»Hast du Anna gefunden?«, fragte Rosa. Sie behielt die Ampel im Auge, an der wir gehalten hatten.

»Ja«, sagte ich. Vor uns überquerte eine Gruppe Kinder in Schuluniformen den Zebrastreifen. Ich ließ an meiner Seite die Scheibe runter, die Temperatur war immer noch freundlich. Die Ampel sprang um und Rosa fuhr geschmeidig an.

»Elf Tage«, sagte sie. »Ich war nur elf Tage Mutter. Ein bisschen wenig, nicht?«

Mir schnürte es die Kehle zu.

»Du warst ganz schön jung.«

»Siebzehn«, sagte sie, »so wie du.«

»Warum ... ich meine, darf ich dich was fragen?«

»Frag nur.«

Rosa blickte weiter nach vorn, wechselte die Spur und überholte einen Laster.

»Hättest du nicht später noch Kinder bekommen … also eine Familie haben können?«

»Später war ich auf dem Schiff.« Sie fädelte uns wieder in die rechte Spur. »Ich wollte dieses besondere Kind. Ich wollte Anna. Aber der Himmel hat es anders entschieden.«

Oh Gott. Was sollte ich schon dazu sagen? Ich war Atheistin.

»Willst du noch etwas wissen?«, fragte Rosa. »Du hast noch Zeit, mich zu fragen, solange wir im Auto sitzen.«

Ich musste mich räuspern.

»Wer war der Vater von Anna?«

»Interessiert dich das wirklich?«

Jetzt sah sie mich an. Es schien sie selbst zu überraschen, wie ruhig sie war. Ich nickte.

»Gut«, sagte sie. »Ich erzähle dir von ihm.«

Sie sah wieder nach vorn, setzte den Blinker und bog auf die Gran Via ab. Sie musste einen Umweg fahren, um ihr Versprechen zu halten. Rosa nahm es in solchen Dingen sehr genau.

GRANADA, 1968

Lisardo kam aus Malaga, besser gesagt aus den Blechbaracken von Palma Palmilla, die am Stadtrand reihenweise im Staub versanken. In Palma Palmilla lebten nur Gitanos, angeblich waren sie dort nur übergangsweise untergebracht. Kein Payo* wäre jemals auf die Idee gekommen, sich dorthin zu begeben. Man darf sich das vorstellen wie die Favelas von Rio. Rosa war nur einmal in Palma Palmilla gewesen, als sie Lisardo suchte, dem sie einige entscheidende Monate vorher im Laden ihres Vaters begegnet war, wo sie gerade die Gitarren entstaubte, als Lisardo mit seinem Onkel den Laden betrat.

Rosa mochte es, die Gitarren zu entstauben, auch wenn ihr Vater es nicht lassen konnte, sie nörglerisch zurechtzuweisen, obwohl sie diesen Job nun wirklich schon lange genug machte. Doch Rosa war absolut bereit, das in Kauf zu nehmen, weil sie auf diese Weise aus dem Haus kam, wo sie nichts anderes zu tun hatte, als ihrer Mutter zur Hand zu gehen und ihrem Getratsche mit den Nachbarinnen zuzuhören. Sie beneidete ihren kleinen Bruder Emilio, der noch zur Schule ging. Ihre Schulzeit war vor einem Jahr als beendet erklärt worden, und als Rosa hatte verlauten lassen, dass sie Köchin werden wollte, wurde ihr gesagt, kochen lernen könnte

* Payo/Paya: jemand, der kein Gitano ist

sie auch zu Hause. Ansonsten wurde von ihr erwartet, dass sie bald heiratete. Ihre Eltern nahmen sie zu Fiestas und Kirchenbesuchen mit und fassten die Möglichkeiten ins Auge und Rosa ging es zunehmend auf die Nerven, Kandidaten begutachten zu müssen, während ihre Mutter regelrechte Hitlisten führte.

Das Schlimmste war wohl, dass Rosa keinen Plan hatte, nur Träume. Und seit sie *Sabrina* mit Audrey Hepburn und Humphrey Bogart im Kino gesehen hatte, in dem Audrey Hepburn die Tochter eines Gärtners ist und in Paris bei einem Starkoch in die Lehre geht, wollte Rosa auch bei einem Starkoch in die Lehre gehen. Vielleicht nicht unbedingt in Paris, weil sie kein Französisch konnte. Wo es in Spanien Starköche gab, wusste sie nicht, aber das Ungefähre bietet schließlich jede Menge Platz für Träume. Und deshalb gab es auch Platz für Lisardo, als er im Mai 1968 mit seinem Onkel den Laden von Rosas Vater betrat.

Lisardos Onkel Luis Grande und Rosas Vater Rámon Alvarez kannten einander, weil der eine fand, dass der andere die besten Gitarren Granadas herstellte. Das wusste er vermutlich zu beurteilen, weil Luis Grande ein in Maßen berühmter *tocador* war, er spielte Flamenco-Gitarre, dass es den Leuten die Tränen in die Augen trieb. Es gab sogar Schallplatten von ihm. Rámon war ein glühender Verehrer seiner Kunst, weshalb er ihm bei dessen Besuch seine volle Aufmerksamkeit widmete und dadurch Rosa Gelegenheit gab, Lisardo kennenzulernen, was er ansonsten unter allen Umständen zu verhindern gewusst hätte. Denn Rámons Meinung nach hatte das eine mit dem anderen ganz und gar nichts zu tun. Man konnte einen Gitano als Musiker schätzen. Aber als Schwiegersohn? Undenkbar.

»Darf ich?«

Lisardo streckte seine Hand nach der Santo Hernandez aus, die Rosa eben zurückstellen wollte, und als sie nach einem kurzen Blick zu ihrem schwer beschäftigten Vater nickte, griff er zu. Ihre Fingerspitzen trafen am Gitarrenhals aufeinander, während sie sich zum ersten Mal in die Augen sahen. Rosa zuckte zurück, als hätte sie ein elektrischer Schlag getroffen, und sie entschuldigte sich sofort hastig, weil sie auf keinen Fall wollte, dass ein falscher Eindruck entstand. Lisardo sollte nicht denken, dass sie ein Problem mit Gitanos hatte.

Natürlich war sie damit aufgewachsen, dass man schlecht von ihnen sprach und den Gitanos alles Mögliche unterstellte, sie unheimlich fand, arm und schmutzig. Gleichzeitig wurde behauptet, man habe nichts gegen sie, nur wolle man bitte nicht Tür an Tür mit ihnen wohnen. Und sofern man es nicht mit Gitanos zu tun hatte, die vom Betteln, dem Verkauf von Lotterielosen und Heiligenbildchen, Kaktusfrüchten und Schnecken lebten, falls man es also mit den Flamenco-Gitanos zu tun hatte, verkaufte man ihnen natürlich sehr gern die besten Gitarren.

Rosa wollte nicht, dass dieser junge Gitano, der etwa in ihrem Alter sein musste, glaubte, sie habe gezuckt, weil sie Angst vor ihm hatte. Auch wenn sein dunkler Anzug abgetragen war, der Staub seine dicken schwarzen Haare aufplusterte und der Schweiß im Kragen seines weißen Hemdes graue Ränder hinterließ. Da sie sich so nah gegenüberstanden, traute Rosa sich nicht, ihn noch mal anzusehen, weil sie fürchtete, er könne ihre komplizierten Gedanken erahnen.

Sie schob ihm einen Stuhl hin und er setzte sich. Das alles ging wortlos vor sich. Lisardo begann zu spielen. Rosa entstaubte die letzten Gitarren, und als sie damit fertig war, fing sie wieder von vorne an. Rámon verkaufte Luis eine Conde Hermanos.

Lisardo versank in seinem Spiel.

»Er hat Talent«, sagte Luis zu Rámon. »Ich werde ihn eine Weile unter meine Fittiche nehmen.«

Rámon nickte und zählte erfreut die Pesetas für die Hermanos in seine Schublade. Deshalb entging ihm, was Luis durchaus bemerkte, nämlich wie Rosa Lisardo ansah und Lisardo inzwischen auch Rosa. Luis kannte diese Blicke. Das konnte Ärger geben, wenn man nicht aufpasste. Aber dafür war es schon zu spät.

Im Albaicín war es nicht schwierig, etwas über jemanden herauszufinden, wie jemand hieß oder wo jemand sich befand. Es war nicht schwierig, sich über den Weg zu laufen, und Rosa war schließlich keine Gefangene. Sie war eine gute Tochter, die es auf sich nahm, der Mutter lästige Erledigungen abzunehmen oder sie bei weniger lästigen zu begleiten. Etwa auf den Markt oder zu den Geschäften an der Plaza de Bib Rambla, wo sich zunehmend Touristen in den Cafés aufhielten, vor oder nach dem Besuch des herrlich malerischen Bazars. Vielleicht schrieben auch schon die ersten Reiseführer die Plaza als Geheimtipp aus, weil man dort unerwartet in den Genuss von virtuos dargebotener andalusischer Gitarrenmusik kommen konnte, und zwar solcher, die einem die Tränen in die Augen trieb.

Rosa und Lisardo fanden sich, auch wenn heute niemand mehr sagen könnte, wie viel Absicht oder Zufall im Spiel war, sie fanden sich, und ob einer von beiden den anderen mehr liebte, war völlig egal, weil so viel Liebe zwischen ihnen war, dass es sie beide umhaute und Rosa schwanger wurde. Zu diesem Zeitpunkt hatten sie schon oft von Flucht gesprochen. Rosa war begeistert von Lisardos Idee, nach Frankreich zu gehen, wo sie im Spätsommer bei der Weinlese fürs Erste ein bisschen Geld verdienen würden, und natürlich dachte sie an Paris.

Aber Onkel Luis war schneller.

Irgendjemand hatte ihm zugetragen, was irgendjemand anders gesehen haben wollte. Luis, der es mit den Traditionen sehr genau nahm, weil es so ziemlich das Einzige war, was im Leben eines Gitanos Bestand hatte, sorgte dafür, dass Lisardo aus Granada verschwand. Dass Rosa nie eine Nachricht von ihm erhielt, führte sie darauf zurück, dass Lisardo nicht schreiben konnte.

Rosa suchte ihn. Es gab Cousinen, die sie vorgab, in Malaga zu besuchen, doch sie kam ohne eine Antwort aus den Blechhütten von Palma Palmilla zurück. Erst dann wagte sie sich an Luis heran, der sie nur deshalb in sein Haus unterhalb der Höhlen des Sacromonte bat, damit er ihr unmissverständlich klarmachen konnte, dass ein Gitano niemals eine Paya heiraten würde. Rosa bekam eine Menge über Gehorsam und Unterwerfung zu hören, über Ehre und Schande, also einiges von dem, was auch ihr Vater ihr wenig später entgegenbrüllte.

Rosa verbot sich, darüber nachzudenken, ob Lisardo um sie gekämpft hatte oder nicht. Die Behauptung seines Onkels, es gäbe da eine Verlobung, hielt sie schlichtweg für eine Lüge. Doch dass Vereinbarungen unter Gitanos heilig waren, glaubte sie ihm, und deshalb würde sie auch nie vergessen, was Lisardo gesagt hatte. »Bei uns ist es so«, hatte Lisardo gesagt, nachdem sie sich zum ersten Mal so nahe gekommen waren, wie es näher gar nicht geht, »... wenn ein Mann stirbt, wird seine Frau nie wieder mit einem anderen zusammen sein.«

Eine entsprechende Anzahl von Monaten später starb mit der winzigen Anna für Rosa Lisardo gleich mit. Und Rosa hielt sich an ein Versprechen, das sie ihm nie gegeben hatte.

TAGEBUCH

Ich halte das nicht aus, wie sie jetzt ist, mit der gelben Haut und den Augen, die nicht immer ganz zu sind und in denen das Weiße gelb ist. Und dann die Haare fettig und stumpf, fettiger und stumpfer, als sie sowieso meistens waren, und dünner, richtig abgefressen, als würde nachts ein Tier aufs Bett springen und ein bisschen dran rumkauen. Vielleicht eine Ratte. *Ratten sind so intelligent. Ratten sind Überlebenskünstler wie wir,* cariña. Was natürlich gerade jetzt ein echter Witz ist. Natürlich finden alle, sie ist selber schuld. Kann sein. Sie weiß das, ich weiß das und alle anderen sollen die Fresse halten.

Aber du musst mir noch was sagen, Mama. Sonst dreh ich durch.

13

Das ist hart«, sagte Lotte. In Havixbeck regnete es immer noch oder schon wieder. Das konnte ich sehen, weil Lotte mit Pulli und dicken Socken aus ihrem gekippten Fenster hinaus rauchte. Ich hatte versucht, den Monitor in Raouls Internet-Café so zu drehen, dass Lotte nach draußen auf die Plaza Larga sehen konnte, wo die Sonne durch die Platanen knallte. Ein bisschen Neid musste sein, fand ich, aber es funktionierte nicht. Lotte konnte nichts erkennen. Zu hell. Zu weit weg.

»Das ist echt hart mit Rosa und ihrem Gitano. Wie aus einem anderen Jahrhundert.«

»Das war in einem anderen Jahrhundert, Lotte.«

»Ja klar …« Lotte hielt die Zigarette aus dem Fenster und ihr Gesicht kam näher, fast bildfüllend. »Du bist voll auf deinem morbiden Trip. Komm mal runter. Hör auf damit.«

Ich schüttete ein paar Pistazien vor mir auf den Tisch und begann, die erste aufzubeißen, wie ich es bei Ángel beobachtet hatte. Nur wagte ich es nicht, die leeren Schalen auf den Boden zu spucken. Mal abgesehen davon, dass ich sein System von beißen, mit den Zähnen den Kern von der Schale trennen, ausspucken, und das Ganze in einem Affentempo, noch längst nicht draufhatte.

»Wieso morbide?« Ich pulte mir ein paar Schalenreste von den Lippen. »Du willst doch auch immer alles supergenau über Leute wissen.«

»Ich meine auch diese Rollenspiel-Nummer«, sagte Lotte. Ihr Gesicht wich zurück. Sie lauschte ins Zimmer. Sie kam wieder näher. »Sei froh, dass diese Alba dich nicht gesehen hat.« Sie sprach leiser, was wohl bedeutete, dass ihre Mutter nach Hause gekommen war. »Vielleicht hätte sie sich verarscht gefühlt. Vielleicht wäre sie echt sauer geworden.«

Sofort juckte mir Schweiß in den Händen.

»Du weißt ja schließlich nicht, wozu die fähig ist«, flüsterte Lotte. »Vielleicht wäre sie komplett ausgerastet und hätte dich ...«

»Sie hat mich aber nicht gesehen!«, unterbrach ich sie. »Hör auf, mir so einen Scheiß zu erzählen!«

»Dann versprich mir, dass du nicht mehr so einen Scheiß MACHST!«, zischte Lotte. »Und wenn die dir noch mal auflauert ...«

»Alba lauert mir nicht auf! Kannst du bitte aufhören, so zu tun, als wäre sie gefährlich.«

Das will ich nämlich echt nicht wissen!

»Das weißt du nicht«, sagte Lotte. »Ach, Shit!« Das Bild wackelte und als Nächstes sah ich sie an ihren Fingern rumlutschen. »Verbrannt«, nuschelte sie.

»Das ist mir auch neulich passiert«, sagte ich. Ich wollte nicht mit Lotte streiten.

»Du hast geraucht? Ohne mich?« Sie grinste.

»Mit Alba.« Ich konnte hören, wie ihre Mutter an die Tür klopfte und Lotte rief.

»Bitte, Karli.« Lotte streckte ihre Finger nach mir aus. »Bitte, bitte, wenn du sie noch mal siehst, versprich mir …«

»Ist da Karla? Lass doch mal sehen.«

Lotte verdrehte die Augen. Wackel. Wackel. Das Gesicht ihrer Mutter tauchte auf. Hinter ihr konnte ich das Foto von Siegmund Freuds Sprechzimmer über Lottes Bett sehen.

»Hallo Karla.« Barbara strahlte mich an. Sie kannte mich seit dem Kindergarten. »Wie ist Granada?«

»Super, danke«, antwortete ich.

»Ach, das glaube ich!«, sagte Barbara bedauernd. »Ich hab Lotte ja gesagt, dass es ein schwerer Fehler ist, nicht mitzufahren, aber …« Wackel. Wackel.

»Reicht auch schon«, zickte Lotte.

Von der Plaza Larga kam Glockenläuten. Draußen ging Alba vorbei. Die Sonne ließ ihre gelben Stoppeln leuchten wie ein Rapsfeld.

»Karli?«, hörte ich Lotte noch rufen. »Hallo?!«

Mein Kopf war leer bis auf das ohrenbetäubende Wummern, mit dem mein Herz aufgebracht Blut durch die Adern pumpte. Alba unbemerkt zu folgen, war keine leichte Übung. Es war nicht gerade viel los im Albaicín, abgesehen von vereinzelten, schwer atmenden Touristen, die auf der Suche nach einem schattigen Plätzchen zum Mittagessen waren. Siesta-Time. Das zwang mich, Abstand zu halten bis zur Plaza Nueva, wo es eigentlich immer voll war und wo Alba in einem der Busse verschwand, die dort massenhaft fahren. Es verlangte mir ein ziemliches Geschick ab, nach hinten zu rennen, wenn sie vorne einstieg, oder umgekehrt. Denn das Spiel ging noch eine ganze Weile weiter, raus aus dem Bus und rein in den nächsten, und natürlich fuhren wir die ganze Zeit schwarz. Über Straßen stolpern, Leute anrempeln, Entschuldigungen murmeln, fremde Gegend, Vorstadt, Außenbezirk, viel Verkehr, laut, staubig, Seitenstechen. Der Bus, dieser letzte, leerte sich bedrohlich und ich ging zwischen zwei Sitzreihen in die Knie, als Alba hinten von der Rückbank aufstand. Sie trug meine Chucks. »Clinico San Cosme y San Demian«, hörte ich den Fahrer sagen. Ich schaffte es gerade noch, aus dem Bus zu springen, bevor die Türen sich wieder schlossen. Zum Glück war Alba nicht stehen geblieben, sondern marschierte voran, auf ein riesiges weißes Gebäude mit schießschartenkleinen Fenstern zu, das sich ausbreitete wie eine Trabantenstadt in der Steppe. Die Hände in die Hosentaschen ihrer dreckigen Jeans gestemmt, lief sie über den schattenlosen Parkplatz zum Haupteingang, die Schultern hochgezogen, genauso knochig wie meine, das konnte ich sehen, weil dieser Tag kein Kapuzentag war. An dem labbrigen, kurzen T-Shirt, das Alba trug, zupften warme Windbrisen und ich dachte, kein Mensch außer mir könne sich vorstellen, wie das ist, hinter sich selbst herzulaufen oder einem fremden, geheimnisvollen Teil von sich.

Auch drinnen kannte Alba sich aus. Sie bewegte sich zielstrebig durch die klimatisierte Krankenhausluft, stoppte an einem Wasserspender, der sich neben zwei Aufzügen befand, füllte ihren Becher zweimal und leerte ihn jedes Mal auf ex. Mir klebte die Zunge am Gaumen. Alba betrat den Lift. Freundlicherweise flimmerten mir rote Zahlen über den Türen zu, wo es hinging. Erster, zweiter, dritter Stock. Mit einem Becher grandios kühlem Wasser stieg ich in Lift Nummer zwei. Das Wasser wirkte wie Schampus auf mich. Ich geriet in Hochstimmung. Sollte sie mich doch sehen, wenn ich oben ankam. Ping. Die Türen glitten auseinander und der Geruch nach Desinfektionsmittel sprang mich an. *Estación Paliativa.* Meine bescheuerte Euphorie schlug auf der Stelle in Angst um. Das hier war die Palliativstation. Die Menschen hier konnte man nicht mehr heilen, nur noch ihre Schmerzen lindern bis zum Ende.

Durch die Glastür sah ich Alba weiter hinten vor einem Zimmer stehen. Sie war zu weit weg, als dass ich ihren Gesichtsausdruck hätte erkennen können, aber plötzlich nahm sie die Hände hoch und fuhr sich von vorn nach hinten über ihren gelbstoppligen Schädel und wieder zurück. Sie ließ ihre Arme fallen wie etwas ganz Schweres. Es war das erste Mal, dass ich Alba hilflos sah. Sie legte den Kopf in den Nacken und schloss für einen Moment die Augen. Dann ging sie ins Zimmer.

An einem Medikamentenwagen sortierte eine Krankenschwester Tabletten in Portionsschachteln. Sie beachtete mich nicht, als ich die Station betrat, sie war viel zu konzentriert. Meine Sandalen klapperten unpassend auf dem hellgrünen Linoleumboden. Die Türen zu den Zimmern waren offen oder angelehnt. Ich registrierte vage, dass in jedem etwa sechs Betten standen. Um manche waren Vorhänge gezogen. Mir wurde schlecht vor Angst. Hier starben Leute. Ich hörte, wie hinter mir andere Besucher die Station betraten, ich hörte sie flüstern und ich hörte ein Seufzen aus einem der Zimmer. Ich sah zwei Krankenschwestern ein Bett machen. Dann erreichte ich das Zimmer, in dem Alba verschwunden war. Die Tür stand einen Spalt offen.

Ich sah Alba an einem Bett stehen. Der Vorhang war beiseitegeschoben. Das Bett war das letzte in einer Reihe von dreien und stand an einem Fenster mit heruntergelassenen Jalousien. Am Kopfende piepte und blinkte ein Apparat. Auf der anderen Seite stand ein Tropf. Von dem Menschen, an dessen Bett Alba stand, bekam ich nur die Umrisse der Beine unter einem dünnen Laken zu sehen. Den Rest verdeckte Alba, die mir ihren stocksteifen Rücken zuwandte. Ich starrte durch die Tür wie ein Kind in ein verbotenes Zimmer. Es fühlte sich sehr falsch an, was ich tat, und irgendwie auch nicht. Ich wartete darauf, dass etwas passierte, dass Alba etwas tun würde, sich herabbeugen, dieses stumme kranke Wesen auf die Stirn küssen, seine Hand nehmen, irgendwas.

»Suchen Sie jemanden?«

Ich fuhr herum und spürte, wie ich knallrot wurde. Die Medikamentenschwester blieb freundlich.

»Zu wem möchten Sie denn?«

Schon im nächsten Moment traf mich ein Stoß in den Rücken. Ich flog an der Krankenschwester vorbei auf die Knie. Mein Kopf wurde an den Haaren nach hinten gerissen und ich hatte Albas Stimme direkt an meinem Ohr.

»Was willst du hier, du Stück Scheiße?«, flüsterte sie.

»Es tut mir leid, sorry ... ich wollte nicht ...«

»He, Mädchen, was soll denn das? Aufhören!«

Inzwischen waren wir von drei Schwestern umstellt. Eine von ihnen packte Alba am Arm.

»Na komm, beruhige dich.«

Beruhige dich, Mädchen!

Alba ließ meine Haare los und rammte mir ihr Knie in den Rücken.

»Verpiss dich, verpiss dich, verpiss dich!«

Ich nahm die Arme über den Kopf und hielt still. Ich hörte ihre Stimme brechen. Ich erkannte das mühsam unterdrückte Schluchzen. Dicht vor mir beschlug mein Atem den Linoleumboden.

»Alba«, sagte eine sehr sanfte Stimme. »Komm. Komm mit.«

»Fass mich nicht an!«, schrie Alba.

Mir schossen die Tränen in die Augen, als sie ihr Knie aus meinem Rücken nahm. Ich blieb, wo ich war, und einen Moment später schloss sich behutsam die Tür zum Krankenzimmer.

Jemand berührte meine Schulter.

»Kannst du aufstehen?«

Die Medikamentenschwester half mir hoch. Auf ihrem Namensschildchen stand Nuría. Ich konnte ihr nicht ins Gesicht blicken. Ich heulte vor Scham. Die Haare hingen mir ins Gesicht und der Rotz schlug aus meiner Nase Blasen.

»Warte mal.«

Nuría ging zu ihrem Medikamentenwagen und kam mit ein paar Papiertüchern zurück, die sie mir in die Hand drückte.

»Ihr macht eine schlimme Zeit durch«, sagte sie, »da können einem schon mal die Nerven durchgehen.«

Mein Herz war schwer vor Kummer und ich wusste nicht, warum genau. Ich musste von dieser Tür weg, hinter der es ganz still war. Ich konnte nicht aufhören zu weinen. Nuría nahm mich beim Arm. Ihre Hände waren kühl.

»Komm«, sagte sie. »Vielleicht besuchst du eure Mutter ein bisschen später.«

Naldo hatte sich kurz entschlossen auf den Weg gemacht. Nachdem er sich an einem der Bibliothekscomputer durch die Seiten der Klinik San Cosme y San Demian geklickt hatte und durch eine lange Liste spanischer Hilfsorden und kirchlicher Institutionen, war seine Motivation für die Recherche kurzfristig dermaßen ermattet, dass er die Bibliothek verließ und sich auf seinen Roller setzte, ohne dass ihm sofort klar gewesen wäre, dass er zur Klinik fahren würde.

Aber er konnte schließlich nicht einfach schlappmachen, nur weil ihm die Informationen zu seinem Thema nicht in den schönen Mund flogen wie Rosas gebackene Datteln. Jedenfalls befand sich Naldo plötzlich auf der Calle Olmos Richtung Norden, wo er eine Menge Staub und Abgase zu schlucken hatte, was ihn mit einer gewissen aggressiven Energie ausstattete, die ihm normalerweise nicht gerade eigen war.

Als Naldo seinen Roller auf dem Krankenhaus-Parkplatz im Schatten eines SUV abstellte, hatte er sich bereits einige Fragen zurechtgelegt. Er war dermaßen ent-

schlossen, sich nicht abwimmeln zu lassen, dass es ihn überraschte, als er schon an der Pforte entscheidende Dinge erfuhr.

»Die Schwestern der Barmherzigkeit«, sagte der Mann im Glaskasten. »Von denen sind hier auf fast allen Stationen einige tätig.« Seine Stimme schnarrte durch die gelöcherte Scheibe nach draußen, was bei Naldo den Eindruck verstärkte, er hätte es mit einem menschlichen Roboter zu tun, so wie der Typ aussah. Blass, schüttere, nach hinten gekämmte graue Haare, eine seltsam große Brille, vielleicht ein USB-Anschluss im Nacken.

»Die Schwestern der Barmherzigkeit«, sagte Naldo. »Aha.«

»Ja«, erwiderte der Glaskastenmann ernst, »genau die.«

»Okay«, sagte Naldo und kramte nach seiner nächsten vorformulierten Frage. »Mit wem ... also könnten Sie mir sagen ... also mit wem könnte ich sprechen, um etwas über die Geschichte ...«

»Die Geschichte?«, unterbrach ihn der Glaskastenmann böse. »Sind Sie etwa von der Presse?«

Im ersten Moment fühlte Naldo sich geschmeichelt.

»Nein«, sagte er bedauernd. »Ich studiere Geschichte.«

»Ach so«, sagte der Mann. »Die Polizei war nämlich auch schon hier. Dann sind die Schmierfinken ja meist nicht weit.«

»Die Polizei?«

Der Mann beugte sich zur Sprechscheibe vor und hielt die Hand über das Mikro.

»Wegen der Schwester, die sie unter der Ponte de Cab-

rera gefunden haben ...« Verstohlen zog er sich den Zeigefinger über die Kehle. »Sie wissen schon.«

»Natürlich«, sagte Naldo.

»Eben«, sagte der Mann. »Sie war doch auch eine Barmherzige.«

Ich sah nichts und niemanden. Im Lift hatte ich mich zur Wand gedreht, damit keiner mich mitfühlend ansprach oder ansah, obwohl das bestimmt ein paar Leute taten. *Arme Kleine. Irgendwelche schlimmen Nachrichten. Kann sich gar nicht beruhigen.* Nein, konnte ich nicht. Ich wusste nicht, was ich denken sollte. Ich wollte nicht denken. Vielleicht war die Heulerei ein verdeckter Befehl meines Gehirns. Ein Versuch, mich in Sicherheit zu bringen oder in die Flucht zu schlagen. HAU AB, DU STÜCK SCHEISSE! Mit gesenktem Blick stolperte ich durch die riesige Halle, die mir jetzt vorkam wie eine Arena, in der man mich jeden Moment ausbuhen würde, gleich, wenn sich rumgesprochen hatte, was für ein STÜCK SCHEISSE ich war. Meine Kopfhaut brannte. In meinem Rücken spürte ich immer noch Albas Knie. Vor mir glitten Glastüren auseinander. Ich war draußen. Die Hitze nahm mir den Atem. Ich fror.

»Karla?!«

Fast wäre ich an Naldo vorbeigerannt. Doch er hielt mich fest. Im gleichen Moment klopfte jemand von innen an die Scheibe. Aus dem Glaskasten deutete der Pförtner. Vor einer Ordensschwester glitten die Türen auseinander. Sie blieb abrupt stehen und starrte mich an.

»Entschuldigen Sie, Schwester«, sagte Naldo, ohne mich loszulassen. »Dürfte ich Sie etwas fragen? Mein Name ist Naldo Alvarez ... ich ...«

»Warst du das eben da oben?« Die Schwester starrte mich immer noch an. Ihr altersloses Gesicht zuckte leicht, als müsste sie jeden Moment in Tränen ausbrechen. Auf ihrem Namenschild stand Sor María. Ich hatte keinen Zweifel daran, was sie mit »oben« meinte.

»Ja«, sagte ich. »Es tut mir leid.«

Schwester María trat vor, um jemanden vorbeizulassen. Sie stand mir jetzt nah gegenüber.

»Wo kommst du her?« Sie roch nach Keller und Lavendel. »Du bist doch nicht von hier, oder?«

»Ich komme aus Deutschland«, sagte ich.

Schwester Marías blasser Mund bebte sehr bedenklich. »Gott segne dich«, presste sie hervor. Sie drängte sich an uns vorbei. »Gott segne euch beide.« Wir sahen ihr nach, wie sie davoneilte. Ein warmer Windstoß wirbelte Nonnenschleier und Röcke auf.

»Was war das denn?«, fragte Naldo.

14

Naldo fuhr mit mir nach Antequeruela. Ein ruhiges Viertel, das zwischen dem Campo del Principe und dem Park des Alhambra-Hügels liegt und das – was soll ich sagen – so wunderschön ist, dass sich mein gequetschtes Herz auffaltete wie die Rose von Jericho. Naldo kannte ein kleines Gartenrestaurant, ein Familienunternehmen, wo es jetzt am Nachmittag ruhig war und niemand uns stören würde. Auch nicht Naldos dicker Freund Diego, den ich schon mal im Baño gesehen hatte. Er bediente uns und hatte offenbar ein Zeichen erhalten, uns in Ruhe zu lassen. Vielleicht reichte dafür aber auch mein verheultes Gesicht. Ich sah aus wie eine Feuerqualle und hatte abartigen Hunger. Ich war so froh, dass Naldo bei mir war.

Über die bewachsene Terrasse huschte eine leichte Brise und ließ auf dem Nebengrundstück die Blätter der Olivenbäume silbern schimmern. Unter uns brannte die Sonne auf die Terrakotta-Dächer und ich bemerkte, dass es auf manchen Mosaiken gab, in glänzendem Grün oder Blau.

Wir tranken Bier und Diego stellte uns Brot hin und *Queso Manchego* und *Jamón Ibérico* und Oliven, weil der Koch gerade Pause hatte. Es war das köstlichste Essen meines Lebens. Ich erzählte Naldo alles. Es ging gar nicht anders und ich ließ nichts aus. Nicht, dass Alba mir meine Chucks abgenommen hatte, und auch nicht meine Verkleidungsaktion, obwohl besonders die mir vor Naldo peinlich war.

»Ich will sie mal sehen, diese Alba«, sagte Naldo.

»Du glaubst wohl, ich übertreibe?«

»Deine Geschichte ist ganz schön abgefahren.«

»Okay, du glaubst, ich übertreibe.«

»Wie auch immer, es kann ja nicht so schwierig sein, sie zu finden, wenn sie auf dem Sacromonte wohnt.«

»Keine Ahnung, ob sie da wohnt, aber da habe ich sie gesehen.«

»Und Javier.«

»Wer?«

»Der Typ in der Garage«, sagte Naldo, »Cojones.«

Das mit dem T-Shirt hatte ich ihm nämlich auch erzählt.

Naldo grinste. »Er heißt Javier. Ich kenne ihn. Super Gitarrist übrigens. Ich frag ihn einfach mal.«

»Ich weiß nicht«, sagte ich zweifelnd. »Ich glaube, er kennt sie nicht näher. Sonst hätte er uns nicht verwechselt.«

»Ich denke, das passiert sicher öfter bei eineiigen Zwillingen.«

Ich schnappte nach Luft.

»Sie hat aber ihre Haare ...«

»Scherz«, unterbrach Naldo mich. »Jetzt guck nicht so. Ich glaub dir ja.«

Mit dem Finger fuhr ich durch die gesalzenen Olivenölreste auf meinem Teller. Ich dachte an die Panik in Schwester Marías Nonnengesicht.

»Das mit der Nonne eben«, sagte Naldo. »Das war ziemlich merkwürdig. Hattest du sie oben auf der Station gesehen?«

Ich schüttelte den Kopf.

»Aber sie dich offensichtlich. Und anscheinend kennt sie Alba.«

»Jemand hat sie zurück ins Zimmer zu ihrer Mutter gebracht«, sagte ich. *Komm, Kind. Komm mit.* Die sanfte Stimme hinter meinem Rücken, als ich mir den Kopf hielt. Die sich, als Sor María mich unten sah, ganz anders angehört hatte vor lauter Schreck.

»Sie hat uns jedenfalls definitiv nicht miteinander verwechselt …«, sprach ich meine Gedanken aus.

»Stimmt, sie hat sofort gefragt, wo du herkommst …«

»Sie hat gehört, dass ich keine Spanierin bin.«

Naldo sah nachdenklich ins Leere.

»Du hattest ja noch gar nicht viel gesagt. Die Frage kam eigentlich ziemlich sofort. Außerdem … ist dein Spanisch ziemlich gut.«

»Danke.«

»Bitte.«

Wir grinsten. Naldo sah überhaupt am allerbesten aus, wenn er grinste.

»Nein«, sagte er, »da war irgendwas anderes … Die Frau sah aus, als würde sie Stimmen hören oder Gespenster sehen.«

»Sie hat mich gesehen.«

»Stimmt«, sagte Naldo. »Dein Anblick kann einen fertigmachen.«

»Danke.«

»Bitte.«

»Ich will noch ein Bier.«

Er zog die Augenbrauen hoch. »Sicher?«

»Ja. Und du bist übrigens eingeladen ... also für alles und so.«

Das war ihm jetzt peinlich, dem Andalusier.

»Moment, so meinte ich das nicht«, sagte er. »Ich dachte nur, du ...«

»Ich weiß schon«, unterbrach ich ihn. »Du dachtest, zwei Bier ist eins zu viel für eine durchgeknallte Minderjährige, die sowieso schon halluziniert und dich mit kranken Geschichten nervt.«

Naldo hob die Hände. »Okay, okay. Ich nehme die Einladung an. Ja?« Er stand auf. »Ich hol dein Bier.«

Ich sah ihm nach und kam mir blöd vor. Am Tresen wandte er mir den Rücken zu und wechselte ein paar Worte mit Diego, der lachte. Ich fragte mich, ob Naldo wohl gerade die Augen verdrehte über den seltsamen Logiergast seiner Tante. Tja, das kommt davon, wenn man so ein guter Neffe ist, dann hat man so jemanden wie mich am Hals. Er kam mit einer Flasche Estrella Damm zurück, setzte sich wieder und sah mich an. In ihm muss es ganz schön gearbeitet haben. Ich kam mir noch blöder vor wegen meiner gedanklichen Pampigkeit. Ich trank das Bier, obwohl ich eigentlich keine Lust mehr drauf hatte. Auf meinem Handy ging eine SMS ein. *Was ist los? Wo bist du? Alles gut?,* wollte Lotte wissen. Naldo guckte inzwischen nach draußen, Richtung Alhambra. Schönes Profil, so nachdenklich immer noch. Ich machte ein Foto und schickte es an Lotte.

Das ist Naldo. Keine weiteren Fragen bitte.

»Was wolltest du eigentlich im Krankenhaus?«, fragte ich, um das Gespräch wieder in Gang zu bringen.

»Recherche für eine Seminararbeit.«

»Aha.«

Diego kam mit der Rechnung, legte sie vor mir auf den Tisch und ging wieder.

»Karla, ich muss los.« Naldo guckte mir jetzt wieder ins Gesicht. Ganz freundlich, wie man eine arme Irre eben so anguckt. »Und du vielleicht auch, oder?«

Shit. Ich hatte meine Schicht im Golondrinas total vergessen. Heute stand *Paella* auf dem Plan. Sie warteten inzwischen seit mehr als drei Stunden auf mich.

Als ich aufstand, um zu zahlen, merkte ich das zweite Bier. Ich bat Naldo, mich nach Hause zu bringen, und als er mich nach einer reichlich flotten Fahrt absetzte, die möglicherweise einer gewissen Ungeduld seinerseits Ausdruck verlieh, war mir kotzübel. Falls Naldo meinen Zustand bemerkte, so enthielt er sich eines jeglichen Kommentars, wahrscheinlich weil er es eilig hatte. Er sagte, dass wir telefonieren würden, und gab Gas.

Ich schleppte mich ins Haus und rief Rosa im Golondrinas an, um ihr eine Ausrede aufzutischen. Ich konnte so nicht zur Arbeit gehen und ich konnte ihr auch nicht sagen, warum. Sie war froh, dass ich mich meldete, und besorgt, als ich ihr erzählte, dass ich Magen-Darm hätte. Obwohl es ihr gutes Recht gewesen wäre, fragte sie nicht, warum ich nicht schon früher Bescheid gegeben hatte, und ich schämte mich dafür, wie sehr sie mir vertraute.

Kaum hatte ich aufgelegt, beschloss mein Körper, nahezu jedes erlogene Detail, das ich Rosa am Telefon mit kleiner Stimme beschrieben hatte, in die Tat umzusetzen. Hämmernde Kopfschmerzen trieben mich ins Bad und vor dem Klo in die Knie, wo sich mein Nachmittagsessen samt Bier unfreundlich von mir verabschiedete. Ich zerrte mir die Klamotten runter, hockte mich in die Dusche und stellte das Wasser an. Lauwarm. Ich saß da, ich weiß nicht, wie lange.

Alba saß an einem offenen Sarg, einem schneeweißen. Auch die Vorhänge, die am Kopfende des Sarges herabfielen wie von einem Himmelbett, waren weiß, als würde die Sonne durchscheinen, nur dass es keinen Himmel gab. Es gab auch keine Wände, aber vielleicht kam mir das nur so vor, weil alles so weiß war. Sor María war deshalb erst gar nicht zu erkennen. Sie cruiste über dem Sarg in der Luft. Ihr weißes Nonnenkleid hing herunter wie bei einer schwebenden Jungfrau und sie bekreuzigte sich pausenlos. Gottseimiteuch, Gottseimiteuch, man konnte kaum ihr Gesicht sehen, so schnell.

Natürlich wusste ich, dass ich schlief. In Fällen wie diesen versuche ich, die Regie zu übernehmen. Eine andere Einstellung bitte. Näher ran. Ich wollte wissen, wie die Frau im Sarg aussah. Ich wollte wissen, wer das war, Albas Mutter. Aber ich musste aufpassen. Alba durfte nicht mitkriegen, dass ich da war. Vogelperspektive wäre perfekt gewesen, aber da war ja schon Gottseimiteuch, Gottseimiteuch – das hörte überhaupt nicht mehr auf. Ruckartig kam Albas Kapuzenhinterkopf näher. Nein, so nicht. So nicht! Das würde schlimm werden, wenn sie sich umdrehte. Weil sie so einen Hass auf mich hatte. Weil Alba mich so hasste, würde sie sich ihre abgekauten Nägel (wann hatte ich die gesehen?) in die Stirn krallen und mein Gesicht von ihrem abreißen wie eine Maske, unter der sie keine Luft mehr kriegte, und zum Vorschein käme wütender roher Muskelmatsch mit Reptilienblick und Lippen wie Angelina Jolie. AUFWACHEN. Ich versuchte, die Augen zu öffnen. Unmöglich, zu langsam, zu müde, wie verklebt. Alles verschwommen. Ich konnte nichts mehr sehen. Ich hatte nicht aufgepasst. WUUMM. Zwei Fäuste trafen auf meine Brust, da, wo es knochig war. Ich fiel und fiel. Gleich würde ich irgendwo aufschlagen wie Schwester Pilar. NEIN.

Ich wachte von meinem Zucken auf. Mein Herz raste, aber ich war raus. Ich setzte mich im Bett auf und machte das Licht an. Seit Albas nächtlichem Besuch waren meine Fensterläden immer geschlossen. Das verdrehte Badetuch hatte knallrote Abdrücke auf meiner verschwitzten Haut hinterlassen. Meine Haare klebten wie tote Schlangen auf meinen Schultern.

In Rosas Flur herrschte Dämmerung. In der Küche soff das Tageslicht ab und das Leben war irgendwo draußen. Die Leute gingen zum Essen. Bei Rosa und Isabel in der Bar würde es jetzt voll werden und ich hatte nicht gelernt, wie man *Paella* macht. Heute Morgen hatte Rosa mir am Küchentisch erzählt, dass sie in San Augustin allerschönste *gambas* zu einem guten Preis bekommen hatte. Sie fragte mich, ob ich wüsste, wie der Reis für eine *Paella* gelb wird. Inzwischen fand sie nämlich Spaß daran, hin und wieder ein Zutaten-Quiz mit mir zu veranstalten, was ich am Morgen in Konkurrenz mit meinem ersten Kaffee problematisch fand.

»Curry?«

»Curry! *Vale cariña.* Wir haben gestern Fischsuppe gemacht, *Sopa de Almería,* da haben wir es auch reingetan.«

»Weiß nicht.«

»Safran, *cariña.* Du bist wohl noch nicht richtig wach.«

Sie hatte mir Kaffee nachgegossen, das Radio angestellt und im Vorbeigehen in meine Haare gefasst. »Du hast wirklich schöne Haare, *cariña«,* und ich hatte sofort an Albas Rapskopf denken müssen. Rosa hatte beim Rausgehen die Küchentür hinter sich geschlossen. Sonst stand die Küchentür eigentlich immer offen, so wie jetzt.

Mein Magen rumorte, Tendenz Hunger. Ich öffnete den Kühlschrank und starrte hinein, bis mir kalt war. Ich überlegte, mir einen Kamillentee zu machen, ich fühlte mich mies genug dafür. Ich hatte einen sehr schwachen Moment und hätte plötzlich am liebsten Doris angerufen, weil Doris einfach unschlagbar war, wenn es mir mies ging. Ich spreche von Krankheitsfällen, von Mandelentzündungen, Blasenentzündungen, Menstruationsbeschwerden. In diesen Fällen ließ ich mich gern von ihr bemuttern und vielleicht hätte ich sie sogar angerufen an diesem Abend, wenn ich nicht hätte befürchten müssen, dass sie sich auf mich stürzen würde wie ein ausgehungertes Tier. Ich wollte nicht, dass sie mit ihrer Besorgnis über mich herfiel, mit ihren Gefühlen, ihrer Neugierde, ihren Ängsten, ihrer Bedürftigkeit.

Hast du mich lieb? Wie oft hatte sie mich das gefragt und wie oft hatte ich dann früher meine Kleinmädchenarme um sie gelegt und mein frisch eingecremtes Kindergesicht an sie gedrückt und »Ja« gesagt, »Du bist die beste Mami der Welt«. Und wie oft hatte ihre Frage dann später Widerwillen in mir geweckt, sodass ich sie mit einem schlichten »Ja« abzuspeisen begann. Seit meiner Vorpubertät, ungefähr ab neun, zunehmend mit genervtem Unterton. »Jaha!« Ich fand, sie hätte es doch einfach wissen müssen. Man sollte das nicht fragen müssen, egal wen. Es wurde noch mal ein bisschen schlimmer, als ich aufs Gymnasium kam und sie in der Kanzlei *Goege & Partner* wieder als Anwältin für Familienrecht arbeitete und ich in einen Schülerhort ging. Mit dreizehn gewöhnte ich mir an, auf die Hast-du-mich-lieb-Frage mit »Nein« zu antworten, damit sie endlich damit aufhörte. Das tat sie dann auch.

Ich habe viel darüber nachgedacht, wirklich. Was ich gemacht oder was ich versäumt hatte, dass meine Mutter meinte, mich das immer wieder fragen zu müssen. Anscheinend war irgendwas nicht in Ordnung mit mir.

TAGEBUCH

Ich hab ein Tsunami-Gefühl. Die Tiere rennen weg und verstecken sich und die Vögel hören auf zu singen und das Wasser zieht sich zurück, hab ich mal gelesen. So fühle ich mich. Wie an einem leeren Strand. Das Wasser ist nur noch so ein fieser schmaler Streifen am Horizont. Ich weiß, ich sollte mich umdrehen und abhauen, anstatt dahin zu starren wie behindert und einfach nur zu warten, dass diese riesige Welle kommt. Ich will das nur noch hinter mich bringen. Der Rest ist mir egal. Ich will nicht darüber nachdenken, was danach ist oder was dies oder das zu bedeuten hat. Nach einem Tsunami ist sowieso alles komplett im Arsch. Deshalb sitze ich ja hier, anstatt abzuhauen. Ich gehe mit drauf, wenn die Welle kommt. Ist auf jeden Fall besser, als übrig zu bleiben.

15

Du interessierst dich für das Kloster Santa Margareta?«, fragte Rosa.

Sie holte die Packung Kamillentee aus dem Schrank, weil sie fand, ich sollte noch keinen Kaffee trinken, und natürlich konnte ich schlecht etwas dagegen sagen.

»Das ist ungewöhnlich für ein Mädchen in deinem Alter.« Sie goss den Tee auf. Der Kamillengeruch machte mich fertig. »Oder nicht?«, sagte Rosa. »Wer will in deinem Alter freiwillig ein Kloster von innen sehen?«

»Vielleicht will ich ja Nonne werden.«

Wortlos schwenkte Rosa den Teebeutel im Becher umher. Ich sollte nicht anfangen, mit ihr zu reden, als wäre sie Doris.

»Mein Vater interessiert sich für Klöster«, sagte ich. Immerhin war das nicht gelogen. »Du weißt doch, Beweisfotos und so ...«

Rosa stellte mir den Tee vor die Nase. Ich musste an meinen gestrigen Mageninhalt denken.

»Dann solltest du das Kloster Santa Isabela la Real fotografieren«, sagte sie. »Es ist älter, größer und schöner.«

»Aber Santa Margareta ist näher. Umso schneller bin ich im Golondrinas.«

Sie fasste mir unters Kinn und sah mir mit echter Besorgnis ins Gesicht.

»Vielleicht solltest du heute einfach noch mal im Bett bleiben«, sagte sie. »Du bist immer noch ganz blass um die Nase.«

Umgeben von einer hohen Mauer befand sich das Kloster tatsächlich mitten im Albaicín. Sobald ich durch das Tor trat, kam mir Stille entgegen. Aus dem mit Flusskieseln bedeckten Boden wuchsen Orangenbäumchen und auf einem quadratisch gemauerten Brunnen standen Terrakotta-Töpfe mit Oleander. Alles verströmte eine kühle, besänftigende Ruhe, friedlich und schön auf eine Weise, die einen denken ließ, man befände sich an einem sicheren Ort. Ich fühlte mich fast selbst ein bisschen fromm und mein Vater hätte mir jetzt erklärt, dass genau das beabsichtigt sei.

Zu sehen war niemand. Ich fragte mich, ob sich die Schwestern der Barmherzigkeit versteckt hielten. Vielleicht waren sie lieber alle etwas vorsichtig im Moment, wegen Schwester Pilars Tod. Schnell verdrängte ich das Bild aus meinem Traum von Albas Hassgesicht.

Neben der Klosterpforte entdeckte ich ein Schild »Führungen von 9 bis 11 Uhr. Bitte klingeln«. Ich klingelte und wenige Augenblicke später öffnete sich lautlos die schwere Tür und eine kleine Nonne blickte durch ihre randlose Brille zu mir auf.

»Möchten Sie eine Führung?«

»Eigentlich nicht …«

»Ach so?« Die Nonne legte den Kopf schief wie ein verwirrter Welpe. »Keine Führung?«

Plötzlich war ich nervös.

»Ich möchte gern zu Sor María ... äh ... falls sie da ist.«

»Sie möchten zu Sor María?«, echote die kleine Schwester der Barmherzigkeit. »Kennen Sie sie?«

»Ich habe Sor María gestern im Hospital getroffen ... also ... auf der Palliativstation ... und ich würde sehr gern noch einmal mit ihr sprechen.«

Die Nonne streckte die Hand nach mir aus und berührte sanft meinen Arm.

»Ich bin Sor Elisabetta«, sagte sie barmherzig. »Tritt ein, mein Kind.«

Wir durchquerten einen Bogengang und gelangten in den Innenhof des Klosters, der noch schöner war als der äußere, und Elisabetta erlaubte mir zu fotografieren. Stolz wies sie mich auf die restaurierten Bodenmosaiken und den maurischen Kreuzgang hin. Dann verschwand sie hinter einer der Fenstertüren, die rundherum vom Hof ins Klosterinnere führten, von denen die Farbe abblätterte und hinter deren zugezogenen Vorhängen ich mir wispernde Nonnen vorstellte, genauso wie über mir hinter den geschlossenen Fensterläden der Holzbalustraden. Ich fühlte mich von allen Seiten beobachtet. Ich fotografierte die Flusskieselmosaiken. Ich fotografierte den maurischen Kreuzgang. Je länger ich wartete, umso sicherer war ich mir, dass Schwester María kneifen würde.

Als sie plötzlich vor mir stand, als wäre sie aus dem Nichts herangeschwebt, als könnte sie fliegen wie in meinem Traum, gab ich einen Schrecklaut von mir. Sie guckte ganz betroffen.

»Es tut mir leid, wenn ich dich erschreckt habe«, sagte

sie. »Auch gestern schon. Du wirst dich über mich gewundert haben. Ich habe dich nicht mal nach deinem Namen gefragt.«

»Ich heiße Karla.«

»Ich war selbst ganz verwirrt, Karla, weißt du. Ich habe dich ... tja ... verwechselt.« Sie versuchte zu lächeln, kriegte es aber nicht hin.

»Mit Alba?«

»Nun ja ... so war es wohl.«

»Obwohl Alba die Haare abhat?«

Ihr Blick hetzte kurz nach oben zu den geschlossenen Läden. Ich bemerkte einen leichten Schweißfilm auf ihrer Oberlippe.

»Komm mit«, sagte sie.

Ich folgte ihr zurück in den Bogengang, dem wir bis zum Ende folgten. Dort öffnete Schwester María eine Tür und ließ mir den Vortritt in einen großen Raum, vollgestellt mit Glasvitrinen, auf die staubiges Licht aus hoch liegenden Fenstern fiel. An den Wänden standen Madonnenfiguren auf Sockeln, Heilige Jungfrauen noch und nöcher, mit gramvollen, traurigen Gesichtern blickten sie auf uns herab. Und dann erkannte ich, was sich in den Vitrinen befand, ihre Kinder nämlich in tausend Varianten. Dicke nackte rosa Babys in Krippen oder auf Brokat, eines hatte sein Mopsgesicht auf einen Totenkopf gebettet und an der Wand darüber hing eine Quellwolke aus Putten. Schwester María schloss die Tür hinter sich.

»Seit wann kennt ihr euch, Alba und du?«, fragte sie leise.

»Was sagt denn Alba?«

Mariá starrte eine tränenreiche Jungfrau an.

»Sie waren doch gestern mit Alba im Zimmer?«

Die Nonne antwortete nicht.

»Was ist mit Albas Mutter? Ist sie schwer krank?«

»Das darf ich dir nicht sagen.«

Was willst du hier, du Stück Scheiße?!

»Sie wird sterben«, sagte ich. »Oder nicht?«

»Ich darf es dir nicht sagen, Karla.«

»Aber Sie dürfen mich merkwürdige Sachen fragen, oder was?«

»Wie gesagt, es war eine Verwechslung. Es tut mir leid.«

Sie ging mir brutal auf die Nerven.

»Sie lügen«, sagte ich laut.

»Aber nicht doch«, flüsterte Schwester Mariá. »Beruhige dich.«

»Ich will mich nicht beruhigen! Ich will wissen, was das alles zu bedeuten hat! Ich habe Alba vor ein paar Tagen zum ersten Mal in meinem Leben gesehen! Ich weiß nicht, ob Sie sich vorstellen können, was da bei mir abging!«

María legte die Hände aneinander wie zum Gebet. Ich hatte trotzdem gesehen, dass sie zitterten, genau wie ihr Kinn.

»Warum sieht Alba aus wie ich oder ich wie Alba?«

»Ich kann dir nicht helfen.«

»Warum waren Sie so geschockt, als Sie mich gesehen haben? Warum haben Sie mich gefragt, wo ich herkomme?«

María presste die farblosen Lippen aufeinander und schüttelte den Kopf.

»Ich kann deine Verwirrung verstehen, Kind«, sagte sie. »Aber vielleicht musst du lernen, dass es nicht für alles auf dieser Erde eine Erklärung gibt. Der Herr lenkt unsere Schritte. Wir können seinen Weg nicht immer begreifen.« Blablabla. Sie redete immer weiter. *Beruhige dich, Mädchen, beruhige dich doch.* Dieser monotone Beschwichtigungs-Singsang, der Alba verrückt gemacht hatte. Rasend vor Wut.

»Sor Pilar«, sagte ich.

Schwester Mariá erstarrte.

»Was hatte sie mit Alba zu tun?«, fragte ich.

»Du musst dich von Alba fernhalten«, sagte sie tonlos. »Sie ist nicht gut für dich.«

Ihre Angst traf mich wie ein nasser Lappen. Ich wich zurück, um sie vorbeizulassen.

»Die Heilige Jungfrau schütze dich, Kind.« Sie flatterte davon mit ihren wehenden Gewändern und das Letzte, das ich von Schwester María hörte, war: »Gott steh mir bei.«

Ich blieb zurück bei den käsigen Jesuskindern und den heulenden Jungfrauen und ich fühlte mich, als hätte mir jemand eine reingehauen. Ich hasste feige Leute. Ich hatte wahrhaftig Schiss und Albträume und Horrorgedanken und fiese Fantasien und manchmal war ich auch irgendwie verklemmt, aber feige war ich hoffentlich nicht. Verzweifelt blickte eine hübsche Muttergottes auf mich herunter, als hätte sie in dieser Hinsicht echte Bedenken. Unter ihren großen schwarzen Augen glitzerten

Swarovski-Tränen und ich wurde richtig sauer bei dem Gedanken, wie sie jemanden beschützen sollte. Dafür flennte sie einfach zu viel.

Auf dem Gang war Schwester Elisabetta dabei, einen Verkaufstisch aufzubauen. Lavendelsäckchen, Honig, andalusisches Mandelgebäck, kleine Holzschatullen mit Intarsien, Rosenkränze und diese Armbänder mit Heiligenbildchen. Produkte des Hauses sozusagen.

»Möchtest du ein Armband?«, fragte Elisabetta. »Es kostet nur vier Euro.«

Ich streifte mir eins übers Handgelenk. Es kam mir komisch vor wegen der Heiligen, gefiel mir aber.

»Ich nehme zwei«, sagte ich.

»Noch eins für die Freundin, ja?«

Mich traf fast der Schlag. Hinter mir stand Salinas wie ein Klotz. Wo kam er her? Wie lange war er schon da?

»Hast du dir das Kloster angeschaut?«

»Ja«, sagte ich.

»Sie hat auch Fotos gemacht«, sagte Schwester Elisabetta freundlich und gab mir mein Wechselgeld zurück. Vielleicht dachte sie, Salinas wäre mein Vater.

»Kennen Sie die Sammlung, Comissario?«, fragte ich, um Elisabetta zu verstehen zu geben, dass dieser Mann definitiv nicht mein Vater war.

»Nein«, erwiderte Salinas. »Ich fürchte nicht.«

»Echt spannend«, sagte ich. »Lohnt sich.«

Salinas sah mir dabei zu, wie ich das zweite Armband über das erste streifte.

»Ach ja? Was ist denn so spannend daran? Für dich persönlich, meine ich?«

Ich zuckte die Schultern. Flink gingen die Augen Schwester Elisabettas zwischen uns hin und her. Die Brillengläser funkelten.

»Möchten Sie eine Führung, Comissario?«, fragte sie.

»Im Moment nicht, Schwester, vielen Dank.« Salinas wandte sich ihr zu. Er war eben höflich. »Ein schönes Angebot. Aber ich habe leider keine Zeit dafür.«

»Dann vielleicht ein anderes Mal«, sagte Schwester Elisabetta sanft. »Sie läuft ihnen ja nicht weg.«

Salinas fragte sich bestimmt, ob die kleine Nonne mir hatte helfen wollen, zügig zu verschwinden, als er sich umdrehte und feststellen musste, dass ich mich verdrückt hatte. Vielleicht fragte er sich auch, warum sie das hätte tun sollen, und wusste darauf sicher ebenso wenig eine Antwort wie ich.

Ich verließ das Kloster und marschierte die abschüssige Straße Richtung Plaza Larga hinauf. Wegen eines riesigen schwarzen Hummers musste ich die Straßenseite wechseln, was mich schon allein deshalb ärgerte, weil ich diese Kühlschränke auf Rädern zum Kotzen finde, besonders wenn sie getönte Scheiben haben.

Währenddessen fragte Salinas die barmherzige Elisabetta, ob die Nonnen des Klosters Santa Margareta über Handys verfügten. Im Kloster-Büro wurde ihm mitgeteilt, dass es eines gab, das sich mehrere Schwestern teilten. Man benutzte es nicht oft und nur aushäusig, meistens dann, wenn eine von ihnen unterwegs war. Ja, Schwes-

ter Pilar hatte es beim Besuch der Alhambra mit sich geführt. Bedauerlicherweise konnte man es ihm nicht aushändigen, damit er überprüfen konnte, ob Schwester Pilar kurz vor ihrem Tod telefoniert hatte. Soeben nämlich war das Mobiltelefon von Schwester María abgeholt worden, die eine Gruppe krebskranker Kinder auf einen Ausflug nach Motril begleitete.

Kurz überlegte Salinas, ob er einen Wagen nach Motril schicken sollte, hielt es dann aber doch für übertrieben. Er zerbrach sich noch ein bisschen den Kopf über die seltsame, zufällige Begegnung mit dem deutschen Mädchen und geriet dabei ins Schwitzen. Deshalb hatte er nichts dagegen, sich noch ein wenig länger in den kühlen Klostermauern aufzuhalten.

Fast automatisch steuerte er die Klosterkirche an. Er hatte sie noch nie von innen gesehen. Deshalb war er überrascht, wie groß sie war. Sie war so groß, dass ein prunkvoller Paso darin Platz fand. Salinas wunderte sich, wie in Gottes Namen diese gigantische Konstruktion hier hineingekommen sein mochte, in deren über und über mit Gold, Silberbeschlägen, Kerzenleuchtern und weißen Lilien geschmückten Mitte die Heilige Jungfrau thronte mit ihrer Strahlenkrone wie die Königin eines sehr reichen Landes. Er streckte sich und betastete eine der Lilien, als Schwester Elisabetta heranschwebte.*

»Ist sie nicht schön, unsere Heilige Jungfrau der Schmerzen?«, flüsterte sie.

---

* Paso: reich geschmücktes tischartiges Gestell für die Prozessionen der Semanta Santa, mit der Heiligen Jungfrau oder Szenen des Kreuzweges Jesu Christi, von bis zu 50 Trägern (Costaleros) auf den Schultern getragen

Salinas bekreuzigte sich vorsichtshalber. »Das ist sie in der Tat«, sagte er. »Und diese Lilien. Es müssen Hunderte sein.« Sie waren echt und er bekam schon Kopfschmerzen von ihrem schweren Duft.

»Die können doch nicht mehr von der Semana Santa ...«

Schwester Elisabetta kicherte wie ein junges Mädchen.

»Aber nein«, sagte sie. »Der Wagen wird auch zu anderen festlichen Anlässen frisch geschmückt.«

Was das wohl kostet, dachte Salinas. Er konnte sich das schon deshalb nicht vorstellen, weil er nicht mal den Preis einer einzigen Lilie kannte. Er schenkte seiner Frau immer Geranien.

»Manchmal spendet einer unserer Gönner einen frischen Blumenschmuck. Einfach so«, wisperte Schwester Elisabetta.

»Das ist sehr großzügig.«

»Ja. Wir sind sehr dankbar.«

Salinas wollte gehen. Zu viele Lilien.

»Die Lilien hier sind von Professore Figueras«, flüsterte Elisabetta. »Kennen Sie ihn, Comissario?«

»Ich fürchte nein.«

Salinas begann, sich Richtung Ausgang zu bewegen. Seine Kopfschmerzen killten ihn fast.

»Er wohnt auch schon eine ganze Weile nicht mehr in Granada. Aber unsere Schmerzensreiche liegt dem Professore immer noch sehr am Herzen.«

Schwester Elisabetta begleitete Salinas bis zum Haupttor und später, nachdem er in der Bodega eine halbe Portion Boquerones en Vinagre *gegessen hatte, ärgerte er sich, dass er vergessen hatte, sie zu fragen, auf welchem Weg nun der Paso in die Klosterkirche gekommen war.*

16

Naldo donnerte mit der Faust gegen die geschlossene Garagentür und lauschte.

»Qué?« *Javier-Cojones klang übel verpennt.*

»Mach Kaffee und komm raus, du Sack!« Naldo musste grinsen, als er daran dachte, wie Karla seinen Gitano-Freund genannt hatte. Javier war nämlich ein Gitano und seine Frau eine Gitana und die beiden waren nicht nur junge Eltern sondern auch jung verheiratet, wie es sich gehörte.

Naldo spannte den rottigen San-Miguel-Schirm auf und setzte sich darunter. Die Plastikstühle waren schon knallheiß. Aus Javiers Haus hörte er, wie das Baby anfing zu schreien und wie es wieder aufhörte.

Dann dachte Naldo an das gestrige Treffen mit seiner Kommilitonin Paula. Nach dem Seminar hatten sie fast eine Stunde bei den Fontänen gesessen und geredet.

Paula hatte ihm von den Säuglingsgefängnissen Francos erzählt, die man so nannte, weil dort schwangere politische Gefangene ihre Kinder bekommen hatten und mit ihnen zusammen eingesperrt worden waren. Paula hatte erzählt, sie hätte Zeugenberichte von damals gelesen, die sie ziemlich fertiggemacht hätten, weil den Frauen die Babys weggenommen worden waren, damit sie nicht die Milch des Kommunismus einsaugten. Davon hatte Pau-

la noch nie etwas gehört, Naldo auch nicht, nicht mal in der Schule, zum Beispiel, in der sie schließlich die Franco-Zeit durchgenommen hatten.

Naldo hatte Paula dann von den Schwestern der Barmherzigkeit erzählt und dass dieser Orden schon seit Bestehen der Klinik, nämlich seit 1932, dort tätig war. Dass sie sich um unehelich Schwangere gekümmert hatten, legte seiner Meinung nach den Schluss nahe, dass diese Frauen offensichtlich ein bisschen besser behandelt worden waren als die Politischen. Als er das so unbedacht äußerte, hatte Paula ihn angeguckt und die Abendsonne hatte ihre Sonnenbrillengläser rot wie flüssige Lava schimmern lassen und Naldo hatte in diesem Moment kurz das Gefühl, einer Sphinx gegenüberzusitzen. Er überlegte, ob er sie jetzt doch mal zum Essen ins Golondrinas einladen sollte oder wenigstens auf einen Drink, aber das ließ er lieber, weil er nicht wollte, dass sie glaubte, die Säuglingsgefängnisse und die unehelichen Schwangeren der Franco-Zeit gingen ihm in Wirklichkeit am Fell vorbei und alles wäre nur eine besonders blöde Anmache. Jedenfalls hatte Paula dann noch gesagt, dass die Kinderheime, in denen Tausende Gefängnis-Babys verschwunden waren, sehr oft kirchlich gewesen waren und dass Ordensschwestern und Priester dafür gesorgt hatten, dass diese Kinder besonders streng erzogen wurden.

»Du meinst, sie wussten, woher die Kinder kamen?«, hatte Naldo gefragt und Paula hatte ihm geantwortet: »Klar, sie waren ja auch behilflich, neue staatstreue Eltern für sie zu finden.« Dann war Naldo aufgestanden,

und weil Paula sich noch mal runterbeugte, um irgendwas an ihren Sandalen zu machen, stießen sie sich die Köpfe. Paulas Sonnenbrille fiel runter und Naldo meinte, festgestellt zu haben, dass Paula rot geworden war, als er sie ihr zurückgab, lächelnd natürlich, wie sonst? Naldo runzelte die Stirn. Blödsinn. Paula war nicht rot geworden, nur weil er sie angelächelt hatte. Die Abendsonne, man erinnere sich, alles im Lot.

Alles nur eine Frage des Lichts.

Naldo dachte an das knallweiße Eingangsportal des Krankenhauses. High Noon, absolut gnadenlos. Karlas rot geweinte Augen. Die kleine blaue, pulsierende Ader unter der fast durchsichtigen Haut ihrer rechten Schläfe. Hatte er diese blaue Ader wirklich pulsieren sehen oder hatte er sich das eingebildet? Eine Wärme-Welle durchschwappte Naldo, als er an Karla dachte, und es machte ihm jetzt noch zu schaffen, wie verzweifelt sie gewesen war.

Das Rattern des Garagentors erinnerte ihn daran, weshalb er hier war. Als Javier die Espressotasse klirrend vor ihm abstellte, war Naldo wieder ganz bei der Sache.

Ich lag zu dieser Zeit noch im Bett. Rosa rumorte in der Küche.

»Willst du frühstücken, *cariña?*«

»Nein danke.«

»Kaffee?«

»Au ja.«

Vielleicht brachte sie ihn mir, wenn ich liegen blieb. An diesem Morgen war ich der festen Überzeugung, dass ich eine kleine Gefälligkeit von Rosa verdient hatte, weil ich in der Nacht bis zum Schluss mit ihr und Isabel im Golondrinas geblieben war. Die beiden hatten Geschichten vom Schiff erzählt wie zwei alte Matrosinnen und ihre *carajillos* getrunken. Als zum Schluss noch mal Zutaten abgefragt wurden, da waren sie schon sehr lustig. Ich wusste jetzt doch, wie man *Paella* macht, weil sie es mit mir nachgeholt hatten, sehr zur Freude der Gäste, denn die *Paella a la marinera* war ein Renner im Golondrinas.

Doris würde begeistert sein, hoffte ich. Ob sie *Paella* mochte, wusste ich nicht, aber sie liebte Meeresfrüchte. Ihre Südeuropa-Phobie bezog sich glücklicherweise nicht aufs Essen. Momski. Es wunderte mich doch langsam, dass nicht mal mehr eine SMS von ihr kam. Nicht, dass es mich beunruhigte. Sie war ja immer für mich da. Sie dachte pausenlos an mich. Ob sie mit Papa telefonierte? *Hast du was von Karla gehört? – Wir haben mal telefoniert, warum? – Wann war das? – Herrgott Doris, machst du dir mal wieder Sorgen, ja?*

Ich schickte Papa ein Foto von den Bodenmosaiken des Klosters. Er antwortete sofort.

Sehr schön. Wo?

Monasterio Santa Margareta.

Brav. Weiter so.

Keine weiteren Fragen. Auch so kann Kommunikation mit einem Elternteil laufen.

Rosa brachte mir den Kaffee.

»Wollen wir mal die Fensterläden aufmachen?«

Ja, wollten wir mal. Kein Problem an diesem Morgen. Ich musste nur dran denken, sie nachher wieder zu schließen.

»Okay«, sagte ich.

Morgenwärme huschte mit kleinen Brisen ins Zimmer und die Alhambra leuchtete rostrot in der Sonne. Ich beugte mich ein wenig zur Seite, damit ich sehen konnte, dass der Himmel über Granada genau so aussah, wie ich es erwartete, nämlich so blau, dass man erblinden konnte.

Rosa blieb vor meinem Bett stehen.

»Willst du heute in die Bar kommen oder mal was anderes machen, *cariña?* Vielleicht mit Naldo? Ist doch langweilig immer mit uns alten Weibern.«

Im Flur klingelte das Telefon.

»Ist es nicht«, sagte ich. »Ihr seid nicht langweilig.« Ich dachte an Alba und ihre Mutter, die bald sterben würde, obwohl sie bestimmt noch kein altes Weib war. Das Telefon klingelte immer noch, weil Rosa keinen Anrufbeantworter hatte.

»Na, dann überleg's dir«, sagte Rosa. »Wenn du kommst, könnten wir *Gazpacho* machen.«

Dann ging sie in den Flur und nahm das Telefon ab. Endlich.

»Dígame.«

Sie schlappte in die Küche und ich hörte sie gedämpft reden. Während ich auf meinem Bett an die Wand gelehnt saß, auf die Alhambra schaute und Rosas grandiosen Milchkaffee trank, dachte ich einen Moment lang, dass ich es im Grunde gut hatte. Gleich kroch was Mieses in mir hoch wie eine Spinne.

Alba hatte es ganz sicher nicht gut. *Du musst dich von Alba fernhalten.* Was Salinas wohl im Kloster gewollt hatte? Ob er ahnte, dass Schwester María irgendetwas wusste? Auf jeden Fall hatte sie eine Menge Angst. Als ich Schwester Pilar erwähnt hatte, wäre sie fast in Ohnmacht gefallen. Eigentlich normal. Schließlich war die erst ein paar Tage tot und vielleicht waren sie ja befreundet gewesen, so was kommt ja wohl auch bei Nonnen vor oder nicht? *Noch eins für die Freundin?* Warum hatte Salinas das gesagt? Weil Mädchen nun mal Freundinnen haben? Weil er mich beobachten ließ und von Alba wusste? Nein. Nein. Sicher nicht.

Schwester María war im Krankenhaus lieb zu Alba gewesen, sie hatte sich gekümmert, sie zurück in das Krankenzimmer gebracht. *Alba. Komm mit.* Sie hatte sich überhaupt nicht ängstlich angehört oder irgendwie herablassend oder streng, wie Leute mit Mädchen reden, die wild und zornig wie Alba sind. Wollte María deshalb, dass ich Alba fernblieb? Weil sie wild und zornig war? *Sie ist nicht gut für dich.* Wie gut kannte María sie denn überhaupt? Hatte sie Angst um mich oder hatte sie Angst um sich? Keine Ahnung. Ich wusste immer noch nichts, nichts, nichts. Und Schwester María würde nie wieder mit mir sprechen.

Rosa hatte ihr Telefonat beendet. Sie lief in der Wohnung hin und her, schlapp, schlapp, schlapp, mit ihren Ballerinas, Schranktür auf, Schranktür zu, vielleicht suchte sie was und, tack, tack, tack, sie hatte definitiv andere Schuhe angezogen. Rosa steckte den Kopf durch die Tür und ihre Haare sahen irgendwie gekämmt aus, aber nur ein bisschen, so als hätte sie es versucht und wieder aufgegeben. Ihr Gesicht glänzte frisch gewaschen. Sie hatte Lippenstift benutzt.

»Ich muss kurz weg«, sagte sie.

»Okay«, sagte ich. Als ich die Haustür klappen hörte, dachte ich, ich hätte ruhig mal ein bisschen mehr Interesse zeigen und fragen können, ob ich ins Golondrinas gehen und mich von Isabel rumschubsen lassen sollte, obwohl ich das natürlich so nicht formuliert hätte. Aber als dann die SMS von Naldo kam, war ich froh, dass ich nichts dergleichen getan hatte, denn Naldo schrieb:

Ich weiß, wo sie wohnt. Kannst du kommen?

Rosa war froh, dass Karla nicht gefragt hatte, wohin sie ging, denn sie war auf dem Weg zur Polizei. Hector Salinas hatte sich fast ein bisschen besorgt angehört, als er sie angerufen und gebeten hatte, ins Kommissariat zu kommen. Rosa, die Hector mochte, obwohl sie ihn gern einen Besserwisser nannte – komischerweise sagt man Leuten, die man nicht mag, seltener die Wahrheit ins Gesicht –, war selbst weniger besorgt als erwartet. Sie war aufgeregt, das schon. Sie würde ihm alles erzählen.

Rosa spürte die Erleichterung, schon während sie unterwegs zur Plaza de los Campos war, zu Fuß, damit sie ihre Gedanken ordnen konnte. Natürlich hatten sie die Nummer des Golondrinas auf dem Handy gefunden. Rosa hatte gar nicht erst abgestritten, dass sie diejenige war, die Schwester Pilar angerufen hatte. Aber ja, sie kannte die Schwester der Barmherzigkeit. Rosa hatte sich im Laufe der Jahre viele Gedanken über Barmher-

zigkeit gemacht. Sie hatte versucht, ihren Frieden damit zu machen, abzuschließen, nach vorn zu schauen und so weiter. Sie hatte versucht, alle diese vernünftigen Dinge zu tun, die Menschen einem raten. Sie hatte es versucht und war gescheitert. Aber eigentlich auch nicht, weil sie ein gutes Leben gehabt hatte, später auf dem Schiff mit Isabel und auch als sie nach dem Tod des Alten wieder zurück nach Granada gekommen war und mit ihrem Ersparten das Golondrinas übernommen hatte.

Rosas Leben war nicht bitter oder unerträglich und sie hätte immer so weitergemacht, wenn sie nicht doch manchmal Zeitung lesen würde. Nicht oft. Manchmal auch nur zufällig, so wie vor ein paar Wochen beim Zwiebelschälen, was sie mit einer Lesebrille erledigte, die sie vor tränenreichen Konsequenzen schützte.

Es war die Zeitung, in der die Blumen eingewickelt gewesen waren, die sie an jenem Tag auf dem Mercado Central gekauft hatte – hübsche Margeriten, denen sie nie widerstehen konnte. Welchen Weg diese Zeitung aus Madrid auch immer hinter sich gehabt haben mochte, man wusste es nicht – es sei denn, man war bereit, dem Schicksal eine gewisse Rolle einzuräumen –, aber so war es gewesen: Als Rosa die Zeitung über den Zwiebelschalen zusammengeschlagen hatte, um sie wegzuwerfen, war ihr die Überschrift ausgerechnet dieses Artikels ins Auge gesprungen.

Bebés Robados – Spaniens geraubte Kinder

Sie hatte sich festhalten müssen. Sie hatte angefangen zu lesen von Müttern, die ihre Kinder nach dreißig oder vierzig oder fünfundzwanzig Jahren wiedergefun-

den hatten. Sie las von Frauen und Männern, die nach Erklärungen suchten, weil ihr Leben nicht war, wofür sie es gehalten hatten. Die Zwiebelschalen waren auf den Boden gefallen und Rosa hatte geweint und sich gezwungen, damit wieder aufzuhören, weil Isabel nichts mitbekommen sollte. Sie faltete die Zeitung zusammen wie einen geheimen Brief, der nur für sie bestimmt war.

Rosa hatte die Zeitung auch jetzt bei sich, inzwischen so oft gelesen und mit schweißnassen Händen angefasst, mit Rotz und Wasser betropft, in unruhigem Schlaf ans Herz gedrückt. Ein zerknittertes, eingerissenes, aufgeweichtes, flüchtiges Stück Papier, für das sie irgendwann eine Schutzhülle aus dem Ordner, in dem sie Rechnungen abheftete, hatte nehmen müssen, um es in Sicherheit zu bringen vor ihren Gefühlsausbrüchen, die durch die Erinnerungen kamen an die Nacht, als sie Anna verloren hatte.

»Dein Kind ist heute Nacht an einem Fieberkrampf gestorben.«

Während Rosa fast die Brüste platzten und sie es nicht erwarten konnte, dass man ihr endlich das Kind brachte, damit sie es stillen konnte, stand die Nonne mit gefalteten Händen an ihrem Bett und ließ diesen Satz auf Rosa runterfallen wie eine Handgranate. Als Rosa einfach nur stumm geblieben war, sie schrie erst später und kriegte ein paar Spritzen, hatte die Nonne gesagt: »Es ist nun ein Engel Gottes«, und in dem Moment war tatsächlich feuchter Glanz in ihre Vogelaugen getreten.

Rosa hatte ihr nicht eine Sekunde geglaubt. Sie hatte die schwere Krankenhausdecke von sich geworfen und war losgerannt, niemand konnte sie aufhalten. Bis sie vor dem Säuglingszimmer stand, wo man sie nicht reinlassen wollte, und trotzdem hatte sie Anna gesehen in ihrem Bettchen, da war sie ganz sicher, ihre Tochter hatte so viele schwarze Haare und diesen Wirbel mitten über der Stirn, das sah so goldig aus, so niedlich, so zum Verlieben, so unvergleichlich schön. Rosa hatte sich vorgestellt, wie Anna sich irgendwann über den Wirbel ärgern würde, weil Wirbel doch nie da waren, wo sie sein sollten, und sie wollte ihrer Tochter sagen, dass sie den schönsten Wirbel der Welt hatte, in diesem Moment durch diese Scheibe, hinter der sie Anna sah. Aber dann hatte Schwester Pilar sie gepackt, so fest, dass sich ihre kurz geschnittenen Nonnenfingernägel durch das Nachthemd in Rosas Oberarm gekrallt hatten. Sie hatte Rosa weggezerrt, und als Rosa anfing zu weinen »Anna ist nicht tot, Anna ist nicht tot, ich habe sie gesehen, ich kenne mein Kind«, da hatte Schwester Pilar gesagt: »Na gut, du willst es nicht anders«. Und dann hatten sie ihr Anna gezeigt, ganz blau gefroren in der Leichenhalle. Wenigstens hatten sie ihr etwas angezogen und die Bänder des weißen Mützchens waren unter dem winzigen Kinn zu einer Schleife gebunden. Auf dem Bändchen am Handgelenk stand »Anna, geboren am 7. 3. 1969« und Schwester Pilar hatte gesagt: »Glaubst du mir jetzt, Mädchen?«

All die Jahre hatte Rosa keiner Nonne mehr ins Gesicht blicken können vor lauter Angst, diese schwarzen Augen sehen zu müssen, diese gefühllosen Vogelaugen, die sie regungslos fixiert hatten wie ein Insekt, das sich zu fressen lohnte. Heilige Muttergottes, was hatte sie diesen Augen mit den Jahren alles angedichtet. Aber nachdem Rosa ihren geheimen Brief, ihre Zwiebelpost bekommen hatte, war ihr sofort klar, dass mit dem Wegschauen auf der Stelle Schluss sein musste. Aber sofort.

Salinas ließ die Folie mit dem zerlesenen Zeitungsartikel sinken. »Was hast du gemacht, nachdem du das hier gelesen hattest, Rosa?«

»Ich bin nach Santa Margerita gegangen«, sagte Rosa. »Darf ich?« Sie beugte sich vor und schaltete den Ventilator auf dem Schreibtisch an. Klappernd setzte er sich in Bewegung und Salinas drehte ihn so, dass sie beide was davon hatten.

»Möchtest du ein Glas Wasser, Rosa?«

Sie schüttelte den Kopf, obwohl es ihr vermutlich gefallen hätte, wenn Salinas sie zur Abwechslung mal bediente, aber jetzt war einfach nicht der Moment dafür.

»Schwester Pilar war nicht da an dem Tag.«

»Und?«

»Nichts und. Ich habe meine Telefonnummern hinterlassen und sie rief nicht zurück.«

»Bist du ihr denn mal begegnet, bevor sie ...« Salinas beendete den Satz mit einer unbestimmten Geste. Er war sich nicht sicher, wie viel er Rosa zumuten konnte, nach dem, was er eben von ihr erfahren hatte.

»Nein«, sagte sie. »Aber ich bin noch mal zum Kloster gegangen. Ich hatte mir geschworen, sie zu fragen. Ich wollte sie zwingen, mir in die Augen zu schauen. Ich hätte es gesehen, wenn sie gelogen hätte, Hector.«

»Aber sie war auch diesmal nicht da.«

Wieder schüttelte Rosa den Kopf. »Ich habe es dann dringend gemacht. Ich habe denen gesagt, ich müsste Sor Pilar unbedingt sprechen. Es ginge um Leben und Tod.«

Und das entsprach schließlich der Wahrheit, dachte Salinas, er sagte es nur lieber nicht.

»Sie gaben mir die Nummer des Mobiltelefons.«

»Weil Sor Pilar mit den brasilianischen Schwestern unterwegs war.«

Rosa nickte. »Sie hat ihnen das Monasterio de la Cartuja gezeigt, das Kartäuserkloster.«

»Das war ein Tag vor dem ...« Salinas bremste sich gerade noch rechtzeitig. Bis jetzt wusste die Öffentlichkeit noch nichts von einem Mord und das sollte auch erst einmal so bleiben. Er hatte dem Polizeichef und der Staatsanwaltschaft noch diese eine Woche abgerungen.

»Das war der Tag, an dem Karla ankam«, sagte Rosa. »Verrückt, dass ich Schwester Pilar ausgerechnet an diesem Tag erwischt habe ...«

»Hm«, erwiderte Salinas. »Und dass sie am nächsten Tag tot war, ist fast noch verrückter.«

»Hector Salinas, ich hoffe, ich muss es nicht bereuen, dass ich offen mit dir spreche.«

»Erzähl mir von dem Telefonat, Rosa. Wie ist das gelaufen?«

»Ich bin Rosa Alvarez, habe ich gesagt, und ich habe vor zweiundvierzig Jahren eine Tochter geboren und ich will wissen, ob Sie mein Kind verkauft haben, und ich werde Sie das so lange fragen, bis Sie mir eine Antwort darauf geben, die ich Ihnen glaube.«

»Was hat sie gesagt?«

»Nicht viel. Im Grunde gar nichts.«

»Was meinst du ... Hatte sie Angst?«

»Ja, das glaube ich.« Rosa nahm die Folie mit dem Zeitungsausschnitt an sich und verstaute sie sorgfältig in ihrer Handtasche. »Ich hoffe, sie hatte Angst, Hector. Das ist doch das Mindeste, was ich erwarten kann.«

Salinas sah Rosa an und fragte sich, was das wohl war, das er in ihren Augen sah.

»Du fragst gar nicht, wie Pilar gestorben ist«, sagte er.

»Ich finde es unverzeihlich, dass sie gestorben ist«, sagte Rosa. »Wie sie gestorben ist, ist mir vollkommen egal, Hector.«

Als Rosa gegangen war, schälte sich Salinas aus seinem Sakko. Er wischte sich mit einem Stofftaschentuch, das die Größe eines Tischläufers hatte, den Schweiß aus dem Nacken, und während er es zurück in die Hosentasche stopfte, dachte er darüber nach, wie unendlich grausam es für Rosa gewesen sein musste, als sie erfahren hatte, dass Schwester Pilar nie mehr ihre Fragen beantworten würde.

Salinas warf sein Sakko über den Schreibtischstuhl und starrte auf die Verbindungsliste des klösterlichen Mobiltelefons. Ihr letztes Telefonat hatte Schwester Pilar zwar nicht unmittelbar vor ihrem Tod geführt, denn da lag das Handy schon wieder im Klosterbüro, aber sie hatte während des Alhambra-Ausfluges telefoniert.

Die Überprüfung der Nummer hatte ergeben, dass es sich um einen pensionierten Arzt in Marbella handelte, mit dem Schwester Pilar gesprochen hatte. Es dauerte dann noch einen Moment, bis Salinas sich daran erinnerte, woher er den Namen des Mannes kannte. Im Grunde war er nur darauf gekommen, weil er die Nummer ein zweites Mal entdeckte. Sie war just an dem Tag gewählt worden, als er im Kloster gewesen war. An dem Tag, als er nach dem Handy fragen wollte und Karla getroffen hatte. An dem Tag, als Sor María mit den krebskranken Kindern in Motril war.

TAGEBUCH

Was musst du mir sagen, frage ich dich jeden Tag. Was gibt es für ein beschissenes Geheimnis, dass du mich zu IHR geschickt hast deswegen? Du weißt genau, wie ich sie hasse. Und trotzdem hast du mit deiner letzten Kraft geflüstert: *Frag SIE.* Du hast nur vergessen, mir zu flüstern, was. Deshalb ist alles passiert. Wolltest du das? Hast du dich vielleicht einfach nur ins Koma verdrückt, damit wieder mal ich alles erledige? Wolltest du, dass sie abkratzt, also ich meine: vor dir? Wolltest du, dass sie einmal Angst hat, so richtig wie ich?

17

Das Haus, in das ich einfach so hineinging, weil es nicht abgesperrt war, und dessen Tür ich nicht hinter mir zumachen konnte, weil das Schloss kaputt war, dessen eines Fenster eine gesplitterte Scheibe hatte, die aussah, als würde sie bei der kleinsten Bewegung in tausend Teile zerfallen, dieses Häuschen, das heruntergekommen war, ohne dabei irgendwie romantisch auszusehen, lag abseits einiger ähnlicher kleiner Häuser, die sich am oberen Sacromonte zwischen trockene Büsche klemmten und von staubigen Bäumen nachlässig beschattet wurden.

Dass Alba hier geschlafen hatte, erkannte ich zuerst an meinen grünen Chucks und dann an dem Bett, vor dem sie lagen. Das Bett mit dem verschnörkelten Metallrahmen und den Roststellen, dort, wo der weiße Lack abblätterte, war zwar nicht mein Fall, aber so wie die zwei Kopfkissen auf dem zerwühlten Laken spitzwinklig nebeneinanderlagen, nämlich so, dass man den Kopf hineinschmiegen konnte wie in den weichen Bug eines Gummibootes, das sah genauso aus, als hätte ich dort geschlafen.

Über das Bettgestell waren Klamotten geworfen, Kleider, Hemden, Hosen, zerknittert, verwaschen, nicht unbedingt sauber deswegen. In der staubigen Luft hing eine dezente Brise von Schweiß und Zigaretten und ein Hauch von abgestandenem Bier. Vor dem geöffneten Fenster über dem Bett flappte ein lila Batiktuch wie ein schlaffes Segel. Hin und wieder zuckte ein Sonnenstrahl über den Boden, auf dem es kaum eine freie Stelle gab. Supermercado-Tüten, mit was auch immer vollgestopft, eingeknickte Plastikflaschen mit Kippen, zerfledderte Zeitschriften, Unmengen leer gefressener Chipstüten der kleinen Sorte, die man in Bars kaufen kann. Richtung Tür führte eine Trasse leerer Bier- und Wodkaflaschen. Trotzdem. Es hatte Versuche gegeben, sich einzurichten, es schön zu machen, und das war eigentlich das Schlimmste daran.

Die hellblau überstrichene Decke, wo braune Wasserflecken die Führung übernommen hatten. Die türkis angemalte Sperrmüll-Kommode, auf der eine Kochplatte von verkrusteten Töpfen überwuchert wurde. Die geblümte Emailschüssel mit Teller-, Tassen- und Gläsertürmen, aus denen der Schimmel wuchs.

Die Sammlung alter, leerer Bilderrahmen an der rosa gestrichenen Wand gegenüber dem Bett. Zerknickte Postkarten waren dorthin gepinnt aus Goa, Berlin oder Detroit. Verblasste Plastikrosen, Glasperlenketten und billige Malas. Papierservietten mit Handynummern, das neongrüne Plastikarmband einer Disco in Barcelona. Das Kugelschreiber-Porträt einer jungen Frau mit langen Haaren auf Karopapier gezeichnet von einem gewissen Carlos. Alles so in die Jahre gekommen, so lange vorbei. So hoffnungslos. Bis auf die Polaroids.

Vor einer Mauer, hinter der ein paar Agaven in steinharter Erde vertrockneten, hatte irgendwer Sessel im Halbkreis um eine Feuerstelle dekoriert, alte, kaputte, grottenhässliche Sessel, geblümt oder nicht, Kunstledersessel, Fernsehsessel, Drehsessel. Dort, gegenüber vom Haus, befand sich Naldo und sollte aufpassen, während Karla drinnen war.

Stattdessen hielt er sein Handy in den Schatten eines senfgelben Ohrensessels und versuchte, trotz des gesplitterten Displays zu entziffern, was es auf der Website der Clinica San Cosme y San Demian unter dem Abschnitt »Klinikgeschichte« zu lesen gab. Paula hatte ihn auf die Idee gebracht, sich die Liste der Klinikleiter vorzunehmen, weil bei den Zwangsadoptionen zu Francos Zeiten natürlich auch Ärzte der Kliniken mit unter der Decke steckten, und natürlich hoffte Naldo auf eine Entdeckung mit Sensationspotenzial. Deshalb enttäuschte es ihn, feststellen zu müssen, dass Professore S., der die Klinik zur Zeit von Annas Geburt geführt hatte, dass dieser Mann seit ein paar Jahren tot war und im Netz ein unbeschriebenes Blatt.

Naldo streckte sich, bis sein Rücken knackte, und guckte zum Haus rüber, in dem Karla verschwunden war. Seiner Meinung nach tat sich nichts Beunruhigendes und er ließ seinen Blick über die wüste Gegend schweifen. Plastikbeutel flatterten im Gestrüpp und gaben ein zartes Knistern von sich. Zwei dünne Hunde lagen im Schatten eines Hauses wie tot. Naldo war noch nie hier gewesen. Hier wohnte eigentlich niemand mehr. Ein paar Junkies hatten das eine oder andere Haus bezogen und bis jetzt hatte offenbar keiner was dagegen gehabt. Javier hatte Naldo den Tipp gegeben, sich hier umzuhören. Goldrichtig. Eine Frau, die in dem Haus mit den Hunden wohnte, kannte Tonina und wusste, was mit ihr los war.

Die Frau, mit der Naldo gesprochen hatte, ohne ihr die Zigarette geben zu können, nach der sie gefragt hatte, hieß Eva und hätte dreißig oder auch fünfzig sein können. Eva erzählte ihm, dass sie Toninas Tochter in Malaga angerufen hatte, als Tonina in der Klinik bleiben musste, und dass das verdammt noch eins nicht einfach gewesen sei, weil die Kleine kein verdammtes Handy besaß. Aber Tonina hatte gesagt, dass ihre Alba bei McDonald's putzte, und dann hatte Eva fast drei beschissene Euros in den Orbit geschossen, bis sie alle verdammten Burgerbuden in Malaga abtelefoniert und die Kleine dann in dem Laden am Flughafen aufgetrieben hatte. Obwohl das Mädchen mit Tonina bis aufs Blut verstritten war, hatte sie gleich ihren kleinen Arsch in Bewegung gesetzt. Seit zwei Wochen wohnte sie in Toninas Haus und sprach am liebsten mit keinem. Auch nicht mit Eva.

Naldo hörte die lose Haustür im Luftzug klappen. Er fragte sich, ob er Karla rausholen sollte, und hatte gleichzeitig das Gefühl, er müsse sie in Ruhe lassen, solange es nicht gefährlich wurde. Wobei er nicht glaubte, dass es wirklich gefährlich werden würde. Was sollte schon passieren, wenn die andere, die Kleine, Toninas Tochter, auftauchte? Es könnte peinlich werden, interessant auf jeden Fall. Im Grunde hoffte Naldo nahezu, die mysteriöse doppelte Pseudo-Karla würde jetzt den staubigen Weg hochschlappen mit einem Kapuzenpulli, so wie Karla eine halbe Stunde zuvor. Und vielleicht, weil Naldo ihr immer noch nicht ganz glaubte oder sich keinen Reim auf die Geschichte zu machen wusste oder vielleicht auch einfach, weil er schon mal dabei war, tauchte er wieder hinter dem Ohrensessel ab und suchte nach dem Namen des Mannes, der die Clinica San Cosme y San Demian vor siebzehn Jahren geleitet hatte. Vor siebzehn Jahren, als Karla geboren wurde und vielleicht auch Alba.

Salinas hatte die Füße auf den Schreibtisch gelegt und beobachtete eine Wespe, die sich an dem gekippten Fenster abarbeitete. Immer bevor sie die Höhe erreichte, auf der sie hätte ins Freie entkommen können, glitt sie kraftlos die Scheibe hinab. Mehr noch als ihr aufgebrachtes Brummen und das Ploppen ihres Körpers, wenn sie gegen das Fensterglas prallte, ging Salinas auf die Nerven, dass der Grund für das Dauerversagen des dummen Insekts pure Hektik war.

Er langte über den Tisch, stellte den Ventilator an und suchte den Schreibtisch nach einem Gegenstand ab, mit dem er sich die Nägel reinigen konnte. Ihm fiel eine Streichholzschachtel der Bodega ins Auge. Die Wespe nahm einen neuen Anlauf. Salinas überlegte, ihr zu helfen, aber weder hatte er Lust, deswegen aufzustehen, noch wollte er riskieren, gestochen zu werden. Seine Laune wurde noch ein bisschen schlechter, als sie es ohnehin schon war, nachdem man ihn heute Morgen im Kloster abgewimmelt hatte. Er fuhr sich mit einem der Streichhölzchen unter den linken Daumennagel.

Sor María war krank, hatte man ihm gesagt, und als er sich ausgebeten hatte, dass sie das Kloster keinesfalls verlassen möge, war man vor ihm zurückgewichen, als hätte er laut in der Halle gefurzt. Die Äbtissin hatte ihn immerhin trotzdem empfangen. Was hätte sie auch sonst tun sollen, schließlich war eine ihrer Schwestern ermordet worden, was Salinas bei dieser Gelegenheit erstmals klar aussprach.

Die Äbtissin hatte nicht den leisesten Schimmer, welche Gründe die verstorbene Sor Pilar und die erkrankte Sor María gehabt haben könnten, mit Professore Figueras zu telefonieren, der sich im Ruhestand in Marbella befand, mal abgesehen davon, dass er ein Gönner des Klosters war und Lilien für die Schmerzensreiche Jungfrau spendierte. Figueras, sagte die Äbtissin, sei dem Orden schon während seiner Zeit als Klinikchef sehr verbunden gewesen.

Vielleicht war der Professore bestimmten Schwestern besonders verbunden?, hatte Salinas wissen wollen. Doch seine listige Frage war gar nicht gut angekommen und er hatte sich selbst zurückpfeifen müssen. Atención, atención. *Er wusste noch nicht, ob es eine Verbindung zu dem Fall in Madrid gab, zu dieser üblen Geschichte, die immer weitere Kreise zog und aus der Rosa Alvarez neue Hoffnung zu schöpfen begann, auch wenn sie ihm das nicht ins Gesicht gesagt hatte.*

Also hatte Salinas die Äbtissin gefragt, wie lange ihr die verstorbene Schwester Pilar und die erkrankte Schwester María persönlich bekannt waren, und erfuhr, dass sie beide kannte, seit sie als Äbtissin ins Kloster

Santa Margareta gekommen war, und das war 1989 gewesen. Mehr hatte sie ihm dann auch beim besten Willen nicht zu sagen, außer dass sie sich dafür verbürgte, ihn sofort zu benachrichtigen, sobald Schwester María ihren allgemeinen Schwächezustand überwunden hatte.

Salinas warf das Streichholz Richtung Papierkorb, verfehlte ihn und stand auf. Die Wespe lag regungslos auf dem Fensterbrett, und bevor Salinas feststellen konnte, ob sie tot war, klingelte das Telefon.

»Dígame.« *Salinas hatte sich keine Hoffnungen gemacht, aber jetzt, als das Labor sich meldete, stieg seine Stimmung schlagartig.*

Ich, mit einer fremden Frau am sonnigen Strand von irgendwo. Ich, vielleicht drei Jahre alt, die Frau eigentlich ein Mädchen, Anfang zwanzig vielleicht, mit langen Haaren, die ihr ins Gesicht hängen, sie kniet hinter mir im Sand. Ich stehe vor ihr mit meiner winzig kleinen Bikinihose in Pink und komplett verschmiertem Gesicht und in meiner Kleinkindhand schmilzt ein Schokoladeneis. Sie hat ihre braun gebrannten, dünnen Arme um mich geschlungen und ihr Gesicht ist nicht so richtig zu sehen wegen der waldhonigfarbenen Haare und weil sie sich fast ein bisschen hinter mir versteckt. Nur ihre Augen sind zu sehen, die ich eindeutig von ihr habe. Ich gucke direkt in die Kamera, ohne zu lachen.

Meine Haut war wie mit einer Eisschicht überzogen. Ich konnte nicht aufhören, das Polaroid anzustarren. Es gab noch drei weitere an der rosa Wand, sie mussten alle in ein und demselben Sommer entstanden sein. In ein und demselben Sommer, den ich definitiv auf Spiekeroog verbracht hatte. Es gab eine Million Fotos von mir im Bollerwagen, am Wattstrand, bei den Sielen, in der Ponykutsche, an Mamas Hand, auf Papas Schultern, am Gartentor eines reetgedeckten Ferienhauses, mit gestreifter Oshkosh-Latzhose und Sonnenhut und geblümten Gummistiefeln und einer Plüschmöwe, die schrie, wenn man ihr auf den Bauch drückte. Ich habe ein Gedächtnis wie ein Elefant.

Eine SMS ging ein und ich dachte, sie wäre von Naldo, der mich rausbeordern wollte. Aber es war Lotte, die sich meldete, als hätte sie es gerochen. *Was machst du?* Ich fotografierte die Wand, die Polaroids, das Bett mit den Chucks davor, ich machte meine ganz persönlichen Beweisfotos. Lotte würde es hassen, was ich gerade tat. *Das ist krank, Karli.* Lotte war nicht hier und Lotte war nicht ich. Lotte war nicht gerade dabei, wahnsinnig zu werden.

Ich trat näher ans Bett, um die Kopfkissen-Situation zu fotografieren, als ich etwas darunter herausragen sah, und gerade, als ich danach griff, es war die Ecke eines Schreibhefts, brach draußen die Hölle los. Die Hunde bellten. Sie geiferten. Ich konnte hören, wie sie die Zähne fletschten. Mein Herz raste. Wenn das ein Tagebuch war, wenn das Albas Tagebuch war, dann würde ich alles wissen. Und während sich draußen die Hunde an die Gurgel gingen und ich erst Naldo schreien hörte und dann eine Frau, schlug ich hastig das Heft auf. Ich musste es einfach wissen und natürlich kannte ich die Schrift, weil sie wie meine war. Und ich las *Sie krepiert* und ich blätterte und las *Ich gehe mit drauf* und ich blätterte und las *Wolltest du, dass sie abkratzt* und dann riss Naldo die Tür auf und rief »*Venga!* Karla!« und ich schob hastig das Heft zurück unter die Kissen. Ich rannte ihm nach durch den aufwirbelnden Staub, während oben Eva die Hunde verdrosch und uns nachschrie: »Alba, sag mal, ist Tonina wieder aufgewacht?«

»Ich dachte, ihr kommt besser nicht ins Gespräch«, sagte Naldo atemlos, als wir unten an der Calle Vereda de Emedio ankamen. Wir lehnten uns an die Mauer und versuchten, wieder zu Atem zu kommen. Naldo griff in sein T-Shirt und wischte sich Staub und Schweiß vom Gesicht.

»Hat es sich wenigstens gelohnt?«, fragte er. »Weißt du jetzt mehr?«

Auch in der feinen dunklen Haarlinie auf seinem flachen Bauch glitzerten Schweißperlen. Er ließ das T-Shirt wieder fallen.

»Hey. Was ist los? Weinst du?«

Naldo nahm mich in den Arm und zog mich an sich und von seiner Schulter schlug mir mein heißer verheulter Atem entgegen. Ich heulte und heulte und kriegte Kopfschmerzen und bohrte meine Fäuste in die Hosentaschen wie Alba. Mein Handy fing an zu klingeln, doch ich wollte jetzt definitiv niemanden sprechen, *the person you have dialed is temporarely out of control.* Der Person, die immer und immer wieder anrief, war das scheißegal.

»Vielleicht solltest du rangehen«, sagte Naldo sanft. »Vielleicht ist es wichtig.«

Absolut. Salinas war dran.

»Karla«, sagte er, »du klingst verschnupft. Ich hoffe, du bist nicht krank.« Und ohne eine wenig erhellende Antwort meinerseits abzuwarten, fügte er hinzu: »Es gibt Neuigkeiten, Karla. Neuigkeiten, die ich dringend mit dir besprechen muss.«

18

Ich nehme an, du weißt, was eine DNA-Analyse ist?«, fragte Salinas, nachdem er mir ein Glas Wasser hingestellt und den klapprigen Ventilator etwas mehr in meine Richtung gedreht hatte.

Ich nickte. Ich wusste, dass ich nicht mehr verheult aussah. Ich hatte geduscht und dann mein Gesicht immer wieder in kaltes Wasser getaucht, so wie ich es mal in einem Film gesehen hatte, nur gab es da noch Eiswürfel im Waschbecken, aber die Frau war auch älter gewesen.

»Natürlich weißt du das«, sagte Salinas. »Ich denke, du bist ein intelligentes Mädchen. Ich könnte mir vorstellen, du liest hin und wieder auch mal ein Buch.«

Offenbar wollte er ein bisschen für entspannte Stimmung sorgen. Ich hatte irgendwie keine Kraft, dazu beizutragen. Ich fühlte mich wie ein Sack Zement.

Salinas nahm einen Schnellhefter von seinem Schreibtisch und ließ sich vor mir auf der Tischkante nieder, wie Lehrer das manchmal machen, wenn sie gelassen wirken wollen oder nicht mehr stehen können.

»Also gehe ich davon aus, dass du auch weißt, was eine Autopsie ist und dass man diese vornimmt, wenn man es mit einer ungeklärten Todesursache zu tun hat.«

Ich zwang mich, ihn anzusehen.

»Dann sagen Sie mir also jetzt, wie Schwester Pilar gestorben ist?«

Salinas schwitzte ausnahmsweise mal nicht.

»Das hier ist ein Laborbericht, Karla. Und er besagt, dass es deine DNA ist, von der wir Spuren am Körper von Schwester Pilar gefunden haben.« Er hielt den Schnellhefter hoch wie ein Juror beim Tanzwettbewerb seine Stimmkarte. Ich musste lachen.

»Am Körper?«

Ich konnte leider überhaupt nicht aufhören.

»Entschuldigung, aber das hört sich so komisch an«, gluckste ich. »Am *Körper* von Schwester Pilar ...« Ich klappte vornüber, wie immer, wenn ich was zum Schreien komisch fand. »Was hat das zu bedeuten, Karla?«, ahmte ich Salinas' tieftönige Stimme nach. »Na komm schon, du liest doch hin und wieder mal ein Buch.« Der Lachkrampf hatte mich voll im Griff. Betrübt sah Salinas mich an.

»Hautpartikel«, sagte er. »Unter drei Fingernägeln ihrer linken Hand. Schwester Pilar war nämlich Linkshänderin.«

Ich griff an ihm vorbei zum Wasserglas und trank es in einem Zug leer. *Wolltest du, dass sie abkratzt?* Ich stellte das Glas zurück und schob meine Hände unter meine Oberschenkel. Ein blöder Reflex.

»Woher haben Sie meine DNA?«

»Menschen verlieren Haare, wo sie gehen und stehen. Ich habe dir eins von der Schulter genommen, was zugegebenermaßen einigermaßen tückisch ist, aber legitim, wenn es um die Aufklärung eines Mordes geht.«

Eine Faust knallte mir ins Sonnengeflecht. *Sie krepiert.*

»Vielleicht war es gar nicht mein Haar. Keine Ahnung, was ich an dem Tag anhatte, als Sie's genommen haben, aber ich tausche manchmal Klamotten mit meiner Freundin Lotte.« Ich durfte jetzt nicht durchdrehen. Ich blinzelte zu Salinas hoch. »Für die ich das Armband gekauft hab, im Kloster, wissen Sie noch?«

Salinas blätterte in dem Laborbericht.

»Wo ist deine Freundin Lotte?«

Besserwisser.

»Wie soll meine DNA unter die Fingernägel von Schwester Pilar gekommen sein, der ich noch nie im Leben begegnet bin?«

»Sie könnte die Hand ausgestreckt haben, um sich festzuhalten, als sie von der Brücke gestürzt ist«, sagte Salinas.

»Ich war nicht auf der Brücke. Ich kannte diese Nonne nicht, das habe ich Ihnen alles schon gesagt. Ich bin zum ersten Mal in meinem Leben in Spanien.«

»Ich werde deine Eltern benachrichtigen müssen.«

»Bitte nicht.«

Ich wollte aufstehen. Weg hier, Naldo bitten, den ich leider sehr entschieden fortgeschickt hatte, nachdem er mich zum Polizeipräsidium gefahren hatte, weil ich dachte, ich müsste erst mal allein klarkommen, versuchen, irgendwie zu kapieren, keine Ahnung, was eigentlich. Oh Scheiße, ich musste Naldo bitten, mit mir Alba zu suchen. Aber würde Naldo mir helfen, wenn Alba eine Mörderin war und *deine DNA, deine DNA, deine DNA …?*

Salinas drückte mich sanft auf den Stuhl zurück.
»Karla«, sagte er.
»Nein«, sagte ich. »Bitte tun Sie das nicht.«
»Mir bleibt nichts anderes übrig«, erwiderte Salinas. »Du bist noch nicht volljährig, und wenn wir dich weiter verhören wollen ...«
Unter meiner Zunge floss Speichel zusammen.
»Stehe ich jetzt unter Mordverdacht?«
»Karla, Schwester Pilar ist nicht an den Folgen des Sturzes gestorben. Es ist wichtig, dass du das weißt.«
Mein Magen hob sich. *Natürlich hat sie gelitten wie ein Schwein.* Salinas' Stimme driftete wieder zu mir heran.
»Karla, hörst du mir zu? Du bist eine wichtige Zeugin. Deshalb musst du mir alles erzählen, was du weißt. Alles. Du musst keine Angst haben, das ist es eigentlich, was ich dir sagen will.«
Deine DNA. Ich gehe mit drauf.
»Okay. Kann ich jemanden anrufen?«
Salinas rupfte mir das Handy aus der Hand, seelenruhig, ohne Hast, aber schnell genug. Er legte es hinter sich auf den Schreibtisch.
»Na gut«, sagte ich. »Dann gehe ich jetzt.«
Er ließ mich aufstehen. Ich ging zur Tür.
»Wen willst du anrufen?«
»Meine Eltern natürlich.«
»Natürlich.«
Salinas griff hinter sich und hielt mir das Handy hin.
»Schön, dass du sie vorbereitest.«

Er ließ das deutsche Mädchen gehen und drehte die Jalousien ein wenig auf, gerade so viel, dass er sehen konnte, wie sie die Straße zur Plaza de los Campos überquerte. Er würde ihre Eltern fragen, ob es stimmte, dass sie zum ersten Mal in ihrem Leben in Spanien war, und er hoffte, dass diese keinen Grund dafür sahen, ihm nicht die Wahrheit zu sagen.

Salinas wandte sich vom Fenster ab und kramte auf dem Schreibtisch nach dem Blatt Papier mit dem Briefkopf der Sprachschule, worauf man ihm die Telefonnummern der Eltern notiert hatte. Es wunderte ihn nicht, dass sie getrennt lebten, und natürlich versuchte Salinas zuerst, Doris Sommerfeld zu erreichen. Nachdem er feststellen musste, dass sie ihr Handy offenbar ausgeschaltet hatte, und er es für ungut hielt, eine zweifellos erschreckende Nachricht auf ihrer Mailbox zu hinterlassen, rief er in der Kanzlei an, wo man über den Anruf eines spanischen Kriminalkommissars kaum irritiert war und ihm mitteilte, dass Frau Rechtsanwältin Sommerfeld sich einige Tage freigenommen hatte. Als Salinas die Festnetznummer des Vaters wählte, war diese besetzt.

Meine Frage hatte ihm die Sprache verschlagen. Mein Vater schwieg. Ich wartete auf sein *Wie bitte?*. Ich wartete darauf, dass er diese beiden Worte empört ausstoßen würde, atemlos und komplett irritiert, als hätte ich ihn mit etwas dermaßen Groteskem konfrontiert, dass ihm nichts als fassungsloses Unverständnis blieb. Das *Wie bitte*, wenn ich um Klamottengeld bat, das *Wie bitte*, als würde ich ihm erzählen, dass ich mich von Kunst abmeldete. Auf meine Frage, die aus mir herausbrach, kaum dass er den Hörer abgenommen hatte, erwartete ich das empörteste *Wie bitte* aller Zeiten.

»Ohne Scheiß jetzt, Papa, und keine Witze. Bin ich adoptiert?«

Mein Vater hielt den Hörer zu. Ich hörte ihn aufgebracht flüstern. Musste er etwa Josefine fragen, was er mir antworten sollte? Wusste Josefine?! Wusste Josefine, wie man mit mir reden musste? Im Gegensatz zu ihm?

Ich legte auf.

Ich stand von der Bank auf, von der ich Alba hatte aufstehen sehen, damals. Vor ein paar Tagen, die mir wie hundert Jahre vorkamen, weil seitdem nichts mehr wie vorher war. Nicht mal ich.

Ich setzte mich in Bewegung, ich setzte einen Fuß vor den anderen, ich verließ den Platz, ich wartete an der Straße, bis sie frei war, ich überquerte die Straße, ich ging weiter, einfach immer weiter, ohne an den Häuserwänden Schatten zu suchen in der Mittagshitze oder was auch immer für eine heiße Tageszeit es gerade war. Um mich gab es sowieso nichts und niemanden und in meinem Kopf kreischte eine Kreissäge siiiiing, siiiiiiing, siiiiiiiing und sägte alles in Fetzen, mich, Karla Sommerfeld, siiiiiiiing, Papa, siiiiiiiing, Dorismeinenervigemutter, siiiiiiiing. Und irgendwie ist der menschliche Körper doch eine ziemlich perfekte Maschine, meiner jedenfalls brachte mich, ohne mich vor Busse, von Mauern oder Brücken, auf befahrene Straßen, in den Darro oder in das Unterholz seiner Ufer stürzen zu lassen, *nach Hause,* siiiiing, in Rosas Haus, Rosa ist Rosa, und in *mein*

Zimmer, siiiiiing, in Rosas Gasttochterzimmer. Ich bin eine Gasttochter.

Ich lag wer weiß wie lange auf dem Bett im Schattendunkel wie ein angeschossenes Tier. Dann rief ich Lotte an. Sie hörte meinem Weinen zu und dann konnte sie nicht anders und weinte mit, schon bevor sie wusste, was los war.

»Soll ich kommen?«

»Ich weiß nicht.«

»Den Flug bezahlt mei... ich meine, Barbara zahlt bestimmt nicht den Flug, aber ich könnte vielleicht mit dem Bus fahren.«

»Du kannst deine Mutter ruhig weiter deine Mutter nennen.«

Wir schluchzten beide.

»Ich hab dich lieb, Karli, ich hab dich so lieb und deine Eltern lieben dich auch, das weiß ich einfach ...«

»Deshalb haben sie mich auch siebzehn Jahre lang angelogen.«

Hast du mich lieb?

»Deshalb haben sie sich nicht getraut, es dir zu sagen.«

»Ich will nicht wissen, warum sie sich was nicht getraut haben. Ich will sie nie wiedersehen. Ich will ihre verlogenen Ausreden nicht hören. Ich will nie wieder nach Hause, ich gehöre da nicht hin, ich gehöre nirgendwohin und zu niemandem.«

»Zu mir gehörst du auf jeden Fall, das weißt du.«

»Zu dir gehört jetzt Luca.«

Schmerz ging wie ein Messer durch mein Herz, als ich das sagte.

»Aber nicht so wie du.« Ich hörte, wie Lotte sich die Nase putzte. »Das ist was ganz anderes. Du bist meine beste Freundin. Du bist meine Herzensschwester.«

Ich konnte darauf nichts erwidern. Von Lotte trennte mich gerade unendlich viel und ich glaube, sie spürte das, denn sie fing wieder an zu weinen.

»Es tut mir alles so leid«, flüsterte sie und das war das Schlimmste, was sie hätte sagen können. Ich war der einsamste Mensch auf der Welt.

Ich saß unter der lauwarmen Dusche, bis ich leer geweint war. Ich legte mich auf das Bett, zog das Laken über meinen Kopf und hielt die Luft an. Ich fühlte mich tot, ich wollte tot sein, aber natürlich starb ich davon nicht. Ich atmete gegen das Laken, es hob sich von meinem Gesicht und fiel wieder herab wie ein Schleier, wie ein Schleier, Gott schütze euch.

Ich zog mich an und steckte mein ausgeschaltetes Handy ein, auf dem jetzt fraglos eine Million Nachrichten und Anrufe ins Leere liefen von Leuten, mit denen ich definitiv nicht sprechen wollte, aber bestimmt auch von Naldo und vielleicht auch von Rosa, aber darauf konnte ich keine Rücksicht nehmen. Im Moment wollte ich nur mit einer Person reden, und das war Schwester María. Wenn sie nicht da war, würde ich auf sie warten, wenn es sein musste, die ganze Nacht. Wenn sie da war und mich nicht sprechen wollte, würde ich sie dazu bringen, mit mir zu sprechen. Ich würde mich auf den kalten Klosterboden legen und warten, bis sie aus ihrer Zelle kam, und dann würde ich mit ihr zu den weinenden Jungfrauen gehen und dann würde ich sie zwingen, mir zu sagen, was sie über Alba wusste und über Tonina, von der wir die bernsteinfarbenen Flecken in den Augen haben.

19

Schwester María hing noch, als Salinas eintraf. Das war unschön, aber wichtig. Er musste sich schließlich ein Bild machen, auch wenn es Polizeifotos geben würde, die Berichte der Spurensicherung und des Rechtsmediziners, der im Übrigen Salinas' ersten Eindruck bestätigte, dass die Ordensschwester post mortem aufgehängt worden war.

María war schon tot, bevor man einen Strick aus dem entzweigerissenen Laken ihres schmalen Nonnenbettes gedreht, ihr diesen um den Hals gelegt und sie am Kreuz ihres hohen Fensters aufgeknüpft hatte. Ihr schwarzer Schleier war bei dieser Gelegenheit nach hinten gerutscht wie eine Kapuze, aber die weiße Haube saß ganz fest um ihr blutleeres Gesicht. Ihre Augen waren geschlossen, ihr blasser Mund leicht geöffnet. Bei Erhängten sah das normalerweise ganz anders aus. Insofern hatte Sor María oder hatten die Leute, die sich jetzt mit ihr befassen mussten, na ja, so etwas wie Glück gehabt, dass sie hier nicht mit blutunterlaufenen Augen, aus dem Mund quellender Zunge und vollgemachter Hose hing. Sie sah aus wie ein trauriger Engel, der sich irgendwo verfangen hatte oder der in eine Falle geraten war und dessen langes Kleid das Einzige war, was noch ein wenig flattern konnte in der Zugluft, die all jenen, die in der engen

Klosterzelle ihrer kriminalistischen Arbeit nachgingen, etwas Kühle verschaffte.

»Wer hat ihr die Hände gefaltet?«, fragte Salinas.

»Die Schwestern haben sie so gefunden«, antwortete einer der Beamten.

Die Schwestern. Sie wirkten wie eine Herde verstörter Pinguine, fand Salinas. So wie sie durch die Gänge huschten mit ihren zu Tode erschrockenen, verzweifelten, versteinerten Gesichtern, Richtung Kirche, wo sie beten und vielleicht eine Antwort finden wollten oder die Hilfe der Schmerzensreichen Jungfrau.

Salinas gab den Kollegen ein Zeichen, dass sie die Ordensfrau vom Fensterkreuz nehmen konnten. Der Rechtsmediziner sagte, dass sie dort schon eine Weile gehangen haben musste, vermutlich viele Stunden, genauer gesagt, seit vergangener Nacht. Außerdem gab es Einstiche in der linken Armbeuge Marías und Druckstellen an beiden Oberarmen, die nahelegten, dass sie mit Gewalt festgehalten worden war.

Salinas machte sich auf den Weg zum Büro der Äbtissin. Er war auf eine grimmige Weise neugierig, wie sie reagieren würde, wenn er sie mit den Details konfrontierte, und während er Schwester Lucía folgte, die ihn führte, beschloss er, jede einzelne der Schwestern mit diesen hässlichen Details zu konfrontieren. Jede einzelne Schwester, so lange, bis er auf eine Reaktion stoßen würde, mit der er etwas anfangen konnte.

Ich wusste sofort, was los war, ohne die Details zu kennen. Ich wusste einfach, dass Schwester María tot war.

Ich drängte mich an den Neugierigen vorbei, die mit gedämpften Stimmen vor dem Kloster diskutierten, die verstummten, um sich zu bekreuzigen, als der Leichenwagen kam, die auseinanderwichen, um ihn in den Hof fahren zu lassen.

Ich entdeckte Schwester Elisabetta, die dabei war, das Tor zu schließen, diese winzige Nonne dieses große andalusische Tor. Ich zwängte mich dazwischen. Mir war alles egal oder wohl eben nicht. Ich war bereit, mich zerquetschen zu lassen, ich war bereit, zwischen Tür und Angel draufzugehen. Trotzdem hätte ich entschieden was dagegen gehabt, im selben Leichenwagen abtransportiert zu werden wie die feige María, die der Herr abberufen hatte, bevor ich ihr weiter auf die Pelle rücken konnte. Ich hatte einen massiven Hass auf den Herrn und seine Wege und das sah Schwester Elisabetta mir definitiv an, als sie zu mir aufblickte.

»Was machst du denn, Kind?«, wisperte sie erschrocken. »Du kannst hier jetzt nicht herein.«

»Was ist passiert? Bitte sagen Sie es mir.«

Traurig schüttelte sie den Kopf.

»Ist es Sor María?«

Elisabetta sah mir ins Gesicht und blinzelte.

»Also ja.«

»Ich schließe jetzt ab«, sagte sie.

»Wurde sie auch … ermordet?«, flüsterte ich.

»Du musst jetzt gehen, Kind. Geh. Ich kann dir nicht helfen.«

Hinter den Brillengläsern funkelte es, und weil Schwester Elisabetta meinem Blick standhielt, bis sie das Tor geschlossen hatte, konnte ich die Tränen über ihre Wangen zum Kinn hinunterrollen sehen. Dann hörte ich, wie sie den Schlüssel drehte. Ein paar Uniformierte der Guardia Civil versuchten, die Leute zum Gehen zu bewegen. Ich ging von allein. Ich musste Alba finden.

Als ich den Sacromonte erreichte, war die Sonne untergegangen und der Himmel flamingorosa, ein Licht, in dem alles schön aussieht, sogar ein Haus wie das von Tonina. Alba war nicht da.

Auf den Sesseln vor der Mauer gegenüber hingen ein paar kiffende Typen ab und tranken Bier. Jemand klimperte auf der Gitarre, was perfekt zur Abendstimmung passte. Ich hätte schreien können.

»Wisst ihr, wo Alba ist?«

»Wer ist Alba?«

»Die hier wohnt.« Ich deutete zum Haus.

»Da wohnt Tonina und die kommt nicht mehr wieder, wie's aussieht.«

»Krebs.«

»Endstadium. Harte Sache.«

Ich schluckte. Der Tag der Wahrheit. Die volle Packung. Jemand hielt mir den Joint hin. Ich schüttelte den Kopf. Die Runde schwieg. Grasschwaden verzogen sich in die vertrockneten Agaven.

»Aber stimmt, seit ein paar Tagen wohnt da ein Mädchen, man sieht nicht viel von ihr.«

»›Toninas Tochter‹, sagt Eva.«

Vielleicht wusste Eva, wo Alba war? Aber mit Eva sprach Alba ja nicht.

»Die spricht mit keinem, falls es die ist, die du suchst.«

»Mit mir hat sie gesprochen«, sagte der Typ mit der Gitarre, der bis jetzt geschwiegen hatte. »Einen Abend hab ich sie mal gefragt, ob sie rüberkommen will, mit uns was rauchen, nett, wie ich bin. Sie hat rumgemault, sie hätte keine Zeit für so 'nen Scheiß. *Ich muss nämlich arbeiten,* hat sie gesagt.« Er traf Albas pampigen Ton ziemlich gut. *»Im Gegensatz zu euch Arschkrampen.«*

Er fing wieder an zu spielen.

Die Runde lachte. Die Jungs waren jetzt richtig gut drauf.

Vielleicht hatte Alba den Spüler-Job bekommen. Hoffentlich. Im Gehen schaltete ich mein Handy ein. Siebzehn verpasste Anrufe. Ohne zu checken, von wem, rief ich Naldo an. Er ging sofort ran.

»Ich bin auf dem Weg zur Plateria«, sagte ich. »Ich muss Alba finden.«

»Hast du das von Schwester María gehört?«

»Ich war beim Kloster.«

»Wie? Du warst beim Kloster?«

»Ich wollte Schwester María zwingen, mir zu sagen … was sie über Alba weiß und über mich. Ich … ich weiß nämlich gerade gar nichts mehr über mich.«

»Karla …«

Ich unterbrach ihn hastig. »Also nicht, dass du denkst … also sie war schon tot. Ich konnte nicht mehr mit ihr sprechen.«

»Karla …«, sagte Naldo zärtlich. Es jagte mir heißeste Tränen in die Augen. »Bitte geh jetzt erst mal zu Rosa und warte da auf mich.«

»Ich will jetzt nicht warten, ich muss mit Alba sprechen, du hast ja keine Ahnung, was Salinas mir gesagt hat. Du hast echt keine Ahnung, Naldo, und ich muss jetzt einfach wissen, ob ...«

Ich brach ab und schaltete das Handy aus. Ich wischte mir die Tränen aus dem Gesicht und den Rotz von der Nase. Ich musste aufhören zu heulen! Ich musste klare Sätze sprechen können, wenn ich Alba ausfindig gemacht hatte. Ich musste sie dazu bringen, mir die Wahrheit zu sagen, und ich würde das auf keinen Fall hinkriegen, wenn ich wie eine Memme vor ihr stand und mir selbst leidtat. Ich musste Alba dazu bringen, mir zu sagen, ob sie Schwester Pilar getötet hatte, absichtlich oder aus Versehen, und wenn ja, warum. Und wenn sie etwa auch Schwester María umgebracht hatte? Dann räumte sie jetzt bestimmt nicht seelenruhig in der Plateria die Spülmaschine ein und aus, sondern dann war sie vielleicht schon auf dem Weg nach Malaga oder sonst wohin, wo sie vielleicht Freunde hatte und sich verstecken konnte. Aber sie würde doch Tonina nicht ALLEIN STERBEN LASSEN. Bestimmt hatte sie das gemeint in ihrem Tagebuch, das ich scheißblöderweise nicht mitgenommen hatte, denn heute Morgen wusste ich ja noch nicht, dass ich nichts mehr zu verlieren hatte. Oder ich hatte es nur noch nicht glauben können. Wie auch. *Ich muss hierbleiben. Ich kann auf keinen Fall weg!*

»Karla!« Atemlos hielt Rosa mich am Ärmel fest. Ich war mit geballten Fäusten durch das Albaicín gelaufen, den Blick auf den flusskieselsteingepflasterten Boden gerichtet, und ich war, ohne es mitzukriegen, über die Plaza Larga am Golondrinas vorbeigerannt.

»Cariña.« Rosa sah mir sehr besorgt ins Gesicht. So sehr besorgt, dass mir sofort klar war, dass sie irgendetwas wusste. Nur hatte ich keine Ahnung, was genau. Es gab eine ganze Menge zu wissen.

»Dein Vater hat mich angerufen«, sagte sie. Ihr Mitleid killte mich fast.

»Sorry, Rosa ... Ich muss dringend was erledigen«, presste ich hervor. »Können wir später sprechen, bitte?«

»Ja, natürlich.«

Gut. Naldo hatte also noch nicht Alarm geschlagen.

»Ich weiß nur nicht«, sagte Rosa sanft, »... ob, nun ja ... kann das nicht bis morgen warten, was du zu erledigen hast?« Sie strich mir die Haare aus dem Gesicht.

Ich schüttelte den Kopf.

»Ich muss los«, sagte ich. »Bis später.«

Rosa ließ Karla gehen. Schließlich wusste sie nur zu gut, wie es war, dringend etwas herausfinden zu müssen. Als sie ihr nachsah, wie sie mit gesenktem Blick Richtung San Nicolas lief, sagte Rosa sich, dass es in Anbetracht der vielen verstörenden Neuigkeiten ganz gut war, dass Karla in diesem Moment nicht auch noch wusste, wonach ihr Vater sich am Ende ihres Telefonats mit ihm erkundigt hatte. Nachdem er Rosa unumwunden die Gründe genannt hatte, warum es seiner Tochter vermutlich gerade überhaupt nicht gut ging, und sich millionenfach für die »unglücklichen Umstände« entschuldigt hatte, hatte Señor Sommerfeld sich bei Rosa nach Karlas Mutter erkundigt.

»Verzeihen Sie, Señora Alvarez ... aber ich kann meine Exfrau nicht erreichen ... was einigermaßen ungewöhnlich ist, daher ... tja ... hat sie sich vielleicht bei Ihnen gemeldet?«

Rosa hatte das verneinen müssen. Und das hatte sie getan, ohne Karlas Vater darüber in Kenntnis zu setzen, dass Hector Salinas sie dasselbe gefragt hatte. Wahrscheinlich bevor er den Anruf aus dem Kloster erhielt, wie sie vermutete. Sie vermutete auch, dass die Schwestern der Barmherzigkeit gerade eine harte Zeit hatten, und während sie die Straße überquerte, um zurück ins Golondrinas zu gehen, wo aus gegebenem Anlass der Fernseher laut gestellt war, suchte Rosa in ihrem großen Herzen vergeblich nach einem bisschen Mitgefühl.

20

Die Plateria befand sich im Erdgeschoss eines alten weißen Hauses mit blauen Fensterläden und vier Etagen, an denen sich eine mächtige Bougainvillea emporrankte und die Balkone mit ihren lila Blüten umwölkte.

Jetzt im Sommer aßen die Leute vor der Show draußen im Innenhof zwischen Oleandertöpfen mit verlässlichem Blick auf die Alhambra. Es war brechend voll und die Kellner waren bereits dabei, die leer gegessenen Teller abzuräumen. Die Leute tranken ihren Wein, die Raucher rauchten ihre Zigaretten und durch das Stimmengewirr und Gelächter waren die Flamenco-Gitarristen zu hören, die sich einspielten.

Zwischen dem Hauptgebäude und dem Seitenflügel, wo die Shows stattfanden, lag die Spülküche. Einer der Kellner hatte mir die grobe Richtung gezeigt und der nächste, den ich fragte, murmelte gehetzt »Es wird auch Zeit, dass eine zweite Hilfe kommt«, drückte mir, ohne lange zu fackeln, ein Tablett mit schmutzigen Gläsern in die Hände und schob mich durch eine Schwingtür ins Haus.

Im Flur herrschte beruhigendes Halbdunkel. Die Spülküche befand sich irgendwo weiter hinten, ich konnte es am Geschirrklappern hören. Die Gläser auf dem Tablett, das ich trug, klingelten im Takt meiner zögernden Schritte und ich erschrak zu Tode, als plötzlich eine Frau vor mir in den Flur trat. Sie war gerade dabei, sich eine Zigarette zwischen die roten Lippen zu stecken.

Wie sie sich in ihrem schwarzen, rot gerüschten Kleid bewegte, war voller Anmut, das Haar in einem straffen Knoten, ihre Haltung voller Stolz, wie sie das Kinn über dem weißen Hals hob und wie ihre perfekt nachgezogenen Brauen über ihren dramatisch geschminkten Augen in die Höhe gingen, als sie mich entdeckte.

»Was machst *du* hier?«, fragte Glutauge.

Hinter ihr öffnete sich der Bühneneingang. Vor dem deckenhohen Gemälde einer tanzenden Flamenco-Tänzerin konnte ich einige unbesetzte Stühle für die Musiker sehen.

»Ich muss in die Spülküche«, sagte ich.

Von der Bühne hörte ich heiseres Männerlachen. Jemand schlug einen kurzen Rhythmus auf der Cajón.

»Worauf wartest du dann noch?«, fragte Glutauge. Sie stützte eine Hand in die Hüfte.

»Ich fürchte, ich komme nicht an Ihnen vorbei, *Señora.«* Stress mit ihr war das Letzte, was ich gerade brauchte.

Sie kostete ihre Überlegenheit noch einen Moment lang aus, den sie dazu nutzte, mich mit geblähten Nasenflügeln ihre Verachtung spüren zu lassen, schließlich war ich nur ein verschwitztes, farbloses Nichts, und trat dann einen Schritt zurück in den Bühneneingang.

Hinten in der Küche schepperte es und ich hörte jemanden fluchen. Alba. Mein Herz raste, mein Mund war trocken und meine Knie zitterten bei jedem Schritt, den ich ihr näher kam, schlimmer.

Sie bemerkte mich nicht, als ich die dampfheiße Spülküche betrat. Sie wuchtete gerade einen überfüllten Geschirrkorb in eine der drei Maschinen.

Geblendet von dem Neonröhrenlicht, das nervös über unseren Köpfen plingte, sah ich mich in dem fensterlosen Raum nach einer freien Stelle um, wo ich das Tablett mit den Gläsern loswerden konnte.

»Alba?«

Sie drückte den Hebel herunter, um die Spülmaschine zu schließen. Wasser schoss ein. Gleich würde Alba sich umdrehen. Sie trug einen blauen ärmellosen Kittel über ihrer fleckigen Lieblingsjeans (oder ihrer einzigen?) und ihre Oberarme ließen anders als bei mir Bizepse erkennen, die sie bestimmt nicht von Hantelübungen hatte. Ich räusperte mich.

»Alba.«

Gleich würde sie ausrasten.

Sie wandte sich von der rauschenden Spülmaschine ab und öffnete eine andere, aus der Dampf stieg wie Drachenatem. Alba hob den Geschirrkorb heraus und stellte ihn auf dem Stahltisch ab. Ohne mich eines Blickes zu würdigen, begann sie, die blanken Teller zu stapeln. Peng. Peng. Peng.

Ich wusste nicht, was ich sagen sollte. Ich konnte die gespannten Sehnen an ihrem Hals sehen und ihremeineunsere kleinen Erdmännchen-Ohren, in denen es keinen einzigen Stecker, nichts Gestochenes gab, was man bei jemandem wie Alba eigentlich vermutet hätte. Offensichtlich hatte sie mit Stechen, Zupfen, Ritzen ebenso wenig im Sinn wie ich. Ich sollte mich auf die Unterschiede konzentrieren. Unter ihren gelben Haarstoppeln schimmerte bereits ein dunkler Ansatz.

»Was wolltest du von Schwester Pilar?«

Jetzt sah sie mich an. Unsere Blicke trafen sich über den Geschirrbergen wie Kugelblitze. Keine von uns bewegte sich. Vom anderen Ende des Flurs näherte sich scheppernd Nachschub. Drei Kellner liefen ein und stellten nacheinander ihre Tabletts ab. »Das war's jetzt erst mal«, sie scherzten miteinander oder scherzten sie mit uns? Jedenfalls zogen sie wieder ab und bemerkten nichts weiter. Wahrscheinlich wollten sie jetzt gern endlich eine rauchen oder sich mal kurz setzen, während die Gäste draußen wohl langsam ihre Tische verließen und sich vom Hof in den Saal begaben. Und so wird es wohl gewesen sein, denn als Alba und ich später rausrannten, war der Hof wie leer gefegt. Aber jetzt standen wir noch da und starrten uns über den vollen Tisch hinweg an.

Es war das Tsunami-Gefühl. Wenn die Welle anrollt. Wenn sie von ganz weit hinten näher kommt und sich aufbaut und wir es noch nicht glauben können, dass gerade etwas passiert, dem wir nicht entkommen können. Das uns einholen wird, wenn wir weglaufen. Wir sind mittendrin.

»Ich bin adoptiert«, sagte ich.

»Ich nicht«, sagte Alba.

»Ich weiß es auch erst seit heute.«

Alba verschränkte die Arme vor der Brust.

»Schön für dich.«

»Nein«, sagte ich, »ist es nicht.«

»Na dann eben nicht.«

Kondenswasser lief wie in Tränenbächen die Kachelwände hinab.

»Meine DNA ist an der Leiche von Schwester P funden worden.«

»Deine«, echote Alba.

»Ich bin der Frau definitiv noch nie im Leben b net.«

»Die Bullen wissen also nichts von mir?«

»Nein.«

»Gut.«

Albas Blick schwenkte von mir weg. Sie fing wie an, Teller zu stapeln.

»Hörst du mir nicht zu? Wir haben die gleiche DNA!«

»Wir haben die gleiche DNA!«, äffte sie meinen aufge brachten Ton nach. »Uuuuuuh!« Albas verzerrtes Gesicht war blass vor Wut. Genau wie meins, schätze ich mal. Ich hatte die Schnauze dermaßen voll von ihrer Böse-Mädchen-Nummer.

»Du weißt doch, was das ist. DNA? Schon mal gehört?«, sagte ich. »Oder warst du da schon nicht mehr auf der Schule, als das drankam, weil Schule ja so Scheiße ist, weil ja überhaupt alles Scheiße ist und ...«

Mit ohrenbetäubendem Krachen ging der Tellerstapel zu Boden.

»Halt die Fresse! Hau ab! Verpiss dich!« Alba raste. Ich auch.

»Nein, verdammt!«, schrie ich. »Ich verpiss mich nicht!« Ich kippte eins der soeben abgelieferten Tabletts auf den gefliesten Boden. Kraaach! »Ich will, dass du mit mir mmms! Das zweite Tablett. nzige, der es gerade dreckig

r Strom. Ich war überzeugt, ung zu verlieren.

rie ich. »Warst du das?!« Meine n. »Warst du das auch?!«

nne. Sie trat gegen den Tisch. Ein- iirr stürzte ab wie Geröll von einer riss mich grob zurück, obwohl ich ge- ktion war. Ich jaulte auf vor Schmerz.

Chicas!«, brüllte Cojones.

schwarzes Hemd, schwarze Hosen und ko-Stiefeletten und hatte das schwarze ehr nass zurückgekämmt. Sein Blick schoss s hin und her, erst wütend, dann ungläu-

ll der Scheiß?«

nd Cojones mir fast den Arm brach und Alba in hielt, die sich wie ein gehetztes Frettchen an den aschinen vorbei in den Flur zu drängen versuchte, alle möglichen Leute heran, um zu sehen, was in Spülküche vor sich ging.

Eine ältere Frauenstimme, die der Besitzerin der Pla- eria gehörte, begann zu schreien wegen des Geschirrs und jemand anders, ich wette, es war Glutauge, schrie, man dürfte diesen drogensüchtigen *putas** nicht trauen, und noch jemand anders schrie: »Das Publikum wartet.« Und Cojones quetschte meinen Arm zu Brei, weil er eine

* Puta: Hure, Prostituierte

Menge Muskelkraft aufbringen musste, um sich mit seinem athletischen Gitarristenkörper wie ein Schutzwall zwischen uns und diejenigen, die uns definitiv verdreschen oder anschreien wollten, in die Tür zu klemmen. Und dann, als ich mir eigentlich nur noch wünschte, tot zu sein, hörte ich Naldo meinen Namen rufen.

Die Jungs regelten das sehr souverän, ja, ich sollte sagen, auf wünschenswerte Weise männlich. Sie versicherten allen, alles würde wieder in Ordnung kommen, und weil jeder das gern glauben wollte, ließen alle sich beruhigen. Cojones schwor, sofort auf der Bühne zu erscheinen und im Übrigen seine kostbare Hand dafür ins Feuer zu legen, dass sein Freund Naldo Alvarez, der Sohn des ihnen allen bekannten Gitarreros Emilio Alvarez, alles im Griff hatte.

Das war ein Irrtum. Denn tatsächlich hatte Alba mich im Griff, seit Cojones, den ich ab jetzt Javier nenne, seit also Javier endlich meinen Arm losgelassen hatte. Als Alba mich ansprang, knallte ich mit dem Kopf an die Wand. Mit einer Hand drückte sie mein Gesicht gegen die feuchten Kacheln. Mit der anderen umklammerte sie das Steakmesser, dessen Spitze sich in die Haut über meiner Halsschlagader drückte. Ihr heißer Atem flog gegen meinen Nacken, ihr Herz schlug so heftig wie meins.

Wir waren beide wahnsinnig vor Angst.

Unter Javiers Arm hindurch tauchte Naldo auf. Er hätte wahrhaftig allen Grund gehabt, uns anzustarren, entsetzt, panisch, geschockt, aber irgendwie kriegte er es hin, das nicht zu tun.

Er lehnte sich neben uns an die Wand. Javier redete immer noch mit den Leuten.

»Bist du in Granada geboren, Alba?«, fragte Naldo und sah Alba ins Gesicht. Dabei berührten seine Fingerspitzen verstohlen und sehr vorsichtig die meinen.

Alba antwortete nicht. Wir beide zitterten am ganzen Leib.

»In der San Cosme y San Demian?«, fragte Naldo. Alba sagte wieder nichts. Doch offenbar las Naldo die Antworten in ihrem Gesicht.

»Wann?«, fragte er.

»19. März«, sagte ich. »1997.«

Alba hielt die Luft an. Sie ließ meinen Kopf los. Zerbrochenes Glas knirschte unter ihren Füßen, als sie zurückwich.

Eine klagende Männerstimme zog durch den Flur. Sie sang von Schmerz und Enttäuschung, von Ohnmacht und Wut, wie es bei den *Carceleras*, den düsteren Liedern des Flamenco, üblich ist.

»Ich muss jetzt raus«, hörte ich Javier zu Naldo sagen. »Kriegt das hier klar.«

»Sicher«, sagte Naldo und ließ meine Hand los. Wir hörten Javier davongehen.

»Wir räumen jetzt hier auf«, sagte Naldo.

Alba ließ endlich das Messer fallen. »Ihr könnt machen, was ihr wollt. Ich hau ab.«

Wie auf Kommando standen Naldo und ich gemeinsam in der Tür.

»Nein«, sagte ich. Ich war erstaunt, wie fest meine Stimme klang. »Diesmal nicht.«

»Die holen sonst die Polizei«, sagte Naldo. »Das wollten die eben schon.«

Von der Bühne war jetzt eine Gitarre zu hören, die inbrünstig auf den Gesang antwortete.

»Das ist Javier«, sagte Naldo, als würde uns das irgendwie weiterbringen.

»Alba ... willst du denn überhaupt nicht wissen ...«

»Nein«, fiel sie mir ins Wort. »Will ich nicht. Ich will hier weg. Morgen will ich wie jeden Tag nachsehen, ob meine Mutter schon abgekratzt ist oder ob sie mir noch was zu sagen hat ...«

»Dass du eine Zwillingsschwester hast zum Beispiel?«

Alba drehte sich zum Stahltisch. Es war erstaunlich. Sie fing an aufzuräumen. Sie stapelte die letzten sauberen Teller aus dem Spülkorb auf den Tisch. Von den schmutzigen kratzte sie die Essensreste in den Müll.

»Sie wollte mir was sagen, aber sie konnte nicht mehr.« Alba sagte es leise, zwischen zwei Tellern, die sie klappernd einräumte. Ich sollte eine Chance haben, es zu hören.

»Und du ... hast du gedacht, Schwester Pilar könnte dir helfen?«, fragte ich vorsichtig.

Naldo löste sich von meiner Seite. Er fing an, zerbrochenes Geschirr einzusammeln.

»Das habe ich ganz bestimmt nicht gedacht. Meine Mutter wollte, dass ich sie frage.«

»Was solltest du sie fragen?«

»Ich habe noch nie gedacht, dass Sor Pilar uns helfen würde. Noch nie.«

»Deshalb hast du ...«

Es schepperte, als Naldo einen Haufen zerbrochenes Geschirr in den Müll warf, während er mich ansah und ganz leicht den Kopf schüttelte und ich mir verkniff, Alba zu fragen, ob sie deshalb mit Schwester Pilar in der Alhambra gestritten und sie später von der Brücke gestoßen und dann noch wer weiß was mit ihr gemacht hatte.

»Ich hatte immer Schiss vor ihr«, sagte Alba erstaunt. »Aber diesmal hatte sie Schiss. Sogar richtig Angst. Das fand ich ziemlich gut.«

»Kennst du einen Professore Figueras?«, fragte Naldo schnell.

»Keine Ahnung«, sagte Alba. Sie sah mich an, während sie den vollen Korb in Maschine Nummer drei wuchtete. »Vielleicht hab ich ihm mal einen geblasen.« Sie schloss die Maschine und öffnete eine andere. Hinter ihr hob Naldo eine Hand und gestikulierte mir ein Blablabla in den aufsteigenden Dampf. Glaub ihr kein Wort. Sie will dich nur provozieren. Süß, Naldo. Und wenn nicht?

»Wer ist denn das? Dieser Professore?«, fragte ich matt.

»Du verrichtest wohl keine niederen Arbeiten oder wie?« Alba knallte den Geschirrkorb auf den Tisch. »Bei dir kommt schön die Putzfrau, wenn du in der Schule bist, und steckt deine Chucks in die Waschmaschine.«

»Stimmt überhaupt nicht«, protestierte ich, obwohl es leider sehr wohl stimmte.

»Ist mir auch scheißegal«, sagte Alba. »Dein Scheißleben interessiert mich nicht die Bohne. Deinetwegen bin ich den Job hier los.«

»Das wollte ich nicht.«

»Dafür kann ich mir nichts kaufen. Oder zahlst du mir jetzt einen Zwanziger jeden Abend? Für ein bisschen Reden?«

Naldo drückte mir einen zerrupften Besen mit Kehrschaufel in die Hand und bedeutete mir, gefälligst in die Gänge zu kommen.

»Professore Figueras war mal Chef der Geburtsabteilung von San Cosme«, sagte er, während er die sauberen von Alba gestapelten Teller auf einen Geschirrwagen räumte. »Von 1989 bis 2001, genauer gesagt, also in der Zeit ... eurer ... also als ihr geboren wurdet ...«

Ich fegte das Glas zusammen. Alba füllte die Spülmaschinen. Wir arbeiteten zu dritt, während Naldo uns alles erzählte, was er wusste. Von Alba kam keine einzige pampige Bemerkung mehr. Wir vermieden laute Geräusche. Kein Scheppern, Krachen und Klirren. Wir wollten jedes Wort hören, das uns der Wahrheit näher brachte.

»Ich hab die Vita von Figueras im Netz gefunden. Ziemlich spannend. Bevor der nach Granada kam, war er Chef einer Geburtsklinik in Madrid, Santa Teresa.«

Der Flamenco war jetzt in voller Wallung. Wirbelndes Spitze-Absatz-Stakkato, Klatschen, Rufe, Stille, Gitarren, Kastagnetten, Gesang. Naldo schloss die Tür.

»Die Klinik war eine Einrichtung der Kirche«, fuhr er fort. »Und welcher Orden war mit im Spiel? *Exacto.* Die Barmherzigen Schwestern. *Bien.* Figueras wurde Chef in San Cosme. Ich habe die Clinica San Teresa gegoogelt. Gibt's nicht mehr. Wurde 1995 geschlossen. Und dann gab's diesen Link ... der Hammer ... die Organisation heißt *Bebés Robados ...«*

Und dann fing Naldo an, von Zwangsadoptionen in der Franco-Zeit zu reden, von unscheinbaren Nebeneingängen renommierter Kliniken, die in große Kreißsäle für soziale Problemfälle führten, wo Dutzende Frauen gleichzeitig in den Wehen lagen. Von den Babys, die man ihnen wegnahm und verkaufte, von Priestern und Nonnen und Ärzten, die unter einer Decke steckten.

»Hombre«, unterbrach Alba Naldos Redefluss mit heiserer Stimme. »Das ist hundert Jahre her, Franco und so. Keine Ahnung, was das jetzt mit ...«, sie brach ab. Sie konnte es noch nicht über die Lippen bringen.

»Was hat das mit uns zu tun?«, fragte ich. Mit uns. Mir war ganz heiß ums Sonnengeflecht. Ich sah, wie Alba ihren rechten Daumen mit den Zähnen bearbeitete.

Naldo räusperte sich.

»Mit Francos Tod war ja nicht automatisch der Stecker gezogen aus diesem ganzen ... System.«

Ich schluckte. Mein Mund fühlte sich an wie nach einem Sandsturm.

»Du meinst ... die haben einfach weitergemacht damit? Einfach irgendwelchen Frauen die Neugeborenen weggenommen und sie ... verkauft?«

»Es gab den Pakt des Schweigens«, sagte Naldo, der sich in diesem Moment nicht mehr traute, eine von uns anzusehen.

»Nach Francos Tod hielten alle schön die Klappe. Keiner wollte mehr was von den Verbrechen des Regimes ...«

»Dieser Figueras«, unterbrach Alba ihn ein weiteres Mal. An ihrem abgefressenen Daumennagel perlte Blut. »Lebt der noch?«

Naldo zögerte und nickte dann. »Es gibt eine Adresse in Marbella«, sagte er.

Die Küche war inzwischen tipptopp.

21

Glutauge drehte komplett durch, als Javier Naldo und den Mädchen sein Auto lieh. Sein neues Auto und damit auch ihres irgendwie, weil es schließlich zum sicheren Transport der Kleinfamilie angeschafft worden war. Ein protziger SUV in makellosem Metallic-Espressobraun, von dem sie geträumt hatte, seit ihr Schwangerschaftstest positiv ausgefallen war, und zu dessen Gunsten Javier seinen weißen und zärtlich geliebten 190er-Mercedes abgeschafft hatte. Aber die Liebe zu Glutauge war eben größer und deshalb sollte sie jetzt einfach die Klappe halten.

Das volle Drama dieser nach allen Regeln des Gitano-Klischees ausgetragenen Auseinandersetzung, laut, vehemente Gestik mit Todes-, Kastrations- und Trennungsdrohungen spielte sich eine heftige Viertelstunde lang kurz nach Mitternacht vor Javiers Haus am Sacromonte ab, bis Naldo den Autoschlüssel auffing, den Javier ihm über den Kopf seiner tobenden Frau hinweg zuwarf.

Alba wartete draußen, während ich oben in der Küche eine Nachricht an Rosa schrieb. Ich hätte sie am liebsten mit hochgenommen. Ich wollte sie nur noch an meiner Seite haben. Es war mir egal, dass wir zusammen gesehen werden konnten, von Rosa oder von Salinas. Im

Grunde wünschte ich mir, dass alle uns sahen, die ganze Welt, und nicht nur die paar Leute, die uns entgegenkamen, als wir bergauf durch das Albaicín rannten. Diese Ahnungslosen, die sich nichts dachten, die von nichts wussten, die keine Fragen an uns hatten. Wir rannten, ohne ein Wort zu wechseln, ohne dass Alba vor mir weg- oder ich hinter ihr herrannte. Wir hatten Herzrasen und Seitenstechen, waren atemlos. Wir hatten zum ersten Mal ein gemeinsames Ziel, auch wenn es in dieser Nacht zunächst nur Rosas Haus war.

Alba wollte sofort nach Marbella. Ich wollte alles, was uns zusammenbrachte. Ich wollte Alba nie wieder gehen lassen.

Und Naldo? Er hatte nur sehr kurz so getan, als hielte er die ganze Aktion für verrückt. Das war, als reflexartig der gute Neffe in ihm durchkam, der verantwortungsbewusste vier Jahre Ältere, der sachliche Y-Chromosomen-Träger. Doch im Grunde war Naldo Feuer und Flamme.

An Rosa schrieb ich hastig, dass ich mit ihrem Lieblingsneffen zu einem spontanen Trip an die Küste unterwegs war, dass wir zum Sonnenaufgang im Meer schwimmen und im Laufe des Tages wieder zurück sein wollten und dass sie sich keine Sorgen machen musste und uns unsere Verrücktheit verzeihen möge. Natürlich wusste ich, dass Rosa diese Geschichte gefallen würde, wie jeder unverbesserlichen Romantikerin unter dieser Sonne.

Und natürlich war es insofern ganz und gar richtig, dass sie Alba und mich nicht zusammen sah, weshalb mir das Herz stehen blieb, als ich aus dem Haus zu Alba flitzte, die an der Ecke wartete, denn gerade in diesem Moment kam Rosa die Vereda de Emedia hinauf. Ich hörte sie mit jemandem Englisch reden. Mit Alba jagte ich die Stufen hinunter zum Camino del Sacromonte, wo Naldo mit laufendem Motor auf uns wartete. Nur für den Bruchteil einer Sekunde fragte ich mich, mit wem Rosa wohl Englisch gesprochen haben könnte.

Auf dieser, meiner allerersten Fahrt über die Autovia del Mediterráneo sah ich zunächst gar nicht so richtig, wie hässlich die Costa del Sol war. Ich sah die Obstplantagen bei Almeria nicht, kilometerweites Plastikplanenland, in denen schlecht bezahlte Arbeiter dieses und jenes ernteten und Pestizide einatmeten. Auch die unzähligen geisterhaften *urbanizaciones*, in denen nie, nie jemand wohnen wird, diese hundert Millionen leer stehender Apartmenthäuser, sah ich nicht, obwohl sie an der gesamten Küste aus der Landschaft platzten, quasi wie Pickel am Arsch Andalusiens. Sogar die Betonstädte mit ihren deutschen Baumärkten, Aldis und Lidls zogen in dieser Nacht an mir vorüber, ohne mich nachhaltig anzuwidern.

Dafür war ich viel zu aufgeregt.

Auch Naldo war nervös, was ich daran hätte bemerken können, dass er nicht redete. Aber da er grandios fuhr, so als würde er jede Nacht einen nagelneuen SUV, der ganz und gar nicht seiner war, von Granada nach Marbella gondeln, bekam ich von der Nervosität, die absolut von ihm Besitz ergriff, je näher wir Marbella kamen, nichts mit.

Während er so tat, als würde er sich auf die kaum befahrene Straße konzentrieren, und nur auf dem leuchtenden Display des Navi zu sehen war, dass sich neben ihnen das Meer befand, fragte Naldo sich, in was er sie alle da gerade hineinmanövrierte.

Karla hatte ihm von der DNA-Geschichte erzählt, die doch vor allem bewies, dass die zwei aus einem Ei waren, Alba und Karla. Trotzdem. Je näher sie Marbella kamen, desto mehr machte Naldo der Gedanke zu schaffen, dass er möglicherweise die vollkommen falsche Hoffnung in den Mädchen geweckt hatte, sie würden etwas über sich herausfinden können. In der verstörten Karla und in ihr, der wildfremden und überhaupt ziemlich wilden Alba, die ihren und damit auch Karlas genetischen Fingerabdruck an einer der toten Nonnen hinterlassen hatte. Wie das geschehen war, wussten er und Karla immer noch nicht. Und außerdem hatte er Karlas wildfremden Zwilling eben noch ein Steakmesser an ihren Hals setzen sehen.

Manchmal sah er verstohlen in den Rückspiegel zu Alba, die mit ihrem Kapuzenkopf an der Scheibe schlief oder so tat, als schliefe sie. Nein, nein, sie schlief wirklich, denn manchmal fiel ihr der Kopf ruckartig auf die Brust. Dann schreckte sie kurz hoch, um anschließend wieder den Kopf an die Scheibe zu lehnen und um einfach weiterzuschlafen, ohne einen Blick nach vorn oder zu ihm in den Rückspiegel. Naldo wusste nicht, was er davon halten sollte, dass Alba schlief. Hieß das nun, dass sie kaltblütig war? Dass die Killermaschine ihre Batterien auflud? Auch dass Alba sofort hinten ins Auto gestiegen war, hatte in Naldo nach und nach Bedenken geweckt.

Ich hatte keine Bedenken. Ich wunderte mich auch nicht, dass Alba schlief. Alba hatte jeden Grund dazu, völlig fertig und am Ende zu sein. Ich fand sogar, sie hatte mehr Gründe als ich.

Als der Morgen dämmerte, konnte ich das Meer sehen. Da war es noch grau und enttäuschend und bleiern wie die Stimmung in unserem klimatisierten lautlosen Panzer. Aber dann ging die Sonne auf und das Meer war endlos und glitzerte wie flüssiges Silber. Ich wünschte mir, es wäre wahr, was ich Rosa geschrieben hatte, und wir würden jetzt gleich schwimmen gehen, Alba und ich natürlich. Und Naldo könnte am Strand sitzen und aufpassen, dass uns nichts passierte.

Ich war dann wohl doch noch eingeschlafen, denn ich wachte davon auf, dass Naldo den Motor ausstellte. Ich hörte Vögel zwitschern. Wir standen vor einer weißen Villa, die aussah, als würden dort Ken und Barbie wohnen. Säulen vor dem Hauseingang und so. Palmen in der Einfahrt. Wassersprinkler befeuchteten Rasen und perfekt getrimmte Buchsbaumkugeln und betröpfelten auch ab und zu das Dach des schwarzen Hummers, der vor der weißen Mauer parkte, die den ganzen Wahnsinn umgab.

Hinter mir regte sich Alba.

»Hier wohnt der Typ?«

»In solchen Gegenden haben die Leute keine Namen an der Tür.«

»Aber die Adresse stimmt, oder was?« Albas Kapuzenkopf tauchte zwischen unseren Sitzen auf.

»Das Navi sagt Ja. Calle Florida stimmt, Hausnummer fünf. Sehe ich aber nicht«, sagte Naldo, der über dem Lenkrad hing und mit schräg gelegtem Kopf versuchte, sein Blickfeld zu vergrößern. An der Mauer neben dem verschnörkelten Eisentor gab es nur Briefeinwurf und Klingelknopf.

»Ich steig mal aus und check die Lage.«

»Ich komme mit.« Alba hatte bereits die Hand am Türgriff.

»Nein, verdammt.« Naldo klang plötzlich panisch. »Ihr wartet, bis ich zurück bin.«

Erstaunlicherweise blieb Alba sitzen.

Vom Auto aus verfolgten wir, wie Naldo an dem Tor der Villa entlang, und an dem Hummer vorbeiging, den er keines Blickes würdigte, während mir vage in Erinnerung kam, dass ich so einen Wagen unlängst gesehen hatte. Wir beobachteten, wie er seine Schritte beschleunigte und weiter bis zur Ecke des Grundstücks lief, wie er rechts abbog und dann nicht mehr zu sehen war. Alba wartete keine Sekunde länger.

Sie stieg aus, war mit zwei Schritten am Tor und klingelte. Ich folgte ihr, ohne auch nur eine Sekunde nachzudenken. Wir warteten und sahen durch das Tor zu der schneeweißen andalusischen Tür, hinauf zu den spiegelnden Fenstern im Morgenlicht. Nichts geschah. Diesmal klingelte ich. Das Auge einer Kamera glotzte zwischen Palmwedeln auf uns herunter. Unter dem Objektiv blinkte ein roter Punkt. Alba streckte ihren Mittelfinger hoch und im nächsten Moment schwang lautlos das Tor auf. Ich dachte, wenn Naldo jetzt bitte zurückkäme, könnte er schnell noch mit rein. Doch Naldo kam nicht. Das Tor schwang hinter uns zu und fiel mit einem verbindlichen Klick ins Schloss.

Als ich nach ihrer Hand griff, erwischte ich nur Albas Ärmel. Sie ließ es zu, dass ich mich an ihr festhielt, und wir gingen auf die Haustür zu, die plötzlich offen stand wie der Eingang einer Eishöhle, rechts und links flankiert von hohen schmalen Fenstern, hinter denen keine Bewegung auszumachen war.

Vor uns erstreckte sich eine Eingangshalle mit weißem Marmorboden. Weit über unseren Köpfen traf aus einem runden Oberlicht die Sonne funkelnd auf einen Muranoglas-Lüster gigantischen Ausmaßes.

»Señoritas?«

Der Mann, der hinter uns die Haustür schloss, hatte eine angenehme Stimme. Eine Arztstimme. Er war nicht besonders groß, dieser ältere und beinahe zierliche Herr. Er war wie aus dem Ei gepellt, als hätte er auf uns gewartet in seinem hellen Anzug mit seinem rosa Einstecktuch und dem feinen rosa Hemd. An den Füßen trug er weiße Slipper aus weichem Leder, in denen er offenbar sehr leise gehen konnte. Sein weniges weißes Haar stand um den Kopf wie Babyflaum. Er hätte sechzig oder auch achtzig sein können, es war schwer zu sagen. Seine Augen, die mit sachlichem Interesse zwischen uns hin- und herwanderten, wirkten riesig hinter den starken Gläsern seiner randlosen Brille.

»Sind Sie Figueras?«, fragte Alba.

»Professore Figueras. So viel Zeit muss sein.« Sein Mund klappte beim Sprechen auf und zu wie der einer

Marionette. Ein zitroniger Hauch Herrenparfüm flog zu uns herüber, als er lautlos näher kam.

»Ich nehme an, dass ihr Fragen an mich habt, *Señoritas,* was sich hervorragend trifft, denn ich frage mich in der Tat auch so manches.«

Naldo pinkelte sich die Seele aus dem Leib. Er hatte nicht so schnell in die Büsche gefunden wie erhofft, denn in dieser totgepflegten Villenlage war es gar nicht so einfach, hinter irgendetwas Blickdichtem zu verschwinden. Üppigen Pflanzenwuchs gab es hier vorzugsweise in den Gärten hinter den Mauern und nicht außerhalb davon. Man bot Leuten, die nicht hierhergehörten, einfach ungern Möglichkeiten, sich zu verstecken. Es hatte dann hinter einem von vier Müllcontainern sein müssen, auf einem staubigen Rasenstreifen, am Ende einer Sackgasse, ein ganzes Stück entfernt von Figueras' Villa.

Deshalb hatte Naldo durchaus gewisse Befürchtungen, als er im Laufschritt zurück zur Straße trabte. Schon als er um die Ecke bog, begann er, leise vor sich hin zu fluchen, bis er nach wenigen Schritten die Gewissheit hatte, dass die Mädchen nicht mehr im Auto saßen. Während er hilflos vor dem Tor auf und ab lief, den Hummer mit den aussichtslos verdunkelten Scheiben umkreiste und zurück am Tor die Kamera übersah, während Naldo inzwischen das Adrenalin durch den ganzen Körper schoss und eine Menge hässlicher Bilder in seinem Kopf entstanden, sagte ihm sein Instinkt, dass es eine schlechte Idee wäre, einfach zu klingeln.

Aus dem SUV schlug ihm stickige Hitze entgegen. Die

schwarzen Ledersitze versengten seinen Rücken. Sein Handy schmorte in der Mittelkonsole und der Akku war natürlich leer. Javiers Ladekabel passte nicht. Einen Anruf konnte er vielleicht noch machen. Vielleicht. Zu riskant, das auszuprobieren. Er musste sich vorher entscheiden. Naldo sah die leere Straße hinunter und lauschte auf das Zirpen der Wassersprinkler. Er überlegte, eine Runde zu fahren, um das Auto abzukühlen. Vielleicht konnte er dabei zufällig die Mädchen finden. Das kam überhaupt nicht infrage.

Ich fand, es konnte nicht schaden, höflich zu sein.

»Entschuldigen Sie, dass wir hier einfach so reingeplatzt sind«, sagte ich.

»Sie sind nicht hereingeplatzt. Ich habe Sie hereingelassen.«

Womit er recht hatte. Er hatte uns in eine Art Arbeitszimmer geführt, jedenfalls gab es meterweise Regale bis unter die Decke, einen Schreibtisch auf einem Perserteppich und ein schwarzes Ledersofa, vor dem kein Teppich lag, weil dort wahrscheinlich nie jemand saß, und wenn, sollte er kalte Füße kriegen.

Vor den Fenstern waren die Läden geschlossen, einzelne Sonnenstrahlen fielen hindurch und der Professore stand im Gegenlicht. Sein Gesicht hatte irgendwie keine Konturen. Trotzdem war zu erkennen, dass er Alba beobachtete, die sich durch das Zimmer bewegte wie eine streunende Katze. Ich war nahe der Tür stehen geblieben. Alba strich an den Regalwänden entlang. Ich wünschte, sie hätte mich nicht so stehen lassen. Was sollte das? Ich verstand sie nicht. Wollte sie mich mit Absicht auf Abstand halten? Alba sah sich die Buddhas an. Natürlich sammelte Figueras Buddhas. Buddhas zu sammeln, erfordert kein explizites Interesse, würden gewisse Vater-Leute sagen.

»Wie findest du sie?«

»Bitte?«

Ich begriff nicht sofort, dass Figueras mich nach Alba fragte.

»Findest du, ihr seid euch ähnlich?«

Dass er sich an mich wenden würde, hatte ich nicht erwartet. Aber was hatte ich schon erwartet? Dass Alba Fragen stellen würde, ganz sicher. Dass sie auf ihn losgehen würde, wahrscheinlich. Aber sie machte nichts. Sie wartete auf irgendwas. Auf was? Ich wünschte, sie würde mich ansehen, damit ich verstehen konnte, was sie vorhatte. Sie ging weiter an den Regalen entlang und erreichte das Fenster.

»Warum fragen Sie das?«

»Denkst du nicht, dass du die besseren Karten gezogen hast?«, fragte Figueras mich. Er fragte das absolut sachlich.

Alba tat so, als hörte sie nichts. Sie kniff die Augen zusammen und sah durch die Schlitze der Fensterläden nach draußen. Mein Orientierungssinn war grundsätzlich mies. Ob sie die Straße sehen konnte? Das Tor? Naldo?

Ich blickte zu Figueras hinüber. Wir bildeten ein nahezu perfektes Dreieck.

»Du bist also in Deutschland aufgewachsen«, sagte er in meine Richtung.

»Woher wissen Sie das?«, fragte ich.

»Du sprichst ein hervorragendes Spanisch, was du vermutlich einer guten Schulbildung zu verdanken hast.« Er sprach, als würde er sich gleichzeitig Notizen auf meiner Patientenkarte machen. »Deine Eltern haben dich sicher eine höhere Schule besuchen lassen, ein *liceo* …« Er schnippte mit den Fingern. »Wie heißt das bei euch in Deutschland …«

»Gymnasium.«

»Bueno. Schon fertig?«

Es war widerlich.

Alba hatte sich vom Fenster abgewandt. Als ihr Blick mich traf, senkte sie den Kopf ein wenig. *Mach weiter! Antworte ihm.*

»Nächstes Jahr«, sagte ich. »Wenn nichts dazwischenkommt.«

»Du wirst sicher studieren, Karla.«

Meinen Namen konnte er nur von Schwester María wissen. Schwester María war tot. Er begann, mit offenen Karten zu spielen. Ich fand das beunruhigend.

»Deine Eltern werden stolz auf dich sein.«

»Die nicht meine Eltern sind«, sagte ich. Meine Stimme zitterte. Alba nahm einen kleinen silbernen Buddha aus dem Regal.

»Warum haben Sie eigentlich nur eins verscherbelt?«, fragte sie. »Warum nicht beide? Wäre doch doppelte Kohle gewesen. Oder nicht?«

Sie sah Figueras an, während sie den Buddha einsteckte.

»Vielleicht konnten sich diese fantastischen deutschen

Traumeltern nur eins leisten«, sagte ich. Wie sehr ich sie hasste. Mir wurde schwarz vor Augen, so sehr hasste ich sie. »Was habe ich denn gekostet?« Meine Stimme schraubte sich mit jedem Satz höher. »Das würde mich wirklich mal interessieren.«

»Karla«, sagte Figueras bedauernd. »Du solltest dich nicht zu dieser hässlichen Sicht auf die Dinge verleiten lassen.«

Du musst dich von Alba fernhalten. Sie ist nicht gut für dich.

Figueras hatte sich bewegt. Auf seiner Perserteppichinsel war er dem Schreibtisch etwas näher gekommen.

»Du bist ein Wunschkind, Karla.«

Die Kälte des Marmorbodens stach mir bis ins Hirn.

»Die Menschen, bei denen du aufwachsen durftest ... sie haben sich nichts so sehr gewünscht wie ein Kind. Sie haben dich bekommen, weil deine leibliche Mutter dich loswerden wollte ...« Er klang jetzt streng. »Du bist ein Geschenk Gottes. Sieh das mal so.«

Tränen brannten mir in den Augen. Ich schnappte nach Luft.

»Und Sie sind Gott oder was?«, sagte Alba böse.

Auch Alba hatte sich bewegt. Heute würde ich sagen, sie befand sich auf der Zielgeraden.

Figueras behielt Alba im Auge, während er seinen blank polierten Schreibtisch erreichte, der fast leer war. Nur eine Schreibtischlampe stand auf der Ecke und eine Telefonanlage, mit der man Sprechstundenhilfen und Sekretärinnen reinrufen konnte.

»Hat Schwester Pilar erzählt, was das für Frauen waren, die Hilfe von uns wollten?«, fragte Figueras. »Frauen wie eure Mutter?«

Alba nahm einen langbärtigen Porzellanchinesen aus dem Regal, dem ein Kind mit drei Zöpfen auf dem Arm saß wie ein Äffchen.

»Ich glaube, ja«, sagte Figueras, ohne Alba aus den Augen zu lassen, die den Chinesen von einer Hand in die andere rollte und versuchte, ruhig zu atmen. Dabei zitterte sie unmerklich, so wie ich. Und plötzlich, während Figueras eine Kunstpause machte, wusste ich, was sie wollte. Ich hatte es in ihrem Tagebuch gelesen: *Was willst du mir sagen. Ich frag dich das jeden Tag.*

Schwester Pilar war tot. Schwester María war tot. Jetzt wollte Alba eine Antwort von Figueras.

Wir wollten das.

»Du hast einfach keine Manieren, Alba heißt du, nicht wahr?«, sagte er. »Du lässt dich gehen, du kannst dich nicht zusammenreißen, du wirst laut und unflätig. Du wirst handgreiflich, nicht wahr? Du hast Schwester Pilar von der Brücke gestoßen, weil sie dir die ganze hässliche Geschichte erzählt hat? Ist es nicht so? Ja, ich denke, deshalb hast du sie umgebracht. Hat Schwester Pilar dir erzählt, wie das damals war, als eure Mutter zu uns kam?«

Er sah von Alba zu mir.

»Willst du es wissen, Karla?«

Er redete sowieso schon weiter, ob ich es hören wollte oder nicht. Er kam richtig in Fahrt.

»Die junge Dame wusste nicht mal, dass sie Zwillinge erwartete, geschweige denn von wem und wohin damit.

Während der ganzen Schwangerschaft hatte sie nie einen Arzt aufgesucht. Sie kam erst zu uns, als es nicht mehr anders ging. Sie hatte sich nicht gut ernährt. Euch ging es schlecht. Sie hat sich Schwester Pilar anvertraut. Sie wollte euch nicht.«

Seine gepflegten Finger fuhren an der Kante des Schreibtischs entlang, als wollte er Staub entfernen.

»Eigentlich haben wir damals längst keine Adoptionen mehr vermittelt. Aber dann kam überraschend eine Anfrage.«

»Von wem?«, fragte ich. »Aus Deutschland?«

Figueras schnalzte, als hätte ich etwas sehr Dummes gesagt.

»Nicht aus Deutschland. Unwichtig. Alles unwichtig. Schwester Pilar hat mit eurer Mutter gesprochen. Schwester Pilar hat sich um alles gekümmert. Schwester Pilar hat es das Herz zerrissen, euch trennen zu müssen. Nicht eurer Mutter.«

»Wieso hat sie uns dann getrennt?«, hörte ich Alba fragen, während mir fast der Kopf explodierte.

Nicht weinen, nicht weinen, nicht weinen.

»Herr im Himmel, woher soll ich das wissen.« Der kleine Mann in seinem makellos weißen Anzug wurde ungeduldig. »Es bestand wohl kein Interesse an Zwillingen, nehme ich an. Ich habe es vergessen und es interessiert mich auch nicht. Es war unser Verdienst, dass eine von euch eine Chance bekommen hat.«

Klirrend ging der Chinese mit dem Kind zu Boden.

»Tausend Dank«, sagte Alba.

Figueras hatte größte Mühe, nicht hinzuschauen, wie

eines seiner kostbarsten Stücke auf dem Marmorboden in tausend Teile zersprang.

»Karla«, sagte er streng. »Es gibt nichts zu bedauern. Es sei denn, du hättest es vorgezogen, bei einem Drogenwrack vor die Hunde zu gehen wie deine Schwester.«

Ich wollte nur, dass sie mich ansah.

»Alba«, sagte ich.

Aber sie sah nur ihn an, während sie das Steakmesser aus ihrem Ärmel gleiten ließ.

Wir rannten gleichzeitig los.

Wir knallten zusammen, kurz bevor sie bei Figueras war. Sie hätte mich erwischt, wenn sie nicht das Messer fallen gelassen hätte. Auf keinen Fall wollte ich, dass sie Figueras erwischte. Ich stieß sie mit aller Kraft zurück und bückte mich nach dem Messer. Alba schrie wie am Spieß. Draußen brach ein ohrenbetäubendes Hupen los. Ich sah Figueras die Hand ausstrecken und stach zu.

22

Fahr!«, brüllte Salinas.

»Und was ist mit den Mädchen?!«

Naldo hielt noch immer die Hupe gedrückt.

»Ve el muchacho!«, *schrie Salinas. »Gib Gas, verdammt!«*

Mit quietschenden Reifen lenkte Naldo den SUV auf die Straße. Im Rückspiegel sah er die zwei Anzug-Glatzen hinterherrennen und er dachte: Wenn die jetzt in den Hummer steigen, dann war's das.

Vor dreißig Sekunden, eben als er Salinas atemlos in ansteigender Angst erzählt hatte, wo er sich mit wem und warum befand, hatte er die Typen vom Grundstück auf das Tor zusprinten sehen. Sie sahen eindeutig aus wie Leibwächter. Sie hatten Plugs in jeweils einem ihrer Ohren und er würde beschwören, dass sie schon im Laufen in ihren Hosenbünden nach Waffen griffen, während Salinas angefangen hatte, in den Hörer zu brüllen. Und er brüllte immer noch, jetzt, als Naldo mit dem SUV schlingernd die ruhige Calle Florida hinunterschoss, beide Hände schweißnass am Lenkrad, in einer das Handy. Er war heilfroh, dass ihm niemand entgegenkam.

»Qué pasa?«, *brüllte Salinas. »Bist du weg von da?«*

»Que sí!«

»Verfolgen die dich?«

»Keine Ahnung! Ich glaub nicht.«

Naldo erreichte einen Kreisverkehr und nahm, ohne abzubremsen, die zweite Ausfahrt, obwohl er nicht wusste, wohin sie führte, eine Straße, die genauso aussah wie die, aus der er gekommen war. Er raste an zwei hintereinander flipflopenden Thailänderinnen vorbei, Hausmädchen auf dem Weg zur Arbeit, was daran zu erkennen war, dass sie erstens zu Fuß gingen und zweitens blaue Plastikbeutel trugen, in denen sich die anderen Flip-Flops befanden, die sie bei der Arbeit anziehen würden. Sonst sah er niemanden.

Salinas brüllte nicht mehr. »Gut«, sagte er. »Fahr weiter.«

»Gut? Ist das wirklich gut? Ich meine, was ist jetzt mit Karla und Alba? Wenn die sie …«

»Bring dich in Sicherheit und warte!«, unterbrach Salinas ihn. »Um den Rest …« Der Akku verabschiedete sich ohne Vorwarnung. Salinas' Beistand brach ab.

Naldo warf das Handy auf den Beifahrersitz und erreichte einen weiteren Kreisverkehr, an dem nichts ausgeschildert war. Diesmal nahm er die erste Ausfahrt und raste durch die nächste leere gesichtslose Straße. Ihm war zum Heulen.

Die Alarmanlage plärrte ohrenbetäubend, während wir über den nassen Rasen hetzten. Alba hatte mich am T-Shirt gepackt und mitgezerrt. Sie hatte das Fenster aufgerissen, sehr flink die Fensterläden entriegelt und mir den Vortritt gelassen, was heißt, dass sie mich schubste und stieß, bis ich draußen war. Vielleicht weil sie fürchtete, ich könnte bereuen, dass ich Figueras das Messer bis zum Anschlag in den Oberschenkel gerammt hatte, was eine enorme Kraft erfordert hatte und überhaupt nicht irgendwie butterweich reinging, wie man so gemeinhin denkt. Schon beim Durchdringen der Haut gab es einen spürbaren Widerstand, bevor die Klinge knirschend an Knochen vorbeischrammte, dann womöglich wer weiß was durchtrennte, einen Muskel?, und wahrscheinlich Venen schlitzte. Man darf keinesfalls unterschätzen, wie das ist, wenn man selber dafür verantwortlich ist, dass jemand brüllt und schreit vor Schmerz, auch wenn dieser Jemand ein Schwein ist, also im menschlichen Sinne.

Vor mir rannte Alba pfeilschnell und barfuß, weil sie ihre ausgefransten Espadrilles von den Füßen geschleudert hatte. Figueras' Schreie wurden entweder von der Alarmanlage geschluckt oder er hatte aufgehört. Während ich mich fragte, ob er tot oder ohnmächtig oder jemand bei ihm war, der uns gleich einfangen und foltern würde, rutschte ich mit meinen Chucks, den blauen, auf dem nassen Rasen aus. Zum Glück drehte sich Alba, die schon bei den alten großen Oleanderbüschen an der Mauer war, zu mir um, als ich dermaßen hinknallte, dass mir die Luft wegblieb. Sie schrie wie am Spieß, so wie vorhin, als Figueras nach dem Telefonhörer gegriffen hatte. Sie schrie ihren hohen schrillen Warnschrei, der einem klarmacht, dass es um Leben und Tod geht oder erst mal ums Geschnapptwerden oder nicht, was dann früher oder später aufs Gleiche rausläuft.

Ich rannte so schnell wie noch nie in meinem Leben. Ich hatte auch noch nie um mein Leben rennen müssen. Alba packte mich und stieß mich hoch in den Oleander,

der mir seine rosa blühenden Äste ins Gesicht peitschte, und dann kletterte Alba an mir vorbei und zerrte mich höher und hoch hinauf bis auf die Mauer. Als ich mich bäuchlings darüberwälzte, konnte ich gerade noch sehen, wie ein Anzug-Typ mit glänzender Glatze und gezogener Knarre über den Rasen rannte und ein Klon von ihm am Fenster auftauchte.

Dann krachte ein Schuss durch das Alarmanlagengeheul, was sich anfühlte, als würde man schon allein von dem Geräusch getroffen und getötet. Ich machte mir ein bisschen in die Hose. Ich spürte Albas Gewicht an meinen Beinen und als Nächstes den flammenden Schmerz, als der raue Mauerputz meine Wange und mein Kinn aufschrammte. Ich fiel auf Hände und Knie und im selben Moment wurde es still.

Jemand hatte die Alarmanlage abgeschaltet.

Alba zerrte mich hoch. Es war nichts zu hören außer den Vögeln, die sich anhörten, als schmetterten sie ein Halleluja. Absolut nichts.

Wir befanden uns seitlich vom Haus. Ich wusste nicht, ob Alba das vom Fenster aus bereits gecheckt oder ob sie einen fluchtgeübten Instinkt hatte. Ich verließ mich einfach auf sie. Quer vor uns verlief die Calle Florida.

»Wir müssen zum Meer«, sagte Alba, »zur Autovia«, und sie rannte los.

Unter dem knallblauem Himmel schien die schnurgerade Villenstraße direkt in die Bergketten des Hinterlandes zu führen, jedenfalls definitiv nicht ans Meer.

»Aber Naldo wartet auf uns«, keuchte ich im Laufschritt dicht hinter ihr.

»Der ist längst nicht mehr da.«

»Was? Naldo würde nie ...«

»Diese Huperei, das war er«, unterbrach sie mich. »Das war wegen der Typen. Der ist so was von durchgestartet. Hast du nicht gehört, wie der Gas gegeben hat?«

Ich gebe zu, für einen Moment hatte ich Zweifel. Andererseits hatte ich meine Entscheidung längst getroffen, schon vor Stunden, vor Tagen im Grunde.

Klar dachte ich daran, dass Naldo die Polizei alarmiert haben könnte, nachdem er uns nicht mehr im Auto angetroffen hatte, aber ich sagte es nicht und ich wusste nicht, ob mir der Gedanke Hoffnung oder Angst machen sollte. Vor meinem inneren Auge sprangen mir Schlagzeilen mit fetten roten Balken entgegen: *Sie fanden sich und mordeten! Killer-Zwillinge auf der Flucht! Die tödlichen Schwestern: Auch Karla hat das Killer-Gen!*

Alba legte einen Zahn zu und ich drehte mich noch einmal um. Niemand folgte uns.

Wir rannten und rannten an Villen und Scheinvillen und Palmen und Mauern vorbei, an all diesen exklusiven Objekten, den Träumen vom Leben, dort wo die Reichen und Schönen wohnen. Manchmal glitt ein Tor auf und ein SUV rollte raus, mit einer blonden sonnenbebrillten Mutter am Steuer und ein bis zwei schuluniformierten Kindern hinten drin, die in ihre Smartphones starrten und ... Scheiße, ich hatte meins nicht dabei.

Tatsächlich bewegten wir uns immer weiter Richtung Meer, ohne es zu wissen. Aber ich bildete mir irgendwann ein, es zu riechen, was wahrscheinlich völliger Blödsinn war, denn sobald wir das Villenviertel erst einmal verlassen hatten, roch es nach allem Möglichen. Wir kamen in eine vorstädtische Gegend, wo kleine Geschäfte gerade aufgeschlossen wurden und Supermercados schon lange offen hatten, wo Schulkinder zu Fuß gingen und Frauen zum Einkaufen, wo Männer im Gehen rauchten und an der Ampel Zeitung lasen, wo es unschicke Cafés gab, für die wir trotzdem kein Geld hatten, denn wir hatten an nichts gedacht, einfach an nichts gedacht.

Alba lief inzwischen im gleichmäßigen Tempo einer Steppenläuferin. Wie eine Jägerin, die einem Gnu zu einer Wasserstelle folgt, von der sie genau weiß, wo sie liegt, während ich sehr knapp vor dem allumfassenden Kollaps war, als wir endlich eine Bushaltestelle entdeckten und das Rein-in-den-Bus-raus-aus-dem-Bus-Ab-in-den-nächsten-Schwarzfahrspiel aufnahmen. Wobei Alba zwischendurch Streckenpläne scannte und alles in ihrem Checker-Blick hatte und ich bis heute nicht weiß, ob es in Spaniens Bussen überhaupt Kontrolleure gibt.

»Wohin fahren wir?«, fragte ich.

Wir saßen ganz hinten in einem nicht sehr vollen Bus, von dem aus wir ganz plötzlich das Meer sehen konnten. Eine nahezu unendliche Reihe von Autogeschäften, Werkstätten und Reifenhändlern erstreckte sich davor und zwischen den Gebäuden glitzerten unwirklich türkisblaue Wellen, bis dann die Häuser verschwanden und es wirklich plötzlich so etwas wie Strand gab, an dem aber niemand war. Nichts außer ein paar Felsen hier und da, die aussahen, als hätte sie ein Riese beim Spielen hingeworfen, und ein bisschen Müll.

»Ich muss zurück nach Granada«, sagte Alba. »So schnell wie möglich.«

Es versetzte mir einen Stich. Ich versuchte zu schlucken, doch es gab nichts zu schlucken.

»Ins Krankenhaus?«, krächzte ich.

»Ja«, sagte Alba unter ihrer Kapuze.

Ihre Füße waren staubdunkelgrau und klebrig von allem Möglichen, in das sie hineingetreten war, und an ihrem rechten großen Zeh war etwas Blut. Ich räusperte den Trockenfrosch aus meinem Hals.

»Ich würde gern mitkommen«, sagte ich. »Ich möchte sie sehen.«

Alba wandte den Kopf ab, sah aus dem Fenster und checkte die Gegend.

»Okay«, sagte sie.

Es haute mich um.

Ich musste eine ganze Weile zur anderen Seite aus dem Fenster starren, bis die Tränen nicht mehr hitzig in meine Augen drängten und meine Kehle nicht mehr so wehtat, als wollte mich jemand erwürgen. Als der Bus dort hielt, wo wir aussteigen mussten, hatte ich mich jedenfalls wieder im Griff.

Um uns herum donnerte der Verkehr. Mehrspurige Straßen kreuzten sich wie verrückt, führten auf Brücken und wieder herunter und dort, wo sie herunterführten, lag rechts das Meer und links eine gigantische Einkaufs-Mall, an der die Schriftzüge des Corte Inglés* klebten wie die berüchtigten Großbuchstaben in den Hollywood Hills.

---

* El Corte Inglés: große spanische Kaufhauskette

Ich stieg aus meinen Chucks, wie ich es mir im Bus vorgenommen hatte. Alba zierte sich gar nicht erst. Sie guckte sich um, während sie die Schnürsenkel genauso zuband wie ich, was insofern bemerkenswert war, weil ich als Kind eine sehr eigene Methode entwickelt hatte, von der ich bis heute nicht loskomme.

»Wie viele hast du von denen?«, fragte sie.

»Nur die noch«, log ich. Für banale Wahrheiten war die Zeit einfach noch nicht reif.

Ich humpelte Alba über eine Ampelkreuzung auf den kilometerlangen Parkplatz der Mall hinterher, auf dem die Sonne bereits auf eine Menge Autodächer knallte. Der Asphalt war heiß und ständig bohrte sich überraschend etwas Spitzes in meine Füße. Ich fühlte mich ein bisschen heroisch, aber nur kurz.

Autos überholten uns und kamen uns entgegen und ich musste wieder an Naldo denken, wo er jetzt wohl war und ob diese Leibwächter-Typen ihn vielleicht geschnappt hatten und jetzt ihn folterten statt uns, und ich kriegte einen zusätzlichen Schwitzflash vor lauter Schuldgefühlen. Mal abgesehen davon, dass ich vor Durst schon ein wildes Flimmern vor den Augen hatte.

Im Vergleich zu Alba, die zielstrebig auf den Haupteingang zusteuerte, als hätte sie einen glasklaren Plan in ihrem Kapuzenkopf, kam ich mir hinter ihr irgendwie nackt vor, leicht erwischbar, absolut zu erkennen. Sie ging schnell, immer schneller, fand ich. Der Abstand zwischen uns wurde immer größer.

»Alba, warte«, rief ich.

Sie wartete nicht. Sie ging weiter wie ferngesteuert.

»Alba!«

Ich rannte los, große Schritte auf Zehenspitzen, wie über Pfützen springend, und Alba war schon drinnen, zwischen Leuten und tausend Läden, keine Ahnung, wo, verschwunden. Und dann schrie ich, nicht mehr nach Alba, sondern aus purem Schmerz, einem Schmerz, den nur Leute kennen, die wissen, wie es sich anfühlt, so umzuknicken, dass es sich gewaschen hat und einem schwarz wird vor Augen.

»Scheiße! Karla!«

Zum ersten Mal sagte sie meinen Namen. Sie ging neben mir in die Hocke, dann sah sie mir ins Gesicht und sie war leichenbleich und dann sagte sie: »Scheiße, Karla. Das hast du nur gemacht, weil du die Scheiß-Schuhe wiederhaben willst.«

Ich heulte, und wie das so ist, kümmerte es niemanden. Die Leute strömten einfach um uns herum, während Alba wirklich sehr schüchtern ihre Hand auf mein Knie legte und ich ihre abgenagten Nägel sehen konnte und noch mehr heulen musste.

»Do you need help?«, fragte jemand und: *»What happened?«*, jemand anderes.

Kami und Hoshi blickten auf uns herunter, die Arme behängt mit Einkaufstüten, blütenreine Geschöpfe aus einer anderen Welt, jede mit einer Flasche Evian in der Hand.

»Oh«, sagte ich.

»Wer sind die?«, fragte Alba düster.

»Kami und Hoshi. Hi.« Ich gab mir Mühe, die beiden anzulächeln, während mein Knöchel anschwoll. »Wir sollten nett sein. Ich kenne sie aus Granada«, erklärte ich Alba, ohne mein klägliches Lächeln von den Japanerinnen abzuwenden.

»I twisted my ankle«, ächzte ich. *»It fucking hurts.«*

Die Japanerinnen guckten betroffen zwischen Alba und mir hin und her.

»Maybe a little water could help.«

Kami ging in die Hocke und sprenkelte Evian über meinen dicken Knöchel.

»You have no shoes?«

»I lost them when we had to escape.«

»Oh«, sagten Kami und Hoshi.

Alba, die längst ihre Hand von meinem Knie genommen hatte, machte Anstalten aufzustehen. Ich hielt sie am Ärmel fest.

»I will tell you later ... It was horrible ... We lost everything. Money ... mobiles ...«

Die Japanerinnen schlugen die Hände vor die Münder.

»And virginity«, sagte Alba. Sie stand auf, nahm der erstarrten Hoshi das Evian ab und trank es in langen Zügen leer. Kami stoppte die Wasserverschwendung an meinen Knöchel und gab mir ihre Flasche.

»You will come with us«, sagte sie.

Nie hätte ich erwartet, dass sie ein Auto gemietet hatten. Mieten Japaner überhaupt jemals Autos? Aber Japanerinnen haben eben auch ihre Träume und im Fall von Kami und Hoshi hieß das, mit fliegendem Haar am Mittelmeer entlangzufahren und eine Nacht im superschicken Marbella Club Hotel zu verbringen, dessen Legende, die irgendwas mit Schön und Reich in den Sixties zu tun hat, mir völlig unbekannt war. Geld schien bei den beiden echt keine Rolle zu spielen und ich vermied es, Alba anzusehen.

Kami und Hoshi waren sehr besorgt und sehr höflich, was insofern anstrengend wurde, weil ich ihnen klarmachen musste, dass ich Arzt und Polizei unbedingt in Granada aufsuchen wollte und nicht hier in diesem schlimmen Ort, wo uns so schlimme Sachen passiert waren und wo wir keinem mehr trauen konnten und nur noch Angst hatten und nur noch wegwollten, was sie schließlich verstanden. Dann stritten sie sich ein bisschen auf Japanisch, ich glaube, darum, wer fahren durfte.

Ihr Auto war ein kleiner Zweitürer, weshalb sie darauf bestanden, dass ich wegen meinem Fuß vorne sitzen sollte. Ich musste noch mal eine Menge diplomatischer Kraft aufbringen und Bescheidenheit vortäuschen, damit sie mich nach hinten zu Alba ließen. Ich hoffte sehr, mit ihr die Fahrt über reden zu können, während mein eines Bein quer über ihren beiden lag, denn anders ging es nicht.

Es war sehr seltsam, sich so nah zu sein, wie frisch verknallt. Wenn man noch nicht weiß, ob die andere Person auch verknallt ist.

Kami öffnete Fenster und Schiebedach, während Hoshi den Motor abwürgte, ihn wieder anließ, krachend den Rückwärtsgang einlegte und die Kupplung zu schnell kommen ließ, glaube ich.

»Ach du Scheiße«, sagte Alba unter ihrer Kapuze. »Ich glaube, das hier ist eine Scheißidee.«

Ich versuchte, mein Bein auf ihrem ein bisschen leichter zu machen. Hoshi machte derweil weiter alles falsch und brachte eine Menge Autofahrer gegen uns auf, während wir auf sehr anstrengende Art den Parkplatz verließen. Mir brach überall der Schweiß aus. In meinem Knöchel wütete hässlichster Schmerz. Ich musste die Lippen zusammenpressen und durch die Nase atmen, um nicht rumzuwimmern.

Alba zog ihr Kapuzenshirt aus, machte ein Päckchen draus und schob es behutsam unter meinen Fuß. Im Rückspiegel begegnete ich Hoshis neugierigem Blick.

»Are you twins?«, fragte sie.

Kami schrie was auf Japanisch.

Hoshi trat in die Bremsen. Ich spürte, wie Alba die Muskeln anspannte. Mein Kopf knallte gegen den Vordersitz.

Draußen ging ein mörderisches Hupkonzert los. Hoshi würgte den Motor ab.

»In Japan we drive left. Sorry!«, jammerte Kami. *»Very sorry!«*

Wir standen in der Parkplatz-Ausfahrt zur Autovia auf der Gegenspur. Unser pastellfarbenes Mädchenauto blockierte den gesamten Verkehr. Die Leute drehten fast durch.

Alba langte zwischen den Sitzen nach vorn und zerrte den Schlüssel aus dem Zündschloss.

»Get out, chica«, sagte sie zu Hoshi. *»I will drive.«*

Es dürfte vor oder hinter Malaga gewesen sein, so wurde es zumindest später fürs Protokoll rekonstruiert, als wir unwissentlich aneinander vorbeirasten, wir im Mädchenauto Richtung Granada und Salinas in seinem Dienstwagen Richtung Marbella, wo die von ihm alarmierten Kollegen Figueras gefunden hatten, aber nicht uns und auch sonst niemanden.

Etwa zwei Stunden später fuhr Naldo zurück zur Calle Florida, nachdem er an einem Golfplatz, wo er in Javiers Protzauto nicht weiter auffiel, Ewigkeiten von Baumschatten zu Baumschatten gefahren und auch mal ausgestiegen war, um im Clubhaus-Klo nach Chlor schmeckendes Leitungswasser zu trinken. Er hatte sich dagegen entschieden, an der Bar zu fragen, ob er mal telefonieren könne, weil er damit absolut aufgefallen wäre. Vor allem war ihm irgendwann klar geworden, dass man ein Handy mit einem leeren Akku nicht orten konnte und Salinas ihn nie finden würde. Er wurde fast verrückt, weil er nicht wusste, was los war.

Schon von Weitem konnte er vor der Villa das ganze Aufgebot sehen, Polizeiwagen in der Einfahrt und flatternde Absperrbänder zwischen den Eingangssäulen. Es sah aus, wie es in Filmen aussieht, wenn drinnen Tote liegen, und Naldo wurde ganz kalt vor Angst. Salinas kam aus dem Haus und sah Naldo mit einem Polizisten, der ihn festhielt, während ein Leichenwagen durch das Tor fuhr.

Naldo zitterten dermaßen die Knie, dass er sich mit

den Händen auf den Oberschenkeln abstützen musste, weil er Salinas nicht vor die Füße kippen wollte.

Er konnte ja nicht wissen, dass Karla und Alba in diesem Moment die Clinica San Cosme y San Demian betraten.

23

Wir hatten Hoshi und Kami einigermaßen verstört bei ihrem Auto auf dem Parkplatz zurückgelassen. Auf einer Krankenhaustoilette hielten wir unsere Köpfe unter Wasserhähne und ich meinen Fuß. Wir wuschen uns mit Seifenspenderseife, wie Alba das immer machte, wenn sie hierherkam. Meine Hände zitterten plötzlich so sehr, dass ich es nicht hinkriegte, meine Haare zu einem ordentlichen Knoten zu binden. Alba machte mir einen. Wir guckten uns beide im Spiegel an mit unseren nackten Gesichtern und es gab nichts zu sagen.

Oben auf der Station kam uns Schwester Nuria im Eilschritt entgegen, auf diese Krankenschwestern-Art, wenn etwas ganz dringend ist oder ernst. Alba blieb abrupt stehen. Sie prallte zurück, als wäre sie gegen eine Wand gerannt. Ihre Angst schoss mir ins Herz wie ein scharfer Splitter.

»Es ist gerade noch eine Freundin bei ihr«, sagte Schwester Nuria und eilte weiter. »Aber schön, dass ihr zusammen kommt.«

Ich sah Alba kurz die Augen schließen und ich sah, wie sie sich in Bewegung setzte, während ich mich fühlte wie in einem dieser Träume, wo alles in Zeitlupe passiert und man wegrennen will, weil Krieg ausbricht oder sonst eine Lebensgefahr besteht.

»Was ist mit deinem Fuß?«, hörte ich Schwester Nuria rufen. Alba war schon an der Tür.

»Geht nur. Ich bring dir gleich was zum Kühlen!«, rief Schwester Nuría, bevor sie in einem Zimmer verschwand, vor dem ein rotes Lämpchen leuchtete.

Geht nur.

Die Vorhänge an Bett Nummer drei waren halb zugezogen. Die anderen Betten waren leer.

»Mama«, sagte Alba, und gerade als ich hinter ihr durch die Tür trat, drehte sich Doris zu uns um.

Gesicht und Hals waren fleckig, die Augen gerötet und geschwollen, die Nasenflügel entzündet und ihre Hände zerfetzten ein nass geweintes Tempotuch. Sie riss ihren Blick von uns los, doch er saugte sich gleich wieder an uns fest. Wir standen sehr nahe beieinander, Alba und ich.

»Ich wusste es nicht«, flüsterte Doris.

»Que ella ha dicho?«, fragte Alba. Sie blieb neben mir stehen. Sie drängte sich nicht an dieser fremden Frau vorbei, die am Bett unserer Mutter heulte. Alba begriff einfach, wer das war, und ich glaube, sie wollte gar nicht wirklich wissen, was Doris gesagt hatte. Alba spürte meine ohnmächtige Wut, so wie ich eben ihre Angst gefühlt hatte. Alba spürte meine Verachtung, meinen brennenden Hass. Sie war ganz ruhig.

»Ich wusste nicht, dass sie ...«, Doris drehte den Kopf ein wenig zum Bett. »Ich wusste nicht, dass ihr zwei wart, ich wusste es nicht. Bitte glaub mir, Karla.«

Ich hasste ihr Schluchzen. Ich hasste, dass sie mich mit ihrem Schmerz belästigte und mich meinen nicht fühlen ließ. Ich hasste sie dafür, dass sie meine leibliche Mutter gesehen hatte, bevor ich sie das erste Mal sehen durfte, dass sie diesen heiligen Moment verdarb, dieses Geschenk, das Alba mir machte.

Doris bückte sich nach ihrer Handtasche, die vor dem Bett am Boden lag.

»Ich lasse euch allein«, sagte sie und dann rempelte sie einen Stuhl an. Sie versuchte, ein nächstes Schluchzen zu unterdrücken, aber es gelang ihr nicht. Ein Spucketröpfchen flog aus ihrem Mund, weil sie mit dem Taschentuch nicht schnell genug war.

Alba und ich wichen zurück, als sie an uns vorbeiging.

Wir waren eins und sie konnte nichts dagegen machen.

Draußen auf dem Gang wurden ihre Schritte schneller, was nicht zu überhören war, weil sie wie immer Schuhe mit hohen Absätzen trug. Ich lauschte, bis sie weg war. Nur noch das gleichmäßige Piepsen dieses Apparats hinten am Bett war zu hören.

Ich sah Alba hinter dem Vorhang verschwinden. Bestimmt beugte sie sich jetzt über ihre Mutter, ihre Mutter, in Wirklichkeit doch eigentlich nur ihre, denn mich hatte sie gerade mal geboren oder nicht mal das, die Sache mit dem Kaiserschnitt war, so wie es aussah, die einzige Wahrheit, die man mir jemals über meine Geburt mitgeteilt hatte. Deshalb war es ihr bestimmt auch so leichtgefallen, mich wegzugeben. Wahrscheinlich hatte sie mich nie auch nur einmal gesehen.

SIE WOLLTE EUCH LOSWERDEN DU BIST EIN WUNSCHKIND KARLA DEINE LEIBLICHE MUTTER

WOLLTE DICH NICHT DICH WOLLTE SIE NICHT DICH NICHT.

Ich dachte, dass ich wegmusste, ich hatte nicht das geringste Recht, hier zu sein und Alba zu stören. Alba, die mit ihr am Strand gewesen war und in ihren Armen. Das Einzige, was ich plötzlich wusste, war, dass ich absolut zu niemandem mehr gehörte, zu niemandem. Bis Alba den Vorhang zur Seite schob.

Sie hatte ihr die Haare gekämmt. Sie hatte ihr Vaseline auf die Lippen getan. Und ich hatte es nicht geschafft. Ich hatte es nicht geschafft, dachte ich, sie lebend zu sehen. Nur noch ihr gelbes Totengesicht, die eingesunkenen Augen, die eingefallenen Wangen, den dünnen Zopf, den Alba ihr ein bisschen zu straff geflochten hatte und der steif an ihrem dünnen Vogelhals lag.

»Sie hätten ihr mal die Nägel schneiden können«, sagte Alba. Sie wühlte in dem Nachttisch herum und ich sah die knochigen Hände auf der von Alba glatt gestrichenen Bettdecke. An einem ihrer Finger klemmte so ein Klipper und das neben ihrem Bett war ein Herzmonitor, der immer noch gleichmäßig piepte, und mit einem ihrer ausgemergelten Arme hing sie am Tropf.

»Ich komm gleich wieder«, sagte Alba. »Bleib du bei ihr.«

Als sie an der Tür war, sagte sie: »Du kannst dich ruhig aufs Bett setzen.«

Ich setzte mich nicht. Ich sah auf sie hinunter und auf ihr flaches Morphium-Atmen. Ich streckte meine Hand aus, bis meine Fingerspitzen gerade eben ihre Haut berührten, die sich lauwarm und papierdünn anfühlte.

Ich zuckte zurück, als Alba wieder ins Zimmer kam. Sie ging auf die andere Seite des Bettes und setzte sich. Sie hatte irgendwo eine Schere aufgetrieben. Im Nagelschneiden hatte sie wirklich keine Übung.

»Was ist?«, fragte Alba. »Kannst du das besser oder was?«

So war das. Ich schnitt unserer Mutter erst mal die Nägel.

Es war danach definitiv weniger befremdlich, ihre Hand zu halten, während Alba die andere hielt, und für einen Moment war ich sogar froh, dass unsere Mutter nichts sagen konnte. Vor allem, weil Alba dann eine Menge erzählte über das Leben mit ihr und dass es eigentlich immer um Drogen gegangen war und wie oft sie Alba versprochen hatte, es zu schaffen, und wie oft Alba das geglaubt hatte, immer wieder, schon damals am Strand mit der pinkfarbenen Badehose. Manchmal hatte sie einen Freund, der sich um sie und Alba kümmerte, und dann wieder nicht und manche von ihnen waren so in Ordnung, dass Alba davon träumte, sie könnten eine Familie sein. Wer unser Vater war, wusste Alba auch nicht.

Nuria brachte mir zwischendurch Eispacks und einen Stuhl, damit ich mein Bein hochlegen konnte. Sie brachte uns Tee und irgendwann sagte sie, dass Comissario Salinas draußen wartete.

24

Doris flog noch am selben Tag zurück. Vorher machte sie eine Aussage. Rosa hatte ihr dazu geraten.

Weil Salinas sich ausrechnete, dass es ihr so leichter fallen würde zu reden, kam er ihrer Bitte nach einem weiblichen Dolmetscher nach. Und weil Salinas wusste, dass Doris der letzte Mensch war, von dem ich hören wollte, wie sie vor siebzehn Jahren an mich geraten war, bot er mir später an, das Protokoll seines Gesprächs mit ihr zu lesen.

Die Ausgangslage war – und ich fasse nur die Fakten zusammen, denn mehr halte ich bis jetzt noch nicht aus –, dass Doris keine Kinder kriegen konnte und dass es schlimm wurde für sie und die Ehe mit meinem Vater. Sie fingen an, über Adoption nachzudenken.

»Ich war damals häufig in Spanien«, war einer der härtesten Sätze in dem Protokoll. Allein darüber raste ich jedes Mal aus, wenn ich dran denke. Doris war häufig in Spanien gewesen. Sie war häufig in Spanien gewesen, weil sie damals Juristin in einer großen Immobilienfirma war. Wegen irgendwelcher Verträge nahm man sie öfter mit nach Barcelona, nach Jerez und Cádiz, überallhin, wo es schön war. Auch nach Marbella, wo es vor siebzehn Jahren vielleicht schöner war als jetzt, auch wenn ich das nicht glaube. Immerhin war sie nicht in Granada gewesen, aber das tröstete mich nicht.

»Ich war damals Ende dreißig«, gab Doris zu Protokoll. »In diesem Alter wird eine Frau ständig auf Familie angesprochen. Besonders in Spanien.«

Genau. Die Spanier sind schuld.

»Sie haben über Ihren Adoptionswunsch gesprochen.«

(Die Zeugin nickt.)

»Mit wem?«

(Die Zeugin schweigt.)

»Wie sind Sie in Kontakt mit Professore Figueras gekommen?«

(Die Zeugin stellt sich dumm und wird anschließend schwammig.)

Sage ich.

Jemand hatte jemanden gekannt und so weiter und wieder jemand anderes wollte sich schlaumachen, keine Namen, nein, sie wüsste keine Namen mehr. Und das Verrückte war, wie schnell das irgendwann alles ging, wie von selbst, so als sollte es sein, als sollte es genauso sein – und dann auch noch ein Mädchen.

»Ja, verrückt«, sagte Salinas an dieser Stelle. »Auch wenn Ihr Gedächtnis Sie streckenweise im Stich lässt, *Señora* Sommerfeld. Kommt Ihnen der Name Figueras bekannt vor? Klingelt da was?«

Nein, leider gar nicht. Sie wusste nur noch, wie aufgeregt sie gewesen war, als der Anruf kam, sie solle nach Málaga fliegen, sofort am Tag drauf. Sie hatte ihr Glück nicht fassen können. Ein Mädchen, zwei Tage alt, war ihr von einer Ordensschwester überbracht worden. Schwester Pilar.

An den Namen der Barmherzigen Schwester erinnerte sie sich noch. Sie hatte sich ihr damals ganz offen vorgestellt und deshalb hatte sie auch das Gesicht wiedererkannt, als sie im Netz vom »Tod einer Nonne« gelesen und das Foto gesehen hatte, auf der Internet-Seite einer Zeitung für Deutsche in Spanien.

Doris hatte angefangen, sie zu lesen, nachdem ich schon ein paar Tage in Granada war. Weil ich nicht mehr mit ihr telefonieren wollte, nur deshalb.

Weil sie irgendwie in meiner Nähe sein wollte.

»Sie hatten Angst«, sagte Salinas an dieser Stelle und ich konnte mir genau seine Stimme vorstellen, sicher klang er verständnisvoll. »Sie hatten siebzehn Jahre lang Angst.«

(Die Zeugin weint und ist nicht zu beruhigen.)

»Wusste Ihr Mann, wie diese Adoption vonstattenging?«, fragte Salinas dann weiter.

»Ich bin Juristin«, gab Doris zu Protokoll.

Ich wusste, wie sie tickte. Sie dachte, dieser Satz erklärt alles. Meine Adoptionspapiere waren in Ordnung, darauf hatte sie todsicher geachtet.

Schwester Pilar war diskret gewesen, konnte ich lesen, nichts hatte sie Doris über unsere Mutter gesagt, kein Wort.

»Ich dachte, sie wollte mich nicht belasten.« Doris hat sich die Diskretion und mich zwanzigtausend Mark kosten lassen. Natürlich würde ich gerne wissen, ob sie bereit gewesen wäre, vierzigtausend zu zahlen, wenn sie von Alba gewusst hätte. Sie würde sicherlich Ja sagen.

Ich sei sehr hart, hatte Salinas gesagt, und auch Rosa sagte das.

So wie ich Rosa kenne, steckte mehr dahinter als nur eine tränenreiche Nacht der Wahrheit, nachdem Doris bei Rosa im Golondrinas aufgetaucht war, während wir, Alba, Naldo und ich, schon fast auf dem Weg nach Marbella waren. Es muss eine Menge auf den Tisch gekommen sein in Rosas Küche in jener Nacht, auch das Kinderköfferchen. Und ich finde es gut, dass sie es ihr gezeigt hat.

Rosa sagte Doris, sie müsse mir Zeit lassen. Und weil Rosa es besser weiß, versprach sie Doris nicht, dass die Zeit alle Wunden heile.

Falls es jemanden interessiert, was mit Professore Figueras passiert ist: Ich habe ihn nicht auf dem Gewissen. Seine Leibwächter oder was auch immer sie waren, haben ihn mit einem aufgesetzten Kopfschuss erledigt. Vielleicht, damit Figueras ihnen nicht die von ihm in Auftrag gegebenen Nonnenmorde allein anhängen konnte. Der Guardia Civil aus Marbella sind die Arschgesichter mit ihrem Hummer jedenfalls entwischt.

Zum Glück fand die Spurensicherung im Garten der Villa die leere Patronenhülse des Schusses, den der Typ, der hinter uns hergerannt war, abgefeuert hatte. Sonst hätten sie uns womöglich den Kopfschuss noch in die Schuhe geschoben und behauptet, wir hätten die Waffe auf der Flucht im Meer versenkt oder so. Aber Salinas wusste immer, dass so viel Abgebrühtheit nicht in unser Profil passte. Das der Patrone hingegen zu der in Figueras' Kopf.

Sein Tod freut mich nicht. Für mich ist das wie Hitlers Selbstmord, wenn man das so sagen kann.

Ich weiß, dass Salinas das ähnlich sieht. Es macht ihn krank, dass Figueras irgendwie gnädig davongekommen ist. Auch ohne die Aussagen der Leibwächter ist er nämlich überzeugt, dass Figueras Pilar und María auf dem Gewissen hat, weil er, der große Professore, auf seine alten Tage nicht auffliegen wollte. Schon allein deshalb will Salinas es nicht aufgeben, die Typen zu finden, aber ich fürchte, daraus wird nichts.

Aus rein sportlichen Gründen, sagt Salinas, würde er zum Beispiel gern wissen, wie sie es geschafft hatten, unbemerkt in das Kloster zu kommen, Schwester María mit einer K.-o.-Spritze außer Gefecht zu setzen und sie dann in ihrer Zelle aufzuhängen, ohne dass auch nur eine einzige Barmherzige Mitschwester etwas bemerkt haben sollte. Schwester Elisabetta allerdings hat beim Abräumen von verwelkten Lilien auf dem Paso der Schmerzensreichen Jungfrau einen Brief gefunden.

Vielleicht war Sor María in Ordnung, vielleicht war sie sogar nett. In ihrem Brief, den sie sich in vielleicht schlimmsten Ahnungen von der Seele geschrieben hatte, stand, sie habe nie den starken Glauben gehabt wie Schwester Pilar und Gott möge ihr gnädig sein. Sie hatte nie geglaubt, dass es richtig sei, Müttern ihre neugeborenen Kinder wegzunehmen, egal aus welchen Gründen. Aber weil alle anderen das so offenbar für richtig hielten, die Priester, die Schwestern, die Ärzte, dachte sie, mit ihr stimme etwas nicht. Sie trug es zur Beichte und sie musste weinen bei all den Geschichten, bis man ihr Einhalt gebot und was weiß ich auferlegte. Geholfen hatte es ihr nicht.

Wie auch immer, sie konnte sich an uns erinnern. Das war ein echter Fehler.

Und natürlich interessierte Salinas, wer Pilar, dieser Rabenfrau, so sachkundig die Pulsadern aufgeschnitten hatte, nachdem sie wie ein Gottesgeschenk von der Puente de Cabrera gefallen war.

Und dass Alba nun quasi die Hand Gottes ... nein, anders, keine Ahnung, wie, aber: Wer hatte es gesehen? Die Leibwächter? Figueras selbst? Letzteres glaubte keiner von uns. Und wir, Alba und ich, haben Figueras im Gegensatz zu Salinas immerhin kennengelernt.

Im Grunde jedoch geht es doch um viel mehr und das klingt möglicherweise pathetisch. Natürlich weiß Salinas, was ich damit meine, weil er an umfassender Aufklärung interessiert ist, über die Vernetzungen, wie er sagt, den Sumpf. Auch Naldo weiß, wie ich das meine, und er hört nicht auf, sich dafür zu interessieren. Überhaupt hört er nicht auf, sich für *mich* zu interessieren. Das würde er jetzt an dieser Stelle sagen und durch mich schwappt Wärme, fliegt fast Hitze, wenn ich daran denke.

Besonders weiß Rosa natürlich, was ich meine. Sie hat mit *Bebés Robados* Kontakt aufgenommen, weil sie hofft, Anna zu finden, die jetzt dreiundvierzig wäre und vielleicht selber Kinder hat, die ungefähr so alt wären wie Alba und ich.

Rosa will Alba außerdem dazu bringen, bis auf Weiteres bei ihr zu wohnen.

Seit ich zurück in Havixbeck bin, wohne ich bei Lotte. Ich will Doris nicht sehen und nicht sprechen und ich weiß nicht, wann sich das ändern wird. Ich hätte auch bei meinem Vater wohnen können, den ich noch immer so nenne, weil ich keinen anderen habe und weil ich ungerecht bin.

Doris schreibt Briefe, die sie bei Barbara, Lottes Mutter, in der Lymphologie-Praxis abgibt.

Irgendwann lese ich deine Briefe, Momski.

Wenn das hier ein Film wäre, würde ich mit einem Begräbnis aufhören. Mit dem Begräbnis unserer Mutter, das es gegeben hat und zu dem ich wieder in Granada war, auf dem Cementerio San José, wofür ein Vatermensch sorgte. Aber natürlich ist es nicht das Ende.

Wir fangen gerade erst an, Alba und ich.

TAGEBUCH

Ich weiß noch nicht so richtig, ob mir gefällt, dass jemand das alles liest, was ich schreibe, aber wir haben es uns versprochen.

Du schreibst für mich, ich schreibe für dich.

Salinas hört nicht auf, mich zu fragen, was mit Schwester Pilar auf der Brücke los war. Salinas glaubt nämlich, sie war auf der Brücke mit jemandem verabredet.

Ich bin ihr nur nachgegangen.

Du hast mich immer noch nicht gefragt.

Wenn du mich fragst, sage ich es dir.